U0069386

被遺忘的埃及 V

# 重生

# Reborn

Forgotten Egypt V

Ruowen Huang 著 /

# 感謝

感謝所有陪我一路走來的家人、朋友以及支持讀者們，讓這套書得以結束並散播給它想要分享的人們。

# 楔子

他是誰？

一抹熟悉的觸感落在她的右肩上，並且以極緩慢的速度滑下她的手臂來至她的手背。她沒有辦法看到身後的人是誰，但清楚地知道他的存在總是帶給她一種家的感覺。那是她從來沒有體驗過的感覺。就彷彿永遠有人會守護著她，照顧著她似的……

雖然這個感覺是如此的真實，但是那個人卻不是。每當她轉頭的時候，她總是無法看到那個人的臉，而是一種模糊的影像，彷彿是在回憶著被遺忘在遠久以前的記憶似的。她也不知道那個「他」到底是誰，只知道他有抹讓她十分傾心的微笑。顯然是一個她從來沒有遇見過的人。

每當這樣的感覺發生的時候，與其希望它結束，她反而更希望它延續下去，這也成了她一直以來無法跟任何人分享的罪惡感。她感覺自己好像和一個她甚至看不見的靈魂精神出軌似的……只有天知道她有多麼希望他是一個真實的人，一個她可以觸碰到以及感受到的人。

但是在成長的過程中，她早放棄了這樣的人會出現的希望，因為她清楚地知道要任何人去感受以她所體驗的一切是件多麼自私又奢侈的渴望。

艾蒂亞打從一出生就跟別人不一樣，她從小就感受得到以及看得到別人看不到的東西。她正是人們口中的「靈媒」，但對於不喜歡她的人則會稱她為「巫婆」或是「怪胎」。這也是為什麼她從小到大總是會不斷讓人霸凌的原因之一。由於人們總是以不一樣的眼光看待她，抑或是不管她再怎麼努力地偽裝都會很快地讓人注意到她的與眾不同，以至於她從來都無法融入任何人群裡。

雖然從小到大身上有著多餘的感官真的不是一件容易的事，但是那抹熟悉的感覺總是可以在她困難的時候成為她的安慰，即便她不知道那個人究竟是誰……但天知道她有多麼希望那個人是真的，一個可以守護她，感受她並讓她感到完整的人。

***　　***　　***

要當一個靈媒真的不是一件簡單的事……

至少……那是她從小就這麼認為的事。

艾蒂亞是個已經長期居住在加拿大的華人。她比一般的華人還要來得高一點，黝黑的膚色以及略高的額頭，常常讓人因為她的外表而搞不清楚她到底是哪個國藉的人。但她老早就習慣人們搞不清楚她究竟是什麼了。

人們往往會因為習慣自己熟悉的事物，而完全無法接受那些與自己不同的人事物。對艾蒂亞來說，那些人們無法從她身上研究出來的種種特質，全都是她從小到大被人拿來霸凌她的藉口。「異類」、「外國人」、「外省人」等等……她幾乎聽過所有可以用來形容她是如何格格不入的形容詞。就連她自己的親人也常常拿她的膚色長相說嘴，常笑她鐵定是醫院裡抱錯的小孩。

也正因如此，艾蒂亞的內心總是渴望得到一種歸屬感。一個屬於她，也可以讓她稱之為家的地方。這聽起來雖然很簡單，但卻因為人們總是習慣性地標榜出她的不同而變成她一直以來都無法得到的特權。無論是她的長相還是想法，人們總是因為無法與她產生共鳴而不自覺地產生了距離。所以不管是在人生中的哪一個階段，她到最後總是會落到一個人的結果。

但真正讓她與眾不同的其實是她從小就擁有的感官。她童年的記憶大部分是在醫院裡度過的。她已經不記得自己當初為什麼會花那麼多的時間待在醫院裡面，只記得當所有同齡的小孩都在上學的時候，她常常一個人被丟在醫院的病床上。她每天在醫院的病房裡都會遇到很多來關心她的好心陌生人，一直到她外婆的葬禮時，她才知道那些她在醫院裡天天見到的「好人」原來都不是人，而是在醫院裡往生不久的鬼。當所有的人在葬禮上都表現出一副捨不得外婆離開又哭天搶地的樣子，她看到她的外婆還是坐在那張她習慣坐著的藤椅上，看著所有的人在葬禮上給予她在生前都得不到的關注。那也是艾蒂亞第一次真切地感受到自己與他人不同的一刻。

從那一刻開始，她就開始學會將她看得到的所有東西都藏在心裡，因為每當她提及到任何人們看不到、聽不到以及感覺不到的事物時，她總是可以輕易地在人們的眼神裡看到他們的恐懼。她也學會了裝作什麼都看不到的樣子，好讓她可以試著讓自己變得跟其他人一樣。又或者該說是想像自己如果像一般人一樣什麼都看不到的話會是什麼樣的感覺。

只不過她的感官騙不了她。不管她再怎麼假裝自己看不見、聽不到，又或者是人們如何宣稱她所看到的全是出自於她的想像，孤魂野鬼們一天到晚站在她的面前，而且日以繼夜地在她的耳邊低語全都是不爭的事實。她只希望能透過不斷地說服自己是個正常人，或許有一天她就真的可以變得跟一般人一樣，什麼都聽不見也看不到。

所幸的是，這樣的事情真的發生了。在她青少年的時候，她的第三眼再也看不到任何的東西。雖然她的第六感還是清楚地感覺得到所有的存在，但是她已經很感謝老天終於願意完成她的心願，讓她變得跟一般人一樣。只不過這個心願並沒有維持很久，等到她的感官再度回來的時候，她才發現自己真的是大錯特錯。因為她看得到與感覺得到的東西遠比她童年時的記憶還要來得多很多，已經到達她完全無法躲起來的程度。導致她必須強迫自己去接受這一身她從小就急欲在眾人面前隱藏的特質。

融入……

為什麼這是一件不管她有多麼努力想要偽裝，卻都永遠做不到的事？

# 第一章

## 法國巴黎

她從小就一直夢想到巴黎一遊。

雖然她並沒有任何特別需要造訪巴黎的理由，但法國向來是眾所皆知的浪漫之地，以至於她認為這裡應該是每個人一生中都會想要來一次的地方。

事實上，這已經是她第二次造訪巴黎了。她第一次來到巴黎是她十八歲的時候。那個時候的她抽到了一張臺北——巴黎的來回機票，以及三天的免費住宿券，她藉機將那趟旅行延長至一個月，並在青年旅舍待到她結束剩下的旅程。那個時候的她還是個窮學生，也因為有限的旅遊資金，所以她靠著雙腳走遍了巴黎的大街小巷，而且幾乎天天以可頌麵包與法國長條土司裹腹。她特別喜歡在塞納河畔散步，並享受它沿河的街道藝術、音樂以及那種專屬於法國的自由感。也是在那個時候，她看到一對年老的夫婦總是在黃昏之際牽手在河邊散步，而那幕景象至今都還是她所見過最浪漫的畫面。那種白頭偕老、與之為伴的感覺或許正是她內心所缺乏的，所以才會讓她感動到至今都無法忘懷。

多年過去了，如今的她不但有能力可以支付自己的機票，也可以待在自己選擇的舒適飯店裡，這也開始讓她意識到這與她當初的窮學生之旅根本是兩種完全不一樣的體驗。她現在可以用全然不同的視野來探索更多她當初沒有辦法去的地方，並且好好地享受巴黎的風貌。

羅浮宮……

上一趟旅行因為資金有限的關係，以至於她沒有辦法來參觀這座有名的博物館。她的大部分法國朋友們一點都不欣賞這座著名的地標，但她反倒覺得它非常的吸引人。它的入口建在一座巨大的玻璃金字塔下，而這座摩登的玻璃金字塔則是大剌剌地座落在法國最傳統的建築廣場中。像是一種法國人專有的……法式埃及，艾蒂亞暗笑道。她幾乎很肯定她大部分的法國朋友們都不會欣賞這個玩笑。

艾蒂亞向來喜歡古埃及。她喜歡探索人們至今都還沒有辦法完全理解的古文明以及消失的文化。就好比馬雅文化一樣，她常常很好奇人們是如何在古文明下生存。她從小就喜歡那些未解之謎或是未知的世界等的訊息，期望藉此能夠幫助她更加地了解自己。她總覺得一旦等到她了解世界上那些沒有辦法解釋的謎與力量之後，那麼她也就能夠學會接受自己這一路走來所經驗過的事。

艾蒂亞向來偏好雕刻多於畫作。當羅浮宮的半翼展示著古今中外著名的畫作，另一半則是展示著各個朝代來自世界各地的古物與珍藏藝術品。她的朋友還特別提醒她要來參觀這裡的埃及館，說這裡收集了一些非常不可思議的藝術品，彷彿可以藉由想像將人們帶回到那個遠古的時代。

*但天知道她的想像力有多麼的豐富……*艾蒂亞翻個白眼。她其實不喜歡去參觀任何在艱難時期所創造出來的古物展覽。因為她有時候會無法控制地被拉回到那個非常特定的時期。她曾經有一次被拉回到一座滿是屍臭的地下室，親眼看見達文西摀著鼻子在畫人體解剖圖。那個屍臭的味道讓她幾乎吐遍了整座美術館，至今光是想起來也還是會令她反胃。艾蒂亞也是在那次的經驗之後學到，達文西很可能去盜墓偷屍以完成他一心想要畫的人體解剖圖，也因為這樣的了解讓艾蒂亞決定要從此遠離類似的展覽。至於埃及藝術品，艾蒂亞覺得自己只需要遠離真的木乃伊，那麼她應該會沒事吧。無論如何，她也不知道自己下次再造訪羅浮宮會是什麼時候了。

艾蒂亞從來沒有對任何人分享過她的能力。沒有很多人知道她的靈媒體質，而那些少數知道的人則會尊重地選擇替她保守這個祕密，因為她較好的朋友們都知道她有多麼地厭惡「靈媒」這個身分。她曾經想盡辦法地想要跟正常人一樣，也真心感謝老天賜與她感覺得到但卻看不到的青少年時光。因為光是想到她從小到大有多少個難以入眠的夜晚，還有多少次在半夜突然醒來時總會看到有鬼站在床邊盯著她瞧，就讓她確定看不到真的比較好一點。

看著眼前的展覽品，艾蒂亞感覺到所有的物品都還儲存著它們在風光時期所經歷的能量與記憶。這讓她連簡介都懶得拿起來閱讀了，因為她更喜歡物品述說它們自己的故事。她的感官也唯有在這個時候才顯得特別的好用，因為她有辦法讓自己好像回到那個歷史時代，並享受著所有的展覽品想要與她分享的故事。雖然這其中有哀傷的，也有愉快的，但她一點也不介意，只要它們不噁心就可以了。也隨著她遊覽著不同古埃及時代的展示大廳，她開始真心的好奇活在千年的時代裡會是什麼樣的一個景象……

**我終於找到妳了……**

一道深沉的男音突而其來地從艾蒂亞的背後傳來。那道聲音之清楚與靠近，讓她以為那個人就站在她的身後並在她的耳邊低語。她反射性地轉了頭卻沒有看見任何人站在自己的身後。她莫名其妙地聽到聲音並不是一件不尋常的事，因為孤魂野鬼總是想要透過她來傳遞某種訊息給她身旁不遠的人，只不過她卻從來沒有那樣做過。大部分是因為她並不想要讓人知道她一直以來想要隱藏的祕密。她朝著展示大廳睨了一眼，並注意到大廳裡寥寥無幾的參觀人數，根本沒有任何人站在自己的附近。她不知道那道聲音究竟是從哪裡來，也不知道那句話是想要傳達給誰的。但是接下來的事卻讓她陷入極度的困惑當中。她感覺到心口上突然像是被刀刺進般的痛，讓她全身的肌肉在瞬間變得無力，而速度之快讓她幾乎沒有辦法支撐自己。艾蒂亞必須儘快地找個最近的地方坐下來才可以避免自己在人前失態。但是人都還沒有坐下，眼淚就緊接著如洩洪般地落下她的臉頰，就好像她剛剛失去了生命中最重要的人似的。她從來沒有在大庭廣眾下做出這樣的事，而如此失控的身體反應只讓她的理智感到更加的不知所措。

我到底在幹什麼？艾蒂亞滿頭霧水但卻怎麼也止不住自己的眼淚。我到底在哭什麼？這到底是誰的情緒？為什麼我會有種既高興又哀傷的感覺？這道聲音要找什麼？又究竟找到了什麼？他要找的人是我？還是它希望我將這樣的訊息傳達給誰呢？只不過依照她的心此刻所體驗的痛苦來看，艾蒂亞單純不認為自己有能力可以幫助任何人傳遞任何的訊息……

「Madame，妳還好嗎？」

博物館的警衛關心地靠近艾媞雅問道，顯然因為她不舒服的反應而擔心她是否需要任何的醫療協助。

艾蒂亞向來都不知道該如何向別人解釋自己的狀況，但這種突而其來的感覺向來只要等到她調整好自己之後，自然會恢復原狀。所以即便是滿臉的淚水，而整顆心也像是讓人撕裂般的痛，但艾蒂亞還是彎著身子試著整理自己的情緒對警衛說道：「我沒事……我是說……我會沒事的。我……只是……需要一點時間……」她到底要如何向一個法國警衛解釋這樣的感覺不是她的，很可能是屬於別人的？

拜託……她甚至不知道自己在向誰祈求道：*快讓這樣的感覺過去吧，不要讓我在大庭廣眾下如此的難堪，要成爲一個正常人已經是件很難的事了，我不想要讓別人把我當成瘋子一樣對待。*艾蒂亞其實也不確定自己到底有沒有在跟任何人說話，但還是忍不住想要對給她這種感覺的鬼威脅道：*如果再繼續這樣下去，我死也不會幫你傳達任何的訊息……*

一旁的警衛顯然因為擔心她而沒有走遠，因為此時的艾蒂亞看起來大概像是個突然心臟病發作的病患一樣。至於對艾蒂亞來說，她只是急著想要跟那道聲音的主人達到共識。只不過她除了找不到「人」之外，就連淚水都如洩洪般地怎麼也止不住。

「Madame，」一直守在身旁的警衛在等待了五分鐘之後又再度靠近：「我覺得我最好還是幫妳叫救護車……」

「不要！」艾蒂亞很快地阻止了他之後又確認道：「我是『真的』沒事！只要再給我一點時間就可以了。」她必須儘快地為自己找個藉口：「我只是突然想起我去逝的外婆……」*雖然那已經是二十幾年前的事……*艾蒂亞暗想道。「我會……沒事的。」事實是，不管她遇到了什麼事，到最後總都會沒事的。

像是了解了她的哀傷，那名警衛終於決定留她一個人獨處，並允許她沉浸在自己的哀傷裡，即便她到現在還是不知道這眼淚究竟是屬於誰的。那名警衛還很好心地遞了一盒面紙到她的身旁，彷彿知道她的淚水在短期間是不會停止似的。

哀告、祈禱、要求、脅迫……艾蒂亞無所不用其極地想要讓自己鎮定起來，只要她知道這道聲音究竟是屬於誰的。

她整整花了將近十分多鐘的時間才好不容易讓自己正常一點，可以稍微地整理一下自己的情緒。她所做的第一件事就是朝那名還站在不遠處，並且一直關注她的警衛點個頭。像是終於得到可以離開崗位的許可似的，那名警衛也朝她輕點個頭，這才終於轉身緩緩地離開她。

艾蒂亞再度抽了幾張面紙擦乾自己的臉暗咒道：最好不要讓我發現你是誰，要不然我鐵定會讓你萬劫不復……

艾蒂亞很快地看了一下時間，這才發現自己竟然這麼無緣無故地哭了整整三十分鐘的時間。她隨手整理了一下自己在長板凳上製造的一堆混亂後，便挺直了身子準備起身，但卻也在這個時候讓眼前的雕像吸引了所有的注意力。她不太知道究竟是什麼讓她頓足，但眼前的雕像似乎有種不斷在吸引著她的魔力。但由於她此刻的情緒太過於混亂，以至於她無法解釋自己所感受到的究竟是什麼，所以她決定暫時先照張相，等到回家的時候再來研究那樣的感覺究竟是什麼。她拿出了自己的相機很快地拍了幾張照片之後便急著想要離開這個地方。

在她把自己與長板凳清理乾淨之後，她決定將羅浮宮裡所發生的一切全都拋諸於腦後。而相機裡的照片也完完全全地被她遺忘……

***　　***　　***

「怎麼了？」

布蘭特拍了下亞登的肩膀讓他回神。亞登的過度專心讓他根本沒有意識到布蘭特的靠近。他錯愕地朝布蘭特睨了眼，但很快地又轉頭將所有的注意力放回到那張有點距離的長板凳說道：「……你看那個女人。」

布蘭特朝著亞登的視線望去，看到一個女人像是在哭泣似的半彎著身子坐在長板凳上。在正常的情況底下，這樣的畫面根本不會引起他們兩個人的注意，所以布蘭特不知道那個女人究竟有什麼特別的地方能贏得亞登如此全神貫注的專注力？布蘭特研究了一下那個女人之後只是聳聳肩：「她怎麼了？」

亞登沒有辦法形容是什麼，但是他的視線就是怎麼都無法從那個女人身上移開，就好像他可以感受到她的哀傷，他感覺……她的情緒就好像他身體裡的一部分似的……「她看起來似乎很難過。」亞登不太確定自己能夠說什麼，所以只好陳述明眼人一看就知道的事。

「我看得出來。」布蘭特顯然一點也沒有體驗到亞登的感受。他只是聳聳肩，毫無表情地說：「但那關我什麼事？」

「難道你不好奇她為什麼這麼難過嗎？」亞登說得好像所有人都應該感到好奇似的。即便他的理智清楚地知道這一點都不合理，但是亞登還是怎麼都無法說服自己放下。為什麼會有人在羅浮宮這樣的地方感受如此強大的哀傷？而她又經歷了什麼竟然可以讓他幾乎也體驗到她的痛苦？

*爲什麼？*布蘭特挑了眉。雖說他向來對女人都很有興趣，但那只侷限在漂亮的女人，而不是情緒需被照顧的女人。他朝整個偌大又沒有什麼人的大廳睨了眼後再度聳肩道：「或許她是一個對歷史非常狂熱的人，又或許她剛剛接到男朋友傳來說要分手的簡訊？但重點是，誰管她究竟發生了什麼事！」布蘭特拉著亞登朝著下一個展覽大廳走去。他們是來巴黎玩樂的，而不是來參與任何人的悲慘世界。亞登向來都是他們兩人裡面最有語言天分，同時也是

法語講得最好的那個人，再加上他那張英俊的臉蛋總是可以讓他們的獵豔行動更加的容易一些。「我們進來這羅浮宮是為了跟隔壁大廳那兩個火辣的女人搭訕，而不是跟一個很可能剛剛在長板凳上跟男友分手的女人勾搭。我們來巴黎是為了找一夜情，而不是長久的穩定關係。假如我們現在不趕快追上去的話，那麼我們今晚的約會很可能就會泡湯了。」

「或許我應該去問問她是否沒事……」亞登不太確定自己應該離開。

「交給那名警衛去處理吧，」布蘭登朝著站在那個女孩不遠處的警衛點頭。「我很確定一切都在那名警衛的掌控之中。但要是你讓我錯過我與那名火辣女神的一夜春宵，那很快地可能會變成我坐在那張長板凳上哭了。」

即便在布蘭特將他拉離大廳之前，亞登的眼睛都還停留在那個女人身上。雖然那個女人已經完全消失在他的視線以外了，但那抹心痛的感覺卻還是一直滯留在他的心上。*為什麼我會覺得心痛？*亞登既不了解也無法解釋，*為什麼我像是感覺得到她所經歷的所有一切似的？*亞登從來沒有經歷過這樣的事。布蘭特向來都只會取笑他是個冷血的人，說他與任何人分手都從來沒有體驗過心痛的滋味。所以他不懂自己為什麼在此時此刻會有這樣的感覺？更不用說他所感受到的一切都只讓他感到更加地困惑。因為讓他最感迷惘又不知道該如何分享的感覺是，他竟然想要將那個女人擁在懷裡，並擁有想要將她留在身邊的衝動與渴望……

只不過想歸想，他還不至於失去理智。雖然亞登沒有辦法解釋自己的感覺，但是他清楚地知道這樣的衝動大多只會嚇跑陌生人罷了。所以他允許布蘭特將他拉離那座展覽廳，期望他的腦子會尾隨著那個女人的消失也跟著變得理智一點。

***　　***　　***

「我們是加拿大人。我們會在巴黎待一個禮拜左右的時間，或許在這段期間內妳們兩個可以當我們的導遊……」布蘭特真的很賣力地向身前兩個咯咯笑的法國女人展示他的破爛法文。她們的確長得很漂亮，也顯然很常被搭訕。而且單是從她們的反應來看，她們明顯歡迎來自於布蘭特與亞登的注意力。

布蘭特有雙很容易讓人放下警戒又迷人的微笑雙眼，而亞登則有張即便不笑也會吸引任何人注意的臉。對布蘭特來說，亞登向來是他最好的把妹搭檔，因為他那張臉就像誘餌一樣會吸引女人們的注意，只不過他又向來對任何女人都沒有興趣……「我這個朋友，」他頂了下亞登的肩膀：「他的法文比我的還要好很多。是吧?亞登……」

「什麼?」亞登一副心不在焉的樣子，一點都沒有注意布蘭特跟那兩個女人聊了些什麼，因為他的腦子還遲遲忘不了剛剛在長板凳上看到的那個女人。「……我沒有注意聽。」

布蘭特似乎不悅地輕蹙起眉頭，但還是試著給他一個「幫幫我」的表情。「我說你的法文比我的……」

「我很抱歉。」亞登打斷布蘭特還未完成的句子。他突然覺得有必要為自己釐清一些事。「我馬上回來。」話一說完，他便轉身朝剛剛見到那個女人的展覽廳方向跑去。*至少，他這麼告訴自己：我只想確定她一切都沒事。*

「亞登！」布蘭特在他身後叫著，簡直不敢相信亞登竟然把這麼火辣的兩位法國女人丟給他的破爛法文來處理！有什麼會比他們在法國的時候盡情享樂還要來得重要的事呢？

當亞登到達那個展覽大廳的時候，長板凳上早已不見任何人的蹤影。

不知道為什麼，他感覺到胸口再度浮上一抹空洞的感覺。他伸手觸向自己的心口，那心痛的感覺還是讓他感到十分的困惑。*爲什麼我會有這樣的感覺？爲什麼我會再次感覺到如此的空虛？*方才他見到那個女人時有那麼短暫的瞬間，他覺得內心雖然感到難過，但卻同時有種滿溢的感覺。那是一種他從來沒有體驗過的感覺，就好像他心裡那一直以來的空洞感好像被什麼填滿似的。他從來沒有向任何人表達過自己一直以來所感覺到的空洞，而且老早就已經說服自己這很可能就是他的天性。這也是為什麼他從來沒有辦法對任何人事物感到興趣。然而就在剛剛那幾分鐘的時間內，他竟然感覺自己像是活了起來。就好像他一直以來鈍化的感官突然決定恢復正常運作似的。這也是為什麼他會覺得那名坐在長板凳上的女人似乎可以給他什麼答案。

當他的視線從長板凳移至他身前的雕像時，他看見阿卡那騰的雕像正俯視著長板凳。透過他在大學時期短修的歷史研究，他知道那段歷史至今都還是一個未知以及無解的謎。他常常好奇阿卡那騰究竟經歷了什麼樣的人生，讓他執著於供奉阿騰並放棄埃及幾千年的舊有傳統與信仰。他又如何專情於一個女人，使得他將她冠冕為唯一的王后，並讓她為他生了六個女兒……

此刻看著阿卡那騰的雕像，亞登突然覺得阿卡那騰似乎跟此刻的他有一模一樣的體驗。或許阿卡那騰同樣錯過那個機會，讓他遇見那個可以幫助他喚起所有感官的人……

# 第二章

加拿大溫哥華

那個感覺又再度回來了……

這抹向來在她成長的歲月裡，只有在她難過痛苦的時候才會出現的感覺，不知道是為了什麼因素，竟然在她從法國回來之後，又再度成為她日以繼夜經常體驗得到的感官。艾蒂亞不認為自己正在經歷什麼樣的困難，但這經常性的觸感卻反倒讓她沒有辦法好好地過個正常的生活。

它總是先落在她的右肩上，然後慢慢地隨著她的手臂下滑至她的手背。她接著會感覺到一股溫暖包覆著她並給她一種家的感覺。她一輩子換過很多的男朋友，但是從來沒有人用這樣的方法觸碰過她，更不用說是讓她感到慰藉以及安全感。這個觸感往往不會超過三秒鐘，但卻足以讓她知道「對方是個法老王」，以及「她是被愛的」兩件事。

艾蒂亞從來沒有對古埃及有過任何的幻想。當然，要是自己能夠親眼見到一名古埃及的法老王應該會是件很酷的事，但是想像自己被一名法老王深愛著卻是完完全全的兩回事。雖然身為靈媒本來就讓她體驗比一般人還要來得多的感官，但是天天感覺自己不時地被一名法老王愛撫卻是一件既荒唐又荒謬的事，那只讓艾蒂亞更懷疑自己的想像力是不是太過於豐富了點？

但是不管她有多麼努力地想要說服自己這樣的感覺不存在，這個觸感還是每天不斷地持續著。彷彿不斷地在提醒她有多麼地渴望被愛的感覺。從小在一個傳統的亞洲家庭長大，而她的父親又十分地重男輕女，讓她非但感受不到任何的父愛，艾蒂亞覺得自己得要十分辛苦地奮鬥才有辦法找到自己的價值。以至於在她長大以後堅信自己絕對不會讓任何男人拉低她的個人價值，也不會允許自己在任何權力底下低頭。所以如此幻想著自己被一名象徵著所有男性權威的法老王摟在懷裡，這根本完全不像是她的作風。

當那抹觸感開始變得頻繁的時候，她早就已經警告過所有的靈體不要跟她開這種無聊的玩笑。只不過她後來發現那樣的感覺異於外在的干擾，反倒像是由內在所產生的肌肉記憶。只不過她不能理解究竟是為什麼讓她產生了這樣的肌肉記憶。艾蒂亞好不容易在一段關係裡穩定了下來，而她的新男友傑森也還算對她不錯。這樣的感覺實在沒有理由以如此頻繁的方式來打亂她所有的感官。讓她無時不刻地覺得自己好像背著她的新男友在跟別人偷情似的。

「那個感覺又回來了嗎？」

注意到艾蒂亞臉上的異樣，莉莉亞壓低了音量問道。艾蒂亞輕輕地點點頭。雖然她有很多的朋友都會嘲笑她這樣的感覺是源自於她的想像力豐富與性幻想的對象，但莉莉亞是少數知道她的能力以及她經歷過什麼的人。

「妳還好嗎？」莉莉亞關心地問道。

「我會沒事的。」艾蒂亞一如往常地回答。就像以往她所體驗過的每一個感覺一樣。就算再怎麼不舒服也遲早都會沒事的。只不過現在的問題是，她甚至不確定自己希望這樣的感覺能夠消失……「只不過如果這樣的感覺繼續下去的話，我不確定我與傑森的感情會沒事。都已經好幾個月了，但這樣的感覺都沒有消失過，反而變得更加的頻繁。我感覺自己好像背著他偷人似的。」

「有那麼糟嗎？」

「糟到即使我已經有男朋友了，我每天還是希望被這個幻想出來的法老王觸碰。我期望這三秒的發生遠大過害怕它的發生。」艾蒂亞裝個鬼臉：「如果這不叫偷情的話，我不知道什麼算是了。精神出軌比肉體出軌還嚴重吧？」

「但妳怎麼知道那是想像出來的呢？」莉莉亞問道：「妳有 Google 過他嗎？」

「妳要如何去 Google 一樣妳連名字都不知道的東西？」

「妳不知道他的名字？」莉莉亞好奇地問。

「當然不知道啊，我……」艾蒂亞才想要抗議，卻頓時發現所有的話全都卡在喉間。她都已經被這種感覺困擾這麼久的時間了，又怎麼可能會知道他的名字是什麼？而且既然是想像出來的又怎麼會有名字？雖說她的腦子依舊有滿滿的問題，但字卻從她的口中慢慢地說了出來，只不過她根本不確定那算是一個名字：「……A. K. A……」

「A. K. A？」莉莉亞蹙起了眉頭：「Also known as（又名）？」

這完全不合邏輯。艾蒂亞這麼告訴自己。或許她是試著說這位法老王又名什麼？但到底是什麼？她一點也沒有這個問題的答案。艾蒂亞深陷在自己的思緒裡，開始相信自己的感官在這幾個月所感受到的種種觸感影響之下，已經變得一片混亂了。

沒有辦法從艾蒂娜身上得到任何的回覆，莉莉亞又問了遍：「妳覺得自己要是看到他的臉，會認出他是誰嗎？」

艾蒂亞的直覺反應是說不，但不知道為什麼，這顯然又是一個讓她頓愕的問題。即便她從來沒有見過那個人的長相，也感覺自己好像可以認出他是誰……

莉莉亞緊接著拿出手機，試著想要證實一下自己的理論。「我們先試試『法老王』

吧，」她邊說邊在手機上搜尋「法老王」三個字：「……看看我們接下來會找到什麼吧。」

在任何正常的情況下，艾蒂亞會一笑置之並建議莉莉亞不要再浪費她的時間。但或許是因為這個感覺已經困擾了她數月，以至於她內心其實也想為自己找到答案，她想知道究竟是誰要這麼一直困擾著她，又為什麼？但不管是什麼原因，艾蒂亞都沒有阻止莉莉亞上網搜尋，因為她清楚地知道自己的內在有那麼一小部分的她也想要知道答案……

*我到底期望自己找到什麼呢？*艾蒂亞自問：*又或者說我期望自己知道他是誰之後又能夠做些什麼呢？*對一個現今社會根本不存在的法老王，艾蒂亞只能想像自己到最後必須跟一個鬼魂鬥嘴，並要求他離她遠一點。只不過事實是……她真的希望這樣的觸感永遠消失嗎？

一直等到二十多頁遊覽頁面之後，艾蒂亞這才補捉到一張熟悉的臉。艾蒂亞停止莉莉亞繼續搜尋，只能直盯著螢幕看著那張她懷疑是他的照片。那是張側臉的雕像，但卻是張她感覺格外熟悉的臉。只不過照片下沒有顯示他的名字，所以艾蒂亞甚至不確定究竟是什麼原因讓她覺得是他。

「他嗎？」莉莉亞看了眼艾蒂亞直盯著的照片。注意到它底下並沒有標記任何的名字，莉莉亞這又點擊了「搜尋更多」並說道：「讓我們看看相似照片來找出他到底是誰吧。」

莉莉亞沒有花太多的時間便發現：「阿卡那騰？」這個發現讓她感到驚訝：「我猜妳是

對的。它真的叫AKA那騰！」

*阿卡，我至死都將會永遠愛你……*

一道突而其來的痛錐進她的心臟，淚水在瞬間也跟著滑下艾蒂亞的臉頰。她並沒有期望會有這樣的感覺，但是她似乎聽到一個女性這麼開口，並極度渴望能夠在自己死亡之前，再見到他最後一面。

艾蒂亞這麼突而其來的反應嚇著了莉莉亞。她不能理解突然之間發生了什麼事，又或者是自己說錯了什麼，艾蒂亞竟然哭成這樣：「艾蒂亞，妳還好嗎？」

艾蒂亞沒有辦法回答，因為那股錐心之痛讓她只能以搖頭做為回應。*爲什麼有這麼多的哀傷？又爲什麼我會感覺到如此的心痛？*艾蒂亞彎了身子將自己蜷曲成一個球狀，試圖舒緩那樣的痛……但它快速地漫延到她身體的每一處肌肉，讓她迫不急待地希望有人可以將它全部拿走。*誰來*，她在內心哀求道：*幫我……*

「艾蒂亞，妳還好嗎？妳不要嚇我！」莉莉亞放下了手中的手機，立馬去關心看似痛不欲生的艾蒂亞，儼然忘了自己剛剛在搜尋什麼。她不知道到底發生了什麼事，但她從來沒有見過艾蒂亞像現在這般痛苦過。

隨著她的痛與淚水不斷地延續，阿卡那騰的影像也慢慢地消失在莉莉亞手機鎖屏的螢幕之後。

＊＊＊　＊＊＊　＊＊＊

亞登從睡夢中突然地驚醒並沉重地喘息著。他身上的被單已經全然濕透，而額頭上也凝聚了豆大的汗珠。他不知道到底是什麼讓他從睡夢中驚醒，只知道那一抹擱置在他心頭的感覺從他有記憶以來就從來沒有改變過。

亞登伸手觸向他的胸口並感覺到一抹失落以及心痛感。他的一生中約會過許多的女人，但是從來沒有過此刻這樣的感覺。這似乎只會發生在他的夢裡面，而且只有發生在讓他從夢中驚醒的這個時候。事實是，他從來不記得自己做了什麼夢，但那抹心痛的感覺卻永遠都是一樣的，就好像他失去了生命中什麼重要的東西似的。他從來不知道自己失去的究竟是什麼，只知道那對他來說是非常重要的。**一個人？還是一樣東西？**他至今還沒有研究出那到底是什麼……

試著排除內心的感覺，亞登從自己的床上起身並朝著廚房的方向走去。他打開了冰箱為自己拿了瓶礦泉水，試圖讓那清涼的感覺清醒自己的腦子一點。

凌晨三點。

他在喝水的時候注意到牆上的時間。這向來是他從惡夢中驚醒的時間。他不知道這個時間有什麼特別的地方，但是它的持續性卻顯然引起了他的注意。凌晨三點……他暗想道，這個時間究竟發生了什麼事？

他朝著落地窗的方向走去並俯看著整個城市的夜色，這棟高樓顯然擁有整個城市裡最好的景色。看著整個城市的燈光零零散散的如星光般呈現在他的眼前，亞登感覺到那抹空洞感又再度悄悄地爬上他的心頭。

他似乎一輩子都在找尋什麼東西，但他至今還是不知道自己究竟在尋找什麼？亞登從小就有一種期盼的感覺一直擱置在心頭，只不過他卻怎麼都無法理解自己到底是在盼望些什麼？某人？某地？某事？還是某種人生意義？亞登從小就旅遊過許多的地方，相信自己是在尋找一個地方。但是不管那些地方多麼的漂亮或是充滿著異國風味，都怎麼也不能幫助他除掉心裡的那種感覺。所以在旅遊了多年都還是找不到讓他感覺到不同的地方之後，他還是決定搬回他的家鄉定居。他也曾經想過自己在尋找的可能是某件事，所以探索了各方知識的領域，試著找出自己在尋找的東西究竟是什麼？同樣的，還是沒有一件事可以引起他的熱情並減緩那種期盼的感覺。他同時想過自己很可能在尋找某人，但是還是找不出他到底在找誰。

他以為自己期盼的是愛情，但是在約會了多次以後，他的感官只是變得更加地鈍化，反倒讓他再也無法感受到任何的情緒。他從來沒有遇見過所謂「對的人」，又或許該說是從來沒有人可以讓他有所感覺。於是他慢慢地開始相信這或許就是他的命運，深信自己是註定要成為一個孤獨的人，並且必須一輩子感受這樣的空虛感。他的感官似乎因為一種他完全無法理解的原因而選擇完全封閉。

然而不知道為什麼，他還是夢想有人可以為他釋放所有的感官，並讓他再度感受人生。他還是希望有人可以填補他心裡那抹揮之不去的空虛感。他的內心還是有那麼渺小的聲音，期望有人能夠掌握他生命裡所有問題的答案……

也是在這個時候他再度想起那個女人，那個坐在羅浮宮展覽廳內長板凳上哭泣的女人。亞登其實也不知道自己為什麼老是想到她，但是那個影像似乎一直滯留在他的腦海裡。亞登的一生裡肯定有看過無數的女人哭泣，但就是怎麼也無法理解為什麼這個特定的影像卻一直烙印在他的腦海中？距離他從法國回來也將近有一年的時間了，然而那個影像卻還是彷彿昨日般的清晰。大多是像現在這樣，當他一個人在黑暗中獨處的時刻，他就似乎更加地容易想到她。

他常常在想那個女人究竟長什麼樣子，又或者當初他若是有勇氣上前的話，又會有什麼樣的發展？如果每一件事在那個時候都得到解決的話，那麼現在的他是否還會在這裡好奇所謂的「如果」？

亞登不相信命中註定，但他還是無法解釋自己在那天所感受到的一切。這麼多年以來，他以為自己再也沒有任何的感覺了，但他光是在那天所體驗到的感官就遠比他從有記憶以來還要來得多很多。

*要是那個女人眞的掌握了我所有問題的答案呢？他不禁好奇，如果……這世界上眞的有人可以讓我再次感受呢？*

一雙手臂從他的背後伸了出來並隨後交叉在他的胸前。這個突而其來的舉動讓他有點錯愕，但同時也拉回了他的理智。他太習慣一個人獨處，以至於他常常忘記自己的屋子裡還有別人。

「怎麼了？」他身後的聲音還帶著一絲睡意。她裸露的胸部緊緊地貼覆著他的背，似乎想要藉此從他的身上得到一些溫暖。「……睡不著？」

事實是，他向來不喜歡有人在這個時間還待在他的屋子裡。亞登暗想道。他向來不喜歡任何人侵犯他的個人空間。他喜歡獨處，而且也從來不會要求女人過夜。他特別……不喜歡任何人以一副她屬於他的方式抱著他。雖然他知道那是每個人在任何一段關係裡都要學會互相的舉動，但那對他來說還是十分地難以適應。他已經到了一個每個人都期盼他能夠有段穩定伴侶的年紀，但是他完全不知道自己如果從來不希望有人留下來陪他的話，又怎麼可以維持一段感情。

「沒事。」他拉開她環在他胸前的手並轉身走向辦公室，意識到自己有多麼討厭屋子裡在這個時候還有女人存在的感覺。「去睡覺吧。」他頭也不回地回道，但自認為這樣的回答已經遠比請她半夜離開他家還要禮貌了許多。「我還有些工作要完成。」

此時的他單純地想要一個人獨處。所以他走進了辦公室後便隨手將門關在身後，留下那個赤裸的女人獨自站在黑暗之中。

***　　***　　***

凌晨三點……

一抹劇烈的振動再度將她從夢中驚醒。艾蒂亞因為自己感受到的振動而驚慌地睜開雙眼，但還是允許自己躺在床上。她即便沒有轉頭望向一旁的時鐘也知道現在是幾點。已經好幾個月了，她總是在同一個時間醒來。

那抹振動非常的激烈，她一開始以為是地震。後來才發現那是一種除了她以外根本沒有任何人感受得到的振動，那感覺就像是她全身的血液都在沸騰一樣地跳動著。然而她的體內雖然動蕩不安，她的外在卻像是什麼事都沒有發生似的靜如止水。每當這樣的事情發生的時候，一抹恐懼會隨之而來。她感覺自己似乎會完完全全地消失，而且再也沒有機會看到她所愛的人。

會消失的感覺很真實。她整整花了一個禮拜的時間才發現那不是哪個靈魂又在跟她惡作劇，而是她自己又喚醒了某一段前世的肌肉記憶。她快要死了，那是艾蒂亞十分確定的事。彷彿她正躺在血泊中流血至死，而那抹振動正是她在死前所感受到的最後記憶。

*但爲什麼呢？*

艾蒂亞已經花了幾個月的時間在質問相同的問題。若不是因為現實生活裡面經歷相同的事件，靈魂不可能會喚醒前世的肌肉記憶。而她究竟是經歷了什麼才會讓她的靈魂不斷地在每夜三點呼喚這樣的肌肉記憶。

*妳到底發生了什麼事？*

艾蒂亞似乎試著想要與自己的靈魂對話：*妳到底害怕失去什麼？*

她轉頭望向躺在一旁的傑森，沉睡中的他一點也沒有意識到她的振動，更不用說去感受到她此刻所體驗到的驚慌失措。他完全不受到任何影響的反應只是更加地證明她是唯一感受得到的人。雖然艾蒂亞的內心總是希望這個世界上有人能夠感受她，但是她早知道這是一個多麼奢侈的渴望，並老早就放棄了這樣的念頭。

淚水滑下她的臉頰，艾蒂亞轉頭望向漆黑的天花板，等待著這樣的感覺自動褪去。她清楚地知道臉上的淚水並不屬於她，而是屬於她過去的那個女人。

那感覺像是她獨自一個人被丟棄著等待自己的死亡，就如同她現在躺在床上的感覺一樣。而艾蒂亞清楚地知道那個女人將再也見不到她所愛的人。也是她一直滯留在心裡的遺憾讓艾蒂亞花了好一段時間，才終於理解凌晨三點正是她的死亡時間。

*我在這……*艾蒂亞試著安撫她不知道正在體驗的哪一世。*妳不會一個人獨自死去……我將會一直在這裡陪妳，而妳總有一天一定會遇到那個妳思念已久的執愛……*

隨著體內的振動慢慢地褪去，她臉上的淚水還是濕的，而那抹刻骨銘心的痛還是殘留在心上。艾蒂亞伸手摸向自己的胸口，感覺到一絲的罪惡感。事實上，她並不知道那個女人是否有機會遇到她的執愛。至少，她不能承諾那個女人會在艾蒂亞扮演她的角色的這輩子遇到。

艾蒂亞這輩子約會過許多男人，但清楚地知道自己心裡從有記憶以來就一直有抹空虛感。許多男人聲稱他們愛她，但卻沒有人可以讓她實際地感受到……被愛與完整。

她習慣將那樣的感覺歸罪到自己扭曲的童年以及一個重男輕女的父親，但她後來發現那可能只是因為自己的緣故。因為她過度敏感的感官，以至於她慢慢地變得無法感受。

淚水再度滑下她的臉頰。但這一次卻不是來自於她體內的女人，而是屬於艾蒂亞自己的眼淚。其實在內心深處，她還是渴望能夠體驗到像她體內的女人所感受到的真愛，只不過艾蒂亞不知道該如何替她實現那樣的願望，去幫助她找到她期望能夠再度相遇的執愛，因為艾蒂亞根本就不知道該如何為自己創造出那樣的未來……

# 第三章

「妳一定要試試這個！」

安代子興奮地拿著一片光碟來找艾蒂亞。這讓艾蒂亞滿臉困惑地看著她，不太清楚自己要試什麼。「那是什麼？」她問道。但光是藉由安代子的表情來看，她幾乎可以肯定那絕對不是什麼好事。她看著安代子手裡的光碟，上面既沒有標示作者也沒有名字，這只讓她更難猜測安代子到底要她試什麼。

「這是一片布萊恩維斯的催眠光碟，」安代子的語氣裡有著顯而易見的興奮。「一個朋友幫我拷貝一份讓我試試的，所以我想要先拿來讓妳試試看！」

安代子是艾蒂亞搬到加拿大後認識的日本移民，同時也是少數知道艾蒂亞靈媒能力的人。她向來對神祕的世界感到好奇，但同時也是艾蒂亞所有認識的人裡面最害怕那些靈異事件的人。艾蒂亞不是很了解一個這麼害怕靈異事件的人，為什麼又老是特別對這些事情感到好奇，更不能理解安代子那些毫無止盡的神祕資源究竟又是從哪來的？

「呃嗯，」艾蒂亞搖頭：「我不要再試任何催眠了！我上一次試的時候，我被數百人圍堵在英式教堂裡誣告我是個女巫，並且狠狠地將石樁敲進我的心臟。我到現在還嚐得到血的味道還有肋骨斷裂的感覺。我再也不想要嚐試任何的催眠！我是說……永遠不要！」

「拜託啦，艾蒂亞。」安代子請求道。「妳又不可能每次催眠都會被謀殺！不是每個人的前世都是不好的回憶，好嗎？此外，妳在諮詢的時候不是也會催眠你的客戶嗎？難道妳不想要知道那是什麼樣的感覺嗎？」

「我已經知道那是什麼感覺，所以謝了，但是我不要，謝謝。我一點也不想要知道自己上輩子是怎麼被殺死的。它們之所以被稱作為『前世』是有原因的，那就是它們理應留在前世，而不是這輩子還要被記起來。還有，感謝妳們每個人的好心，要不是因為妳們替我大肆宣傳的話，到現在根本沒有人會知道我是個靈媒。」艾蒂亞滿肚子的牢騷。因為她花了一輩子想要隱藏的祕密，卻讓她的朋友們大肆宣傳到眾所皆知。以前還可以偷偷地躲起來當靈媒，現在則是搞得大家都知道她長什麼樣子。

「第一，分享妳的靈媒能力可以促使妳去接受自己，而不是一味地抗拒它。」安代子試著為自己辯解道，因為她知道艾蒂亞一直以來都拒絕接受自己是個靈媒這件事。「再者，看看妳到目前為止運用妳的能力幫助了多少人！知道自己可以幫助到別人難道不是一件很好的事嗎？」

「並沒有，」艾蒂亞翻了白眼。「我不像妳一樣喜歡熱心助人。我十分享受個人獨處的時間與空間。我比較想要繼續當個視覺設計師，而不是個靈媒。我現在接到詢問算命諮詢的服務遠多過我的視覺設計案件。要是這個情況再繼續下去，我乾脆直接穿著『我是靈媒』的衣服到街上公告好了。」

「那表示妳鐵定做得很好才會這麼受歡迎啊。」

「我不需要我的靈媒技能變得很厲害，我需要這一切都結束掉。」艾蒂亞咕噥道。

「當它該結束的時候妳自然會知道了吧。」安代子笑道。「妳又不打廣告，也不開發市場，人們只能口耳相傳地找到妳。」

「事實證明人們的嘴巴都挺大的。」艾蒂亞噘了嘴。

「我真的不能理解妳為什麼那麼討厭當靈媒？」安代子不禁好奇：「我知道有很多人都恨不得能夠擁有妳的能力。」

「那是因為他們從來沒有像我那樣，從小到大被死人、活人霸凌過。」艾蒂亞翻了白眼。不管人們覺得自己有多麼想要成為一個靈媒，但是大部分的人一旦開始看到鬼便已經嚇得失魂落魄了，更不用提到還看到鬼以外的東西……

「拜託啦，艾蒂亞。」安代子可沒忘了她今天來這裡的目的。「妳是唯一一個我可以相信這些事情的人！也是唯一一個可以告訴我這片光碟到底有沒有用的人。此外，難道妳不想要知道自己為什麼一直會被那些埃及的畫面騷擾嗎？」

「沒有很想。」艾蒂亞再次搖頭。她阻止這些畫面的方法是想辦法禁止它們再進到她的腦子裡，而不是開另一扇門歡迎更多的資訊進來。只不過這樣的行為似乎也間接地阻隔了她現實生活裡的感官……「我好不容易停止那個不知道是什麼碰我的感覺，以及不再每天晚上半夜三點被驚醒，擔心著自己不知道什麼時候會消失。我才不要再去發掘任何可能會更加混亂我人生的訊息。」

「拜託啦，艾蒂亞。」安代子用一雙小狗般的大眼哀求道：「人家我是真的很好奇嘛！我們來試試啦！」

「如果妳真的好奇，」艾蒂亞建議道：「那不如讓我試在妳身上吧？妳難道不想要自己親眼看到？」

「不要！」好像光想像就已經夠恐怖似的，安代子打了哆嗦又扮了鬼臉：「妳明明知道我會怕！」

「所以妳寧願把我推向火坑嗎？」

「因為妳一直都是比我勇敢的那個人啊。」安代子再試了次：「拜託啦……」

不知道為什麼，艾蒂亞似乎永遠沒有辦法對安代子說不。或許是因為她們兩個同是遠居他鄉的旅人，身旁又沒有任何親朋好友的緣故吧。又或許是安代子總有辦法說服她直到她選擇讓步。事實是，安代子說得沒錯，她向來都是比較勇敢的那個人。不用說她從小就被各式各樣的靈體嚇到大，就連面對她前世的死亡經驗，她即便再怎麼害怕，到最後也總會學著放下。

所以在掙扎了好一陣子以後，艾蒂亞終究還是選擇讓步地說：「好吧。但我這一次要是又看到自己被殺，那我要立刻跳離那個情境，而且妳這輩子再也別想要讓我碰任何的催眠！」

＊＊＊　　＊＊＊　　＊＊＊

那裡暗得幾乎沒有任何的光線。

有那麼一秒的時間，艾蒂亞以為這個催眠對她來說一點作用也沒有。但她花了一點時間發現那並不是她看不到任何的東西，而是她的所在之處太過於昏暗，以至於她的視線需要花很長一段時間做調整。她所在的地方看起來像是個地下神殿，牆上有幾枝火把做為照明。在神殿的前方有尊頭頂著大圓盤的雕像，可以輕易地看得出來是尊埃及的神像，只不過艾蒂亞並不知道它是誰。

她側躺在一座石造的平臺上。這個平臺是直立地排放在神像前，與其說是用來祈禱，這更像是用來放牲供祭品的。艾蒂亞不知道自己為什麼會知道平臺擺放的差別，但是她清楚地知道這同樣是一個她即將要死亡的場景。雖然她應該要害怕去面對自己的死亡才對，但是此刻的她卻一點感覺也沒有。艾蒂亞嚴重地懷疑自己可能被下了藥，因為她似乎可以隱約地感覺到有什麼東西卡在自己的喉間。她緊接著看到兩個人站在她的身前，一個是個披著黑蓬的女人，而另一個站在女人身旁的光頭男人，卻莫名其妙地讓她聯想到自己這一輩子的父親。

**艾伊**……這個名字莫名其妙地跑上她的腦海，但艾蒂亞懷疑有人會有這麼奇怪的名字。

她的視線緊接著轉移到地下室的入口，並看到一個小女孩驚恐地躲在入口後方。不知道為什麼，那個小女孩則是讓她聯想到自己這輩子的朋友——安代子。

快跑！艾蒂亞聽到自己的腦子如此對那位小女孩喊道：**盡可能地遠離這個地方，而且再也不要回來……**

在她還沒有辦法說更多話以前，艾蒂亞就聽見站在她身前的那位女人指控道：「妳完全沒有辦法為他（法老王）生個兒子，並為他傳承他的血脈。」

是誰？以及什麼事？艾蒂亞都還來不及了解現在是什麼狀況，就聽到自己說：「我所懷的孩子正是未來要崛起的君王！偉大的君王必須等到他六個姊妹們都就定位後才能崛起。」

這是什麼？艾蒂亞感到十分的困惑。我懷孕了嗎？我有六個女兒？現在的她光是一個就覺得過多了，為什麼她會想要生六個？這些想要殺我的人又是誰？爲什麼我這輩子的父親像是與這個女人同謀般地要殺我？還有，那個躲在入口後的小女孩又是誰？艾蒂亞反射性地往門口的方向望去，幾乎很慶幸那個女孩早已不見蹤影……

這短短幾秒鐘的時間內有好多的訊息頓時湧上艾蒂亞的腦海裡，她沒有辦法研究出自己究竟身在何處，更無法理解為什麼她這一輩子的父親會想要置她於死地。但不管艾蒂亞此刻的感覺有多麼的困惑，她清楚地知道躺在石臺上的女人並沒有這樣的感覺。她毫無恐懼地面對著即將到來的死亡。除此之外，艾蒂亞也可以感覺那個女人似乎也擁有與艾蒂亞一樣的能力，只不過她的靈視力與感官顯然遠比艾蒂亞還要來得清晰許多。

「妳一點都不配進入死後的世界，」她聽到身前的女人開口：「我會吃掉妳的肝臟以確保妳永遠沒有重生的機會。」

「吃掉我的肝臟並不會讓妳擁有我的能力，」她體內的女人如是說。而且顯然也沒有阻止我投胎……艾蒂亞暗想道。緊接著便聽見自己開口：「妳不了解我與他（法老王）共同分享的一切，妳永遠不知道當兩個人相愛的時候會是什麼樣的感覺……」

艾蒂亞還來不及說完她想說的話，就感覺身後有人拿刀切開她的下背並從她體內扯出一樣器官。肝臟，艾蒂亞的直覺這麼告訴她，那一定是她身後的人扯出來的器官，特別是在那個女人說那是她想要吃的內臟。但為什麼是肝臟呢？艾蒂亞不懂。她一點也不知道肝臟跟投胎與能力轉移有什麼樣的關聯性存在。

即便她的身體正親身體驗著一切，艾蒂亞卻感覺自己好像是在觀看別人的故事似的。雖然躺在石臺上的女人很清楚地知道它所代表的意義，但艾蒂亞卻一點也不知道肝臟所象徵的意義究竟是什麼。

此外，艾蒂亞記得自己跟她身前的女人提到說她永遠也不會了解自己與他（法老王）共同分享的一切。這不禁讓她好奇，他們到底一起分享了什麼……？

「妳有看到他嗎？」

他？

安代子的聲音斷然地打斷了艾蒂亞的思緒。她一開始還不太了解這個問題是什麼，但是隨著她的視野很快地從她的所在之地轉換到另一個更漆黑的場景，她似乎開始了解安代子指的人是誰。

他，艾蒂亞暗想道：當然是……法老王。

她所在的地方還是很暗，艾蒂亞注意到，這一次似乎比之前還要來得漆黑許多。牆上沒有任何的火把，而唯一的光線來自於它的出口。似乎花了艾蒂亞好一會兒的時間才意識到自己正躲在洞穴裡。

「妳現在人在哪裡？」安代子興奮地問道，就好像她終於有機會可以透過艾蒂亞的眼睛，親眼目睹古埃及文明似的。「妳現在人在王宮裡面嗎？」

「不是，」艾蒂亞回答。「在洞穴裡，我現在人在洞穴裡。」

「洞穴？」那是安代子一點也不預期聽到的答案。「為什麼？」

「這裡是我遇到他的地方。我正在……逃亡。」艾蒂亞試著解析自己腦子裡的感覺。「我想躲起來……我不太確定……我不想要讓任何人發現……而……他在這裡……」艾蒂亞想要好好地看清楚他的臉究竟長得什麼樣子，但由於缺乏光線的緣故，她什麼也看不到。唯一突顯的是他嘴上的曲線。雖然她完全沒有辦法知道他的長相，但是她卻注意到他有一抹十分誘人又性感的笑容。

「那之後發生了什麼？」

艾蒂娜注意到她眼前的畫面又再度轉換。這一次，他正牽著她的手站在大庭廣眾前，豔陽高照與洞穴裡的反差讓她幾乎無法適應。她看見那個地下神殿的女人不再披著黑蓬，而那個像她這輩子父親的男人依舊站在她的身側……他似乎在向所有的人宣布什麼，一件不是所有人都樂於聽到的事。

艾蒂亞花了好一會兒的時間，審視了內心那個女人的心情後回答：「他……」艾蒂亞不太確定：「……讓我成為他的王后。」

「王后？」安代子深吸了一口氣：「妳是個王后？妳是我知道的人嗎？妳叫什麼名字？」

我的名字？

艾蒂亞不認為自己會知道她叫什麼名字，但是話卻尾隨著她遠古的記憶從嘴裡流出：「我更改了我的名字。我媽習慣叫我『曙光』，但對他（法老王）來說，我是……『美麗的人』，」不知道為什麼，在艾蒂亞的心裡，她覺得「美麗」這一詞強烈地與「詛咒」相連著，就好像她之於她的靈媒能力一樣……「到來。」

美麗的人到來……

當她這麼說出口時，艾蒂亞不禁好奇。在那輩子裡，自己對那個男人來說究竟是「美麗的人」還是「詛咒」？又或者是他在這一輩子裡會不會出現在她的生命之中……

***　　***　　***

亞登再度從他的睡夢中驚醒。

不過他注意到這一次有點不一樣。他急促的喘息到讓他幾乎沒有辦法呼吸。有別於以往他從惡夢中驚醒的空洞感，這次他感覺像是窒息一樣。他沒有辦法呼吸，就好像空氣整個從他的身體裡面抽空，以至於他嚴重的缺氧。

愛西斯……

他通常不記得醒來之前做了什麼樣的夢，但這一次他卻似乎清楚地記得自己看見愛西斯的神像。感謝他在大學裡選修的歷史學分，讓他還算熟悉愛西斯的神像以及她所代表的意義。

冰冷的石臺……

他伸起手盯著自己的掌心，這是他第一次可以清楚地感覺到夢裡面的觸感。亞登蹙起眉頭並感到無比的困惑。他從來沒有做過一個夢像這個一樣的真實。那種窒息的感覺讓他頭痛，而那種石頭的冰冷觸感還依舊滯留在他的掌心之中。接下來，淚水竟然毫無預警地落下他的臉頰……

**我到底是怎麼了？**

亞登不禁自問。他從來就不相信輪迴轉世，或者是人們會帶著他們前世的記憶投胎。但若是這些事情完全不存在的話，那麼他又該如何解釋自己此刻正感受到的種種情緒？那感覺真實到就好像它曾經發生過一樣，但他又很清楚地知道那並不屬於他的記憶。他把手放在額頭上，腦子雖然想要合理化一切，卻發現那並不是一件簡單的事。他的惡夢開始變得比以前頻繁，而夢裡的畫面也似乎變得更加地清晰。就連他做完惡夢後的感覺都似乎變得更加地真實與持久……

「……亞登？」

突而其來的聲音再度讓他感到錯愕。一隻突然向他伸過來的手讓他反射性地將對方撥開。他不想要有任何人碰他，也不想要有任何人靠近他……特別是在此時此刻。他從床上跳起身，有種想要逃離這裡的渴望與需要。他不知道自己可以去哪，只知道現在的他只想要一個人獨處。他再也不想要有任何人留下來過夜。他再也不想要在這個情況下有任何人在他的身邊……

就在他正準備要開門的時候，他在門邊頓足，遲疑了一會兒才終於開口：「或許妳應該現在離開，這一陣子都不要再過來了。我這段時間需要專心處理一些……工作。」隨著他落句，他隨即將門帶上。他不知道自己究竟需要多久的時間才可以釐清這些事，但他知道的是自己必須一個人獨處，直到他把所有的事都搞清楚為止。

***　　***　　***

艾蒂亞的眼睛直直地盯著電腦螢幕，雙手卻遲遲沒有任何的動作。

自從安代子上次來到她家已經是好幾個禮拜前的事了。然而她卻害怕去搜尋任何她在催眠時收集到的資訊。

頂著大圓盤的神、地下神殿、擁有六個女兒的王后以及艾伊……

她在催眠時所看到的影像對她來說沒有一件事是合理的。雖然身為靈媒已經是她人生中最不合理的事，但對於催眠時所看到的一切，她倒寧願說服自己那全都是她幻想出來的。不知道為什麼……心裡似乎有一種更害怕發現事實真相的感覺。即便艾蒂亞總是習慣性會用合理的方法來解釋那些無法解釋的靈媒視角，但是她總感覺有股力量，老是不斷地想要把她拉回到某一個她想要遺忘的過去，去探索更多的資訊，以至於她開始害怕去發現它們全都是真的……

*我到底在怕什麼？艾蒂亞不禁好奇，是害怕去發現這一切都不是真的？還是怕去發現這一切都是真的？*不管是什麼，艾蒂亞都清楚地知道某部分的她希望一切都維持原狀，而且沒有任何的改變。知道自己的前世從來就沒有讓她的日子變得輕鬆許多，反而只會讓事情變得更加的複雜。每一個她曾經造訪的前世都會帶給她幾近半年到一年需要去克服的恐懼。而這一個……艾蒂亞感覺它將會遠比之前的更加的困難，她只是不知道它會如何影響到她現有的生活。

但即便她想要裝作什麼事都沒有發生，她的惡夢還是不斷地在持續著。在催眠之後她的腦子裡一直不斷地浮現出更多的影像，而對話也變得更加的細節。她的理智總是不時地在與她體內的女人抗爭著，直到艾蒂亞發現自己除非做些什麼，要不然永遠贏不了這場鬥爭，因為她體內的女人跟她一樣的固執。知道她體內的女人是獨自一個人被丟棄在石臺上流血至死，並且在最後一刻都還在呼喚著她愛人的名字，艾蒂亞覺得自己似乎要為她做點什麼才可以幫助她繼續進化。無論是個孤魂野鬼還是她的前世記憶……活在二十一世紀裡，她需要繼續往前進，而不是一天到晚被拉回到古埃及裡去。

妳做得到的……艾蒂亞深吸了一口氣安慰自己道。不管她究竟有多害怕，艾蒂亞都覺得她必須要將這一切釐清之後，才有辦法幫助她前世記憶裡的女人昇華，或者是幫助她自己前進。

所以，在掙扎了許久以後，艾蒂亞終於鼓足了勇氣開始搜尋她腦子裡所有的關鍵字。她先從「艾伊」開始搜尋，但那並沒有讓她得到任何的訊息。她之後發現自己幾乎要在每個字前加「埃及」兩字才有辦法幫助她找到一些什麼。

結果發現艾伊是阿卡那騰執政時期的最高大臣。這樣的發現就足以讓艾蒂亞稍微停頓了會兒，感覺她所收集到的所有訊息幾乎都不斷地將她指引到那個特定的古埃及時期。只不過那個時期所留下的只有一堆的假設與猜想，就好像整個被歷史抹滅掉似的，完全沒有留下任何清楚的記錄。但那並不表示所有的搜尋都徒勞無功。她學到了肝臟有重組的功能，也因此在古埃及被用為「重生」或是「輪迴轉世」的象徵。她反倒是好奇古埃及人究竟是怎麼發現肝臟的功能，以至於他們可以引射出這樣的象徵。艾蒂亞同時也在相關照片裡看到自己在地下神殿裡見到的那個女人的臉，她之後發現她的名字叫堤亞——阿卡那騰的母親。

雖然她沒有辦法發現是誰因為沒有辦法為阿卡那騰生兒子而死在地下神殿裡，但是「生了六個女兒的王后」以及「阿卡那騰的王后」似乎都將艾蒂亞指向同一個女人，名叫「那法媞媞」。

艾蒂亞所搜尋到的所有資訊都只讓她感到更加的困惑。在所有的歷史都被抹滅的情況下，她不知道自己要如何幫助她體內的女人。而且就算她真的所有的資訊都有了，她也不知道該如何幫她。她是如何開始又是如何結束的？要是艾蒂亞根本沒有整個故事，而只是東一塊、西一塊，完全連不起來的情節拚湊著，那麼她又要如何去說服那個女人放手呢？

這有可能只是她的幻想嗎？艾蒂亞不禁好奇。如果這些真的全都只是她的幻想的話，為什麼他們又全都指向同一個她根本完全不知道存在的時期呢？

也是在這個時候，她的手楞在原地而腦子也瞬間一片空白，因為螢幕上解釋了「那法媞媞」在古埃及的意義……美麗的人到來。

# 第四章

愛西斯……

亞登一直在搜尋愛西斯的意義，因為那是他在夢魘中唯一記得的事。但是他的搜尋並沒有得到任何的結果。除了解釋愛西斯是孕育女神，以及所有相關的傳說故事之外，搜尋「愛西斯」並沒有辦法將他指向任何一個他的惡夢發生的特定時期。

**凌晨三點，地下神殿的愛西斯神像……**

那幾乎可以是任何事與任何地方。亞登不知道他的夢到底想要告訴他什麼，但它一而再、再而三地重覆已足以讓一個什麼都不相信的人，開始相信這裡頭有什麼要給他的訊息。他是獨自一個人……躺在石造的平臺上……在他的夢裡並沒有其它的人，亞登不知道自己究竟為什麼感到十分的痛苦與難過……

「你怎麼突然對埃及那麼有興趣？」

布蘭特從桌上拿起了一本書並整個人躺進了沙發裡，他隨手翻了幾頁，並不是真的想知道裡頭寫了些什麼。「愛西斯，」他唸了書本的名字。「你最近是在跟哪一個作家合作什麼歷史故事嗎？要不然你為什麼突然之間對埃及女神這麼有興趣？」

知道布蘭特並不是真心地想要知道答案，亞登也不準備回答他的問題。但更重要的是，他根本不想要解釋自己，感覺要是連他都無法說服自己去相信的話，那麼根本沒有人會了解或是相信他正在經歷的事。

「你在這裡做什麼？」亞登眼睛還停留在電腦螢幕前問道。他是一家出版社的老闆，偶而會為幾名挑選的作者扮演經紀人的角色。只不過這樣的事情並不太常發生，因為亞登已經在這個行業工作很多年的時間，以至於他顯少對任何人或是任何事感到興趣。好在他的名下有足夠的人替他工作，讓他的公司不僅僅只是間出版公司，同時也可以是作家的經紀公司。特別是現在的人們較喜歡電子書勝於紙本書，亞登同時得將他的事業版圖發展到娛樂影視業，而非只是著重在傳統的出版產業。

相對的，布蘭特則是在娛樂業頗有名氣的製片，他的製作公司主要專注於製作電視影集。他從大學時期就跟布蘭特是好朋友了，也謝謝他的本業，讓亞登比其它傳統的出版業更容易打入娛樂產業。

「我跟蕊卡分手了。」布蘭特把書放在桌上，緊接著仰頭靠在椅背上大聲嘆了口氣。

「所以呢？」亞登連頭都懶得從電腦前抬起來。「我沒有必要一直追蹤你的羅曼史。」

「不，你不需要。」布蘭特從沙發上跳起來跨步地走到他的桌子前。「但是你需要幫助我重新回到情海裡。因為你可是我最好的搭訕搭檔！我需要把我自己重新丟回到市場裡！」

「又或者你可以休息一會兒，」亞登彎了嘴角。「如果你從來沒有離開過市場的話又要怎麼回去？」

「拜託，你知道我是什麼意思。」布蘭特在他桌前的椅子上坐下。「我需要愛情來滋潤我。」布蘭特是那種需要一直待在情感裡面的人。亞登幾乎從認識他以來就從來沒有見過他單身過。

「我覺得你是滋養過盛了吧。」亞登嘲笑道。「我覺得當你老是把自己埋在愛情的叢林裡，你的真命天女根本沒有辦法找到你。」

「不管我把自己埋得多深，只要是命中註定就永遠可以找得到我。」

布蘭特的話終於讓亞登抬起頭。雖然布蘭特總是給人一種花花公子的感覺，但只有亞登知道他其實是相信命中註定，以及遲早會遇見生命中那個對的人。所以他放下了手上的工作，全神貫注地望著布蘭特問道：「你真的這麼認為嗎？」亞登不禁好奇。「我是說，那個對的人。如果你真的那麼相信命中註定的話，那麼你為什麼又總是一副無所謂的樣子將自己丟回市場裡？」

「當然，」布蘭特挑了眉。「那正是為什麼我一直把自己丟回到市場裡的原因啊。要是我哪裡都找不到人的話，那麼她又要到哪裡去找我呢？如果她又剛好是個內向的人，久久藍月才會出來一次的話，那我就更要確保我每個藍月都會在那裡等她……而且我才不是不在乎，而是我還沒有遇到對的人罷了。」

亞登翻了白眼。布蘭特總是有個幾乎可以說服每個人的論調。「我很忙，」亞登決定說道：「你這次得去找別的搭訕伙伴了。」

「這間公司是你的，」布蘭特拉高了音量：「你可以選擇要不要忙！拜託，亞登，你是我有史以來『最好的』搭訕搭檔！」感謝他的俊臉以及冰冷的性格，「我們在一起的時候總是可以釣到全場最搶手的女人。此外，我聽說你跟阿妮塔分手了。我很確定單身的你現在有很多空閒時間才對。」

「你怎麼知道的？」亞登蹙起了眉頭。感覺即便他跟布蘭特不住在同一個屋簷底下也瞞不了他任何事似的。「我沒有跟她分手，我只是需要一點時間獨處。」

「要是叫人家半夜離開你家，又告訴她你短時間不想要再見到她的話，你乾脆就把它稱作為分手算了。沒有人會為了一個惡夢而叫一個赤裸的性感尤物半夜離開他的床。」布蘭特聳肩道。「還有，以免你忘記了。我向來都是你拋棄人家之後，你的分手對象第一時間想到要來哭訴的諮詢專家。我覺得你欠我這個人情，所以更需要成為我的搭檔。」

「我又沒有要求你這麼做，」亞登嘖聲道。「是你自願要冠上那個頭銜的。」

「在知道你是如何傷了這些女人的心，而且還在她們未來的人生留下那麼大的傷疤之後，你怎麼還有辦法睡得著？」

「很簡單，」亞登臉上的微笑又擴大了幾分。「因為知道她們未來會遇到比我更好的人。」

「你這個冷血的混蛋。」布蘭特揚著微笑不屑地哼了聲。「反正不管怎麼樣，你這次一定要跟我去。我不接受任何『不』做為回應。」

發現布蘭特一點也沒有放棄的念頭，亞登長嘆了一口氣之後終於放下手中所有的工作並說道。「現在是怎樣？」他讓步地說道：「這次你又想要我去哪裡？」

好像老早就預期他會讓步似的，布蘭特揚起了一抹邪惡的微笑。「這一次是你一定會喜歡的地方。」他從口袋裡拿出了兩張機票放在亞登的桌上。「你要跟我一起到慕尼黑。我在那裡有個片子要拍一個禮拜，而我可以好好地用上你的語言天分。」

「德國？」亞登並沒有預期這次會這麼遠。「你知道我還有間公司要管吧？」

「我的確知道你有個人在幫你管公司，而且還管得非常的好。」布蘭特臉上的笑容又高揚了幾分。「來啦，你會喜歡那裡的。」

「你說得像是我從來沒有去過那裡似的。」亞登過去早就已經去慕尼黑出差過很多次了。

「你從來沒有跟我去過。」布蘭特接口道：「它們那有一座三層樓的博物館是專門展示埃及文物的。你可以繼續在那裡做你的埃及研究。」

會嗎？亞登不知道。但或許離開一陣子可以幫助他不要一直在半夜醒來，還總是搞不清楚究竟是什麼在困擾著他的腦子，以及他的心。

***　***　***

德國慕尼黑

知道她最近壓力很大又總是被無法控制的感官困擾，傑森建議他們遠離一切來度個假。艾蒂亞不確定離開是否為一個好的主意，但她之後認為離開或許可以幫助她斷絕所有與埃及有關的感官與影像。艾蒂亞並沒有與傑森分享太多有關埃及的體驗，大部分是因為她不知道該如何開始或是如何解釋自己。靈媒感官不是大部分的人可以理解的事，即便那對她來說是真實的，但大部分的人只會把那些感官辯解成是她的幻想或是妄想，更常建議她要像處理垃圾一般，丟了就可以忘了似地放手。他們不能理解的是，那就像實際遇到某人或是觸碰一樣東西般的真實，直到訊息被傳遞以前都會一而再、再而三地回來。而最糟的是，艾蒂亞根本就不確定她的感官所要傳達的訊息究竟是什麼，因為在她的現實生活裡根本就沒有相似的情境讓她做為參考。孤魂野鬼通常會在她剛好在接收者的附近時要求她幫忙傳遞訊息。然而前世記憶往往只會在當人們於現實生活裡面遇到與前世相似的情境時才會浮上檯面。所以到最後，她還是只能試著透過不去想也不去講來阻隔所有的感官，期望所有的感覺都會透過隔離而被遺忘。

自從知道那法媞媞名字的意義之後，艾蒂亞就不敢再搜尋更多有關埃及的訊息。她不知道自己在怕什麼，但是總感覺自己找到的事實都只會破壞她與傑森之間的關係。她抬頭望向站在她身旁的傑森。傑森是個很好的男人，也很可能是她到目前為止約會過最好的男人。他是個身材不錯又長得很好看的男人，走在街上都會不自覺地吸引很多女性的回頭目光。雖然他的感官與身為靈媒的她根本南轅北轍，有時候甚至完全沒有辦法了解艾蒂亞究竟經歷些什麼，但是即便他不能了解也從來沒有反對或是排斥過她。相反的，他對她有種莫名其妙的保護慾，總是喜歡將她拉在身旁，好似她一不在他的眼線範圍內就會出什麼事似的。傑森身上有許多的特質讓艾蒂亞相信自己應該與他定下來，而不是讓任何事來破壞他們之間的情感，特別是一些應該留在三千年前的靈魂與記憶等。

「他們這裡有棟三層樓的埃及博物館，」傑森興奮地開口。他向來喜歡古埃及文化。「如果我們快一點的話，搞不好可以在他們五點關門以前趕到。」

但他的話卻讓艾蒂亞頓足。不管她之前是否跟傑森一樣地喜歡古埃及文明，但現在的她其實是很害怕靠近任何有關埃及的事物。「我們真的要去嗎？」艾蒂亞遲疑道：「我的意思是……我並不是真的很想去……」大部分是因為她害怕自己若是被那些還存留著過去記憶與能量的埃及古文物包圍著，她不知道還會看到或是感受到什麼？「我們可以逛逛市區就好了嗎？我的意思是說，我從來沒有來過慕尼黑……」

「走啦，艾蒂亞。」傑森說道。「我以為妳跟我一樣喜歡古埃及。這裡的博物館很有名，而且我是真的很想去。我不知道我們下次再回來是什麼時候。」

「但是……」艾蒂亞不知道該說什麼。雖然她跟傑森解釋過她是敏感的，但是她不認為傑森真的了解那是什麼意思。「都已經快要四點了，而他們五點關門。就算我們趕到那裡，我們也沒有足夠的時間可以逛完三層樓的博物館。」正當她說完，艾蒂亞就注意到不遠處的建築上掛著一大副的字報寫著「最後的埃及」。「不如我們改去那吧？」她建議道。不管那是什麼，她覺得那都會比一整棟三層樓的博物館還要來得好。「那就在那裡，而我們也不需要急急忙忙地趕到任何地方。我很確定那應該也可以滿足你對古埃及的好奇心吧。」

傑森回頭看了一下艾蒂亞手指的身後建築，猶豫了一會兒才終於妥協。那個展覽看起來似乎很小，但是艾蒂亞說的沒錯，即便他們真的趕到了博物館，很可能也沒有足夠的時間可以完全地欣賞它。「好吧，但要是這個展覽沒有那麼好的話，那麼我們明天還是要試著去那座博物館喔。」

等到她活過了這場小型展再來思考明天吧。艾蒂亞在腦子裡咕噥道，但還是點頭以示妥協，讓傑森拉著她的手朝著那棟不遠的建築方向走去。

***　　　***　　　***

整個一千平方呎不到的小型展覽只展示阿卡那騰與那法媞媞時期，剛好也是唯一艾蒂亞想盡辦法想要逃避的時期的機率有多小？

雖然是她建議來看這個展覽的，但此刻的艾蒂亞卻感覺宇宙好像故意跟她開這個玩笑似的。艾蒂亞明明想要遠離這段埃及，卻從來沒有想過自己竟會直奔它的懷抱裡來。

艾蒂亞感覺體內的血液不斷地竄流，而視線也不自覺地變得模糊。每一個她所看到的損壞古文物，她都有辦法將它回復到它原本的模樣，就好像她親眼見證它們是如何被創造似的。就連一座毀了超過一半的嘴唇雕像，她都有辦法遠遠指出那是阿卡那騰的唇。

她感覺全身的肌肉都變得無力，而那抹無法解釋的心痛又再度回到身上，她必須要找張凳子坐下來，才有辦法確保自己不在瞬間崩潰。她真的恨透了這種感覺……艾蒂亞暗想道：她恨透此刻所有沒有任何記憶支援但卻必須體驗的每一個感官。她的身體像是不斷地在回應一段她既看不到也毫無印象的記憶。她真的不能了解自己為什麼不能像所有人一樣，好好地過著一個正常人的生活，而是必須無時不刻地感受著她沒有辦法解釋的感覺。

她覺得好想哭……此時的艾蒂亞已經不確定是因為她體內的女人難過，還是因為自己無法像其它人一樣地融入的無能為力而覺得感傷。

「妳還好嗎？」傑森坐在她的身旁關切道。

他們進到這個展覽廳還沒有超過十分鐘的時間，艾蒂亞知道他還沒有遊覽完裡頭所有的展示，而且傑森又向來喜歡去閱讀每一個他所看到的展覽品的歷史背景。這讓艾蒂亞覺得自己不能因為不舒服而拉著傑森一起受罪，更不用說她的感官本來就不是正常人可以體會的。

「我覺得有點頭昏，」她說謊道。「你可以繼續你的展覽，我只是需要休息一會兒。」但其實艾蒂亞內心更希望他能夠早點結束，好讓他們可以儘早離開這裡。

「妳需要我幫妳拿點什麼嗎？」看著艾蒂亞的臉色漸漸地變白，傑森半擔心地問道。

「沒關係。」艾蒂亞說道。「我會沒事的。你趕快在他們關門以前看完你的展覽吧。」但艾蒂亞的內心只希望他能夠在淚水掉下來以前趕快離開。否則到時候她會更難解釋自己為什麼會掉眼淚，以及那淚水又是如何不屬於她的。

傑森遲疑了一會兒才終於開口：「好吧，那我會快一點。如果妳真的很不舒服就記得叫我。」

艾蒂亞沒有辦法接口，只能低著頭點頭。她知道接下來開口說的每一句話都只會變成哭泣聲，因為她開始聽到體內的女人在心中吶喊：*阿卡，我至死都將會永遠愛你……*

***　***　***

亞登根本沒有時間去參觀著名的三層樓埃及博物館，所以他決定只是在市區內走走就好了。隨著他沿著街道行走，他剛好注意到一旁的建築物有場小型的埃及文物展，這讓他覺得這個規模大小的埃及展對他來說應該已經足夠。

這個展覽很小。兩間不大不小的房間裡幾乎展示著所有阿曼那時期的古文物——阿卡那騰與那法媞媞。亞登對他們了解的不多，只知道那段時期在古埃及歷史上依舊是個謎，也因此引發了人們的好奇以及無限的暇想。他很快地瀏覽著館內的展示品不斷地說明他們在那個時代有多麼的恩愛，這讓亞登忍不住地微笑想道：也難怪人們喜歡猜測阿卡那騰在執政埃及時究竟發生了什麼事。他真的算是個獨一無二的人，亞登暗想道。當所有的法老王都依循著古老傳統時，他似乎只供奉阿騰並且沒有為後人留下任何的解釋。當所有的法老王都試圖讓自己看起來雄壯威武，阿卡那騰卻讓自己的雕像看起來十分的女性化，並只想要讓後人記得他是一個多情的丈夫而不是個偉大的法老王。

正當他快要結束的時候，眼前一個畫面再度吸引他的注意。那是一個女人似乎很痛苦地半彎在一張長板凳上。亞登通常不會像現在這樣去在意身旁周圍的人，但不知道為了什麼緣故，此刻這個景象卻讓他回憶起多年前在羅浮宮看到的那個畫面。他不知道自己為什麼至今都還一直沒有辦法忘記那個畫面，彷彿當初他如果上前去找那個女人的話，那麼今天所有一切全都會不一樣似的。

他感覺一抹心痛莫名的湧上心頭，就猶如當初他在羅浮宮所體驗的一般。這樣的感覺讓他感到十分的困惑，因為他並不是一個敏感的人，而他的感覺也從來沒有像現在這般的活躍過。這是一種不尋常的感覺，就好像他所體驗的是自己的感受，但也同時不是屬於他的。他從來沒有這樣的感覺，也從來沒有體驗過任何他完全無法解釋的事。

他完全不知道為什麼女人在長板凳上哭泣的樣子總是特別地困擾到他，但多年前在羅浮宮所體驗的感覺似乎早在他的心裡植下了種子。也是自從那一天之後，他就總是好奇著「如果」，並後悔自己在當下沒有採取任何的行動。其實他也不知道就算自己真的做了什麼又會有什麼樣的改變，但他想或許這一次的他應該上前確保那個女人沒事，那麼他從此以後就可以學會放下並繼續前進，而不是總是回頭來後悔自己什麼事都沒有做。

正當他舉步準備朝那個女人走近的時候，他看見一個男人拿了瓶礦泉水坐到那個女人的身邊。這一幕畫面讓他頓足。那個女人顯然是與她的男朋友同行，並且有人會照顧她。亞登很快地轉身以免引起任何人的注意。他無法解釋自己為什麼會因為想要關心一個需要的人，而感到莫名其妙的罪惡感。

隨著他跨步朝門口的方向走去，並試著排除掉自己此刻心裡的感覺，他同時注意到內心隨著自己的漸行漸遠而浮上了一抹異常的感覺……爲什麼我的內心會覺得受傷，空洞以及……嫉妒呢？

***　　***　　***

「妳好一點了嗎？」

艾蒂亞坐在一座高級的法式餐廳裡，而眼前則是讓人垂涎三尺的美味，但她就是怎麼都提不起胃口。她全身所感受到的種種情緒至今都讓她有種噁心感，也讓她相對地沒有任何的食慾。這間餐廳顯然擁有整個慕尼黑最美的景色，但即便如此，艾蒂亞還是沒有辦法完全地享受那樣的美景。雖然她也想要享受當下，但她不知道在她的身體還在感受那麼多無法解釋的感覺當下，究竟是要如何去假裝自己很享受一切。

「我好一點了，」她撒謊道：「我只是現在一點胃口也沒有。」特別是在經歷過稍早的體驗之後，艾蒂亞一點也不覺得餓，反倒是覺得好累。

「艾蒂，我……」傑森看起來比往常還要來得緊張，欲言又止的樣子彷彿有什麼難以啟齒的話似的。

注意到他的坐立難安，艾蒂亞抬頭問道：「傑森，一切都還好嗎？」

傑森伸手抓了頭一會兒。花了好長一段時間才終於深呼吸了一口氣，然後鼓足了所有的勇氣從口袋裡拿出一枚戒指並望進艾蒂亞的眼睛問道：「妳願意嫁給我嗎？」

艾蒂亞一點也沒預期會從傑森口中聽到這樣的話，而且更不期待會是在這樣的情況之下。雖然餐廳裡的氣氛真的很不錯，而景色也很漂亮，但是她現在的狀況一點也不適合被求婚。特別是當她體內的女人又總是在呼喚著別的男人的時候。

「傑森，我……」她不知道自己該說什麼。她並不是不愛傑森，只是老覺得哪裡不對。傑森是她約會過的所有男人裡面最好的人，而她也很確定大部分的女人都會輕而易舉地愛上他，並選擇與他定下來。所以她不是很清楚自己為什麼沒有辦法立刻給他一個答案？到底又是什麼讓她如此遲疑？事實是，她自己也不知道，就好像心裡頭還有一小部分的她期望可以遇到一個更了解她的人……

注意到艾蒂亞沒有立刻回答他，傑森試著舒緩這尷尬的場面開口：「妳不需要現在立刻回答我。我知道妳今天一整天也經歷了很多。但我是真的愛妳，艾蒂。我是真的想要與妳一起共組家庭。」

艾蒂亞知道自己應該感到興高采烈才對，但為什麼她一直沒有這樣的感覺……「傑森，我很抱歉我今天的狀況真的不太好，所以讓你誤以為我不高興。」她為自己的心不在焉而抱歉。「但是當然，我當然想要嫁給你。」

「真的嗎？」傑森的表情因為艾蒂亞的回答而倏然轉變。他是真心地高興她終於接受了他的求婚。他握住了艾蒂亞的手，臉上興奮的表情與艾蒂亞的感覺形成強烈的對比。「我們應該好好地慶祝一下才對！我等不及告訴大家我們訂婚的消息！」

但這眞的是妳想要的嗎？隨著稍早的心痛還滯留在胸口，艾蒂亞感覺她體內的女人如是說：他並不是妳在找的人……

離我遠一點。艾蒂亞警告體內的女人說道：這是我的人生，我自然可以決定自己要嫁給誰。我有足夠的感官知道誰愛我，誰又一點都不在乎我。

他當然愛妳，那道聲音繼續道，但問題是，妳愛的人眞的是他嗎？

看著傑森沉浸在自己的喜悅當中，一點也沒有感受到她一整天所經歷過的一切，艾蒂亞試著說服她體內的聲音說道：我想我是愛他的……因為她一輩子也不可能期望自己能夠遇到一個可以完完全全地感受她並與她共感的人。

***　　***　　***

「你去哪裡了？」

布蘭特在亞登走進飯店房門時問道。他垂著肩頭而且腳步沉重，布蘭特從認識亞登以來還沒有見過他這副模樣。「你看起來糟透了。」布蘭特吹了個口哨：「你到底發生了什麼事？就連你跟全世界最性感的女人分手，我都沒有見過你像現在這副糟透的模樣。」

亞登不知道該從何開始。他將自己的外套丟在沙發上後，轉身為自己倒了杯水並一口飲盡它，期望能藉此讓自己回復一點理智。今天他所體驗到的一切遠超過他的理智所能理解的。而更糟的是他一點也無法合理地解釋自己的感覺。

他整個人精疲力盡地躺進床裡，而那個在長板凳上哭泣的女人影像整晚都在他的腦子裡盤旋。就連亞登都忍不住好奇，*爲什麼我總是會被在長板凳上哭泣的女人所吸引*？他不能理解這裡頭到底有什麼特別的地方。還有他在小展覽廳裡面所感覺到的那抹嫉妒感……亞登幾乎從來沒有嫉妒過任何人事物，以至於這樣的感覺的出現反倒讓他覺得不知所措，特別是對一個他素未謀面的陌生人……那是他走遍慕尼黑的大街小巷試圖想要理解出來的。他看見所有在公園長板凳上的情侶們，但沒有一個人可以給他跟展覽廳裡那個女人一模一樣的感覺。

他花了好一會兒的時間才終於望向布蘭特問道：「你還記得我們曾經在羅浮宮的長板凳上看見一個哭泣的女人嗎？」

「什麼女人？」布蘭特顯然一點也不記得這件事。「羅浮宮？」他試著在腦子裡搜尋自己與亞登一起在羅浮宮的有限記憶。「我只記得你把我丟給兩名火辣的法國女人，然後就不見蹤影了。」

亞登翻了白眼。布蘭特似乎只會把地點與事件與他遇到過的漂亮女人做連結。「算了。」亞登嘆了一口氣。他並不期望布蘭特可以理解自己究竟經歷了什麼樣的感覺。

「不，說真的。」布蘭特坐在他的床邊說道：「我現在人在慕尼黑，為什麼我會記得那麼多年以前在巴黎遇見的人？我今天去了場派對，裡頭全是性感又美麗的模特兒與女演員們。要是你當時有跟我在那裡的話，我很肯定我們現在就不會獨自坐在這房間裡了。」

但亞登一點心情也沒有。他甚至不確定自己現在想要與任何人發展任何一段感情。他稍早所感受到的一切已經足以混亂他的世界，他不確定自己想要讓一切變得更加的複雜。「我很確定你一點也不需要我的幫忙就可以找人陪你上床。就算語言不通，你的名字與頭銜也已經足以讓你與許多性感的模特兒或女演員共度一夜春宵。你顯然是自己選擇獨眠才會沒有人陪你回來過夜。」

布蘭特揚了抹淺笑，顯然從來都沒有辦法騙過亞登。「你說得沒錯，」他輕笑了聲：「我的確是找不到感覺對的人，所以我寧願一個人獨眠。不過說真的，你到底是發生了什麼事啊？我從來沒有看過你像現在一樣，你真的看起來糟透了。」

「我沒有辦法解釋，」亞登坦白道：「但我可以告訴你，我的感覺遠比我的外表還要來得更糟。」

「我懷疑就連股市崩盤也不會讓你有這樣的感覺。」布蘭特認識亞登大半輩子的時間，他清楚地知道亞登來自一個富裕的家庭，而工作對他來說只是興趣而不是件必須的事。所以當人們總是評論亞登是個不折不扣的工作狂，布蘭特知道那是因為他是真心地喜歡工作，也是為什麼亞登總是把工作擺在女人前頭的主要原因。所以布蘭特斬釘截鐵地說：「……而且絕對不可能是為了女人。」

即便亞登希望布蘭特說的是對的，但此刻的他卻沒有辦法那麼的肯定。他或許從來沒有對任何他約會過的女人有這樣的感覺，但是他又要如何解釋今天晚上他所感受到且完全無法解釋的的情緒。

亞登花了好一會兒的時間才終於接口：「……我今天在一場小型展覽館裡看到一個女人坐在長板凳上。那感覺好像又把我帶回到了在羅浮宮看到一個女人在長板凳上哭泣的那天。只不過當我想要上前去看她是否無恙的時候，她的男朋友出現了。這不是什麼特別的事，但是在我離開展覽館的時候卻莫名地感覺到……嫉妒。那是我從來沒有過的感覺。」

「你跟長板凳上的女人到底是怎麼一回事？」布蘭特嘲笑道，那應該不是任何男人會感到有興趣的事才對。但他還是不禁好奇：「你認識那個女人嗎？」

亞登也希望能夠為自己解釋：「不。」他搖頭。「我根本沒有機會看到她的臉。但不管怎麼樣，我不認為自己有足夠的時間可以知道我到底認不認識她。那個影像的時間沒有超過一分鐘，但是我心裡頭的感覺卻整整維持了一整個晚上。」

「你從來沒有見過她，但是你感覺到嫉妒？」這樣的話從亞登口裡說出來倒還是第一次。

「這也是為什麼我花了一整個晚上想要搞清楚的事，」亞登感到沮喪：「我從來沒有這樣的感覺。」

「不。」布蘭特認同道：「你『從來沒有』。」亞登的人生裡從來不重視任何女人，而且絕對不可能把她們看得比他的工作還重要。他現在可以理解為什麼亞登會感覺到如此的沮喪與受挫，因為他向來是眾人裡面最聰明也是頭腦最清晰的那個人。「或許你不是嫉妒那個男朋友，而是嫉妒他們共享的情感？」布蘭特猜測道：「因為你從來沒有談過一場認真的感情，又或者說是沒有人可以讓你想要定下來。或許那對情侶共享的情感，讓你也開始想要擁有那樣的感覺？」

亞登蹙起了眉頭，認真地思考布蘭特所說的話。布蘭特說的沒錯，他的確從來沒有談過一場認真的感情，但大部分是因為他從來沒有遇到一個讓他感覺對的人。女人們在他的生命來來去去，但從來沒有人可以彌補他內心那種空虛的感覺。這眞的是爲什麼我會覺得嫉妒的原因嗎？亞登自問。因爲我沒有辦法像那對情侶一樣地共同分享一段穩定的情感嗎？如果那是真的，為什麼他在看著公園裡的情侶時卻又完全沒有那樣的感覺呢？但不管他的感覺究竟是什麼，這似乎是目前為止最合理的解釋了。

「但是你要如何知道呢？」亞登不禁好奇。「你換女人的次數並不少於我，然而你還是在尋找那個對的人可以讓你定下來。你要怎麼知道那個對的人還在那呢？你又怎麼知道自己沒有甩過她，誤以為她是那個不對的人呢？你跟我都不年輕了，難道那個對的人不應該早就出現了嗎？」亞登其實相信自己的內心深處是想要定下來的，只不過他從來沒有遇見一個讓他想要承諾一生的人。當布蘭特總是把尋找對的人掛在嘴邊，亞登不禁好奇自己的心要是沒有對的感覺的話，又如何找到那個對的人？

布蘭特認真地思考了一下亞登的問題，但是他的回答還是如往常一般地肯定：「當對的人出現的時候，你就是知道。她會幫你補起你心裡那塊沒人補得起來的洞。」

但這樣的人眞的存在嗎？亞登並不知道。但他很確定的是一直以來滯留在他胸口的那抹空洞感從來就沒有人可以彌補過……

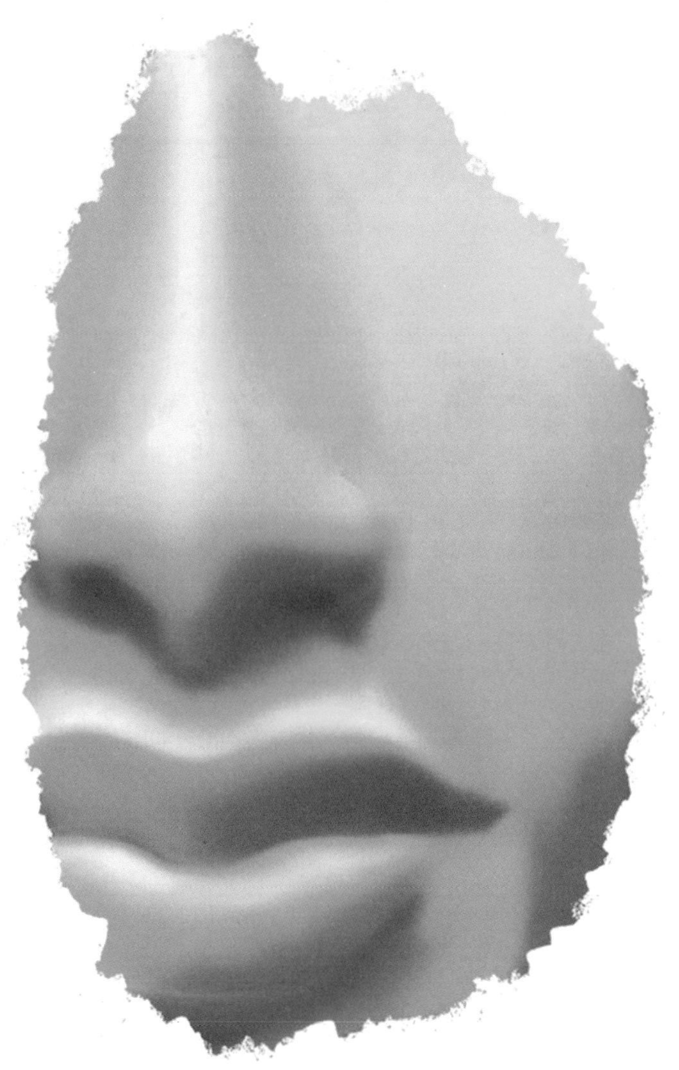



# 重生

# 第五章

加拿大溫哥華

艾蒂亞以為一趟德國之旅可以幫助她忘記所有有關埃及的夢魘，但那樣的感覺自從她回來之後似乎變得更糟。她會在白天的時候看到一些零零散散的畫面，而夜晚則會渾身是汗地被驚醒。雖然她每天都會想辦法讓自己回歸正常的生活，但是有時候一些埃及的影像會與她的現實重疊，就好像是走在某種虛擬世界一般。當自己在公園散步的時候，她會感覺像是走在王宮裡的長廊一般。她感覺身後一直有個埃及男人如影隨形地跟著她，偶而腦子裡還會跳出一些完全不合邏輯的對話與句子。這樣的情況頻繁到她開始質疑自己的精神狀況，她完全沒有辦法像是封閉其它頻道一般地隔離這些感官。

你到底想要告訴我什麼？

艾蒂亞不斷地想要跟她體內的女人談判。因為那些一點一滴收集起來的畫面根本沒有辦法給予艾蒂亞一個全面的故事，以幫助她了解究竟發生了什麼事。她同時也不能理解自己究竟要如何讓她體內的女人放下，並將所有的一切全都留在歷史裡。

在她的影像裡，她似乎總是看到她在這輩子裡認識的人。她看見傑森、她的朋友更甚至是她的姊姊……艾蒂亞不能理解這其中之間的連結究竟在哪，但那所有的一切似乎都不斷地將她拉回到她最想要逃離的那段古埃及時期。

特別是現在她接受了傑森的求婚，艾蒂亞感覺自己一定要找到一個可以將這些感覺全部處理掉的方法，因為這些種種的體驗都只會讓她對於和傑森定下來的決定更感到一種混亂不安。有時候更讓她覺得自己好像出軌一樣，彷彿她的心是屬於別人的似的……

傑森是她選擇陪伴一生的人，艾蒂亞試著這麼說服自己：他是她應該定下來的人才對……

「妳怎麼聽起來一點也不像是為妳訂婚的事高興似的。」艾蒂亞的姊姊凱薩琳在聽到她透過電話來宣布自己訂婚的消息後評論道。

「我很高興啊，」她說謊道，或者至少她覺得自己應該是高興的。「只是……我的感覺似乎無法與我的理智達成共識。」

「妳到現在還有埃及時期的影像嗎？」凱薩琳透過電話問道。

「不幸的是，還有。」艾蒂亞嘆口氣。「都好多年了。」而且根本沒有人可以完全理解那究竟有多麼地折磨她以及讓她感到精神耗損。「我以為自己終於找到可以封閉它的方法，但自從我從德國回來之後反倒變得更加的嚴重。我當然很高興可以與傑森訂婚，但我不知道當我的心一直不斷地在呼喚別人的時候，又要如何停止這種好像背叛他的感覺。如果這樣的情況沒有辦法得到任何改善的話，那麼別說結婚了，我乾脆把自己送進精神病院算了。」

「沒有任何一家精神病院是幫得了靈媒的啦。除了把妳灌藥灌到無感之外，還會把妳所有的影像都稱做為幻象。要是那些方法真的有用的話，那麼妳早在童年第一次有影像的時候就停止這些感官了。」凱薩琳嘲笑著她們痛苦的童年，因為無論人們有多麼努力地想要讓她變得正常，從來沒有一個方法對她有用過。「妳已經試著阻隔所有的感官，也盡量避免不去接觸任何有關埃及的事了。妳什麼都不想要知道，也盡可能地不去網路搜尋資料。這些跟妳把自己關進精神病院有什麼不一樣？」

「他們至少會給我開很強的藥來鈍化我的所有感官。」艾蒂亞翻了白眼。此刻的她覺得什麼方法都好，只要不再讓她有任何的感覺。

「我們不是早就知道對妳下藥的話只會讓妳看到更多，而不是更少嗎？」凱薩琳笑著提醒道。「此外，那真的是妳想要的嗎？」她的姊姊清楚地知道：「妳真的想要依靠藥物來幫助妳阻隔所有的影像？要是沒用怎麼辦？要是它反而放大了那些妳一直以來強迫自己不要感受與聽到的事呢？」在一個每個人都有某種靈媒能力的家庭長大，她們比任何人都還要清楚藥物根本不是解決她們這種能力的方法。

事實上，艾蒂亞自己也想過那樣的可能。因為不管她有多麼討厭自己現在所經歷的一切，她同時知道自己已經竭盡所能地想要隔離一切了。要是放任她的感官的話很可能只會變得更糟……「我不知道該怎麼辦。」艾蒂亞覺得好沮喪。「我什麼都試過了，但它們總會找到方法回來。我從來沒有任何一個影像會維持這麼久的時間。」

「或許它試著想要告訴妳什麼事？」

「告訴我什麼？」艾蒂亞咕噥道。「我的日子過得很好，我不認為我有需要被告知任何事。傑森對我也不錯，而他也願意接受我的不同並且娶我。我現階段沒有任何需要被處理的問題。人們只有在生活裡遇到相似的困難時才會叫出前世的記憶。我現在的人生沒有任何的困難！」

「或許妳有，只是妳還不知道而已？」

「要是連我都不知道的話又怎麼稱得上是個問題？」艾蒂亞翻了白眼，希望她的姊姊透過電話也可以聽得出她的無奈。

「那麼與其逃走，因為那顯然一點用也沒有。」凱薩琳建議道：「為什麼妳不直接去了解究竟發生了什麼事，那麼妳或許就可以理解為什麼妳必須體驗現在經歷的所有一切？」

「我只有零碎又片段的畫面，那根本不足以讓我釐清究竟發生了什麼事……」也是在這個時候，一個主意天外飛來一筆地進到她的腦子裡。艾蒂亞似乎完全忘記，又或者說是她從來沒有想過的一個可能……「妳知道嗎？」她覺得自己好像終於找到一個解決方法似的：「我想我要開始來寫書。」

「寫書？」她的姊姊笑道：「妳已經好多年沒有寫書了！妳確定妳知道要怎麼開始嗎？」

艾蒂亞其實從很小的年紀就開始寫書，也曾經是在臺灣出版過言情小說的作家。只不過自從搬到加拿大之後她就沒有再動筆過了。為了在一個異鄉求生存，她的創造力自然而然地也因為生活的壓力而完全地削減，也讓她從來沒有想過自己可以把腦子裡片段的記憶全部給寫下來。「如果我把所有我看到的隻字片段全部都寫下來的話，或許它可以告訴我一個完整的故事，並幫我釐清這一切。」

雖然艾蒂亞的話聽起來合情合理，但凱薩琳還是忍不住好奇：「那妳要從哪裡開始呢？」

也是在這個時候，一個影像浮現到她的腦海。她感覺到自己蹲坐在市場的角落賣著葫蘆。她的臉覆蓋著厚厚的泥，而且一身的破爛。一抹讓人避之不及的惡臭掠過她的鼻頭，猶如她置身其中似的。艾蒂亞可以感覺到腳下粗糙的沙石觸感，而後一抹令人窒息的掐喉感隨之而來。不管她剛剛做的決定究竟是對的還是錯的，她體內的女人似乎回憶起一些記憶可以引導她回到三千年前的古埃及時代……

「我會從一個小女孩在市集裡賣葫蘆開始寫起……」

***　　***　　***

艾蒂亞天真地以為自己只需要寫一本書就可以終結她所有的悲慘世界，但結論是她必須要寫完一整套系列才有辦法終止所有的一切。她在寫書的過程裡總是深刻地感受著書中主角所經歷的傷痛、血，以及體內那抹噁心的感覺，當她完成第一本書的第三章時，她已經習慣這樣的感覺而不在乎了，只希望自己可以儘快地看到它結束的一天。

通常在她快要寫完一個章節的時候，下個章節會自動地浮現在她的腦海裡。身為一個早已經出版過二十幾本小說的作家，艾蒂亞從來沒有像寫這本書一樣的體驗。她感覺自己比作家更像個讀者。她沒有能力掌控故事內容的走向，也不知道下一個章節有誰要入鏡。她甚至不知道自己寫的故事到是真的還是假的，在此同時，她又抗拒去做任何的研究調查，一心想要忠於自己的視覺所看到的，而不是受自己的邏輯大腦影響來告訴她應該寫些什麼。

除此之外，她從一開始的中文書寫，很快地便轉換成英文，彷彿英文更符合書裡的主角想要表達的意境。但身為一個英文為第二語言的人，艾蒂亞從來就不習慣書寫英文，而且絕對不了解為什麼她體內的女人會選擇一個連她都不熟悉的語言來編寫她的故事。

當她完成所有的書的時候，艾蒂亞開始了解所有隱藏在故事背後的功課。她的姊姊說的沒錯，那是連她都不知道自己有的問題。那是關於她與自己的母親、父親、姊妹、朋友，更甚至是傑森的問題。艾蒂亞看到它如何影響到她過往，更甚至是現在的情感。她因為對原生家庭缺乏信任的問題，導致她無法在任何情感裡安定下來。不管她跟什麼人在一起，她的心口上總有一種空洞的感覺。她從來不知道要如何除掉那樣的感覺，並開始相信那很可能就是她一輩子需要去學習體驗的功課。

一直是到了第二本書的時候，她了解了那抹空洞的感覺究竟從何而來，以及為什麼她總是希望有人可以了解她並感受她所感受的一切。她曾經夢想過有人可以像阿卡那騰對待那法媞媞那樣地了解她，但同時知道那是種奢侈的要求，因為她所感受的是遠超過一般人所能夠承受的。當她都沒有辦法解釋自已經歷了什麼的時候，又要如何期望他人可以了解她這輩子所經歷的感受？

在第三本書的時候，她處理了她與已逝父親長期以來的問題。而在寫第四本書的時候，她發現到每個人腦中的句子如何嚴重地影響到他們可以為自己創造出想要的人生……

「艾蒂，」莉莉亞從書上抬起頭來驚呼道：「這故事真的太棒了！妳應該出版它們才對！」

「我不知道。」艾蒂亞遲疑道。自從她把書寫完至今已經有好幾個月的時間，但是她一直沒有辦法回頭去編輯它。「或許它們應該待在我的電腦裡才對。」她說道。即便她知道自己體內的女人希望它出版並讓其它人知道，但是艾蒂亞更擔心會被某個特定的人知道——一個不應該在她現有的生活裡扮演任何角色的人……「我不認為有人想要閱讀一套不符合歷史記錄的歷史小說。」

「不管符不符合歷史記錄，」莉莉亞嘖聲道：「這是一個很好的故事。妳大可以虛構小說的方法出版它們。更何況一套故事以這樣的方式被編寫出來，絕對不是為了乖乖待在妳的電腦裡的。雖然說虛構小說大多是編出來的，但這些影像對妳來說卻是真實的。不管人們相不相信，我很確定他們都可以在裡面找到一點點自己。還有天啊，我超愛薩摩斯的。要是你在現實生活裡看到他的時候一定要讓我知道！」

只有知道她的能力的朋友才會跟她開這種玩笑。艾蒂亞揚了嘴角，並不是每一個西方人都真的相信輪迴轉世之說，也不是每一個人可以把它當真的一樣在開玩笑。「妳真的覺得我應該試試嗎？」艾蒂亞滿帶懷疑地問。即便她清楚地知道那是她體內的女人想要的，但是艾蒂亞總覺得她的腦子裡還有更大的擔憂。除了遇到那個人之外，「我的英文並沒有好到可以出版任何書。」

「妳的英文好到足以讓我愛上這套故事。」莉莉亞微笑道。「要找到會寫好英文的人很簡單，但要找到會寫出好故事的人很難。如果這套書想要以完美的方法呈現，那麼妳就會是以英語系國籍的身分出生，而不是一個英文是第二語言的人。妳真的應該對自己有信心一點，讓這套書出去找它在尋找的讀者吧。」

*讓書出去找它在尋找的讀者吧……*

不知道為什麼，那正是艾蒂亞害怕的。不管她有多麼愛這套故事，她同時害怕知道這本書究竟在尋找什麼讀者。那很可能不單單會混亂她所有的感官，也會同時破壞她現在所擁有的一切……

「亞登，你應該看看這本書稿……」

＊＊＊　　＊＊＊　　＊＊＊

米芮安滿臉興奮地走進他的辦公室裡，她緊接著將一疊厚厚的書稿丟在他的桌上並等待著他的回應。米芮安身為他公司裡的總編輯多年，同時也是幫助他經營管理各項業務的人。她是在加拿大的第二代印度人，除了能力超凡之外，同時擁有獨具慧眼的敏銳感官。亞登跟她在一起工作這麼多年還從來沒有看她像現在這麼興奮過。「這是什麼？」他問道，期望米芮安可以像往常一樣地用幾句話來總結眼前她希望他閱讀的故事。

「讀它啦！」米芮安催促道。顯然不想要打破他的驚喜。「我覺得這是一本你會覺得有興趣的故事。」

亞登再度睨了米芮安一眼，這才終於拿起她丟在桌上的書稿。他甚至沒有注意書名與作者名，只是很快地翻了幾頁之後便又以同等快的速度放了回去。「這是什麼？一本由小學二年級的人寫的小說？」亞登輕嘖了聲。「妳覺得我會因為裡頭不計其數的文法錯誤而感到有興趣？」

「不，亞登。」米芮安在他桌子前的椅子坐下。「把你那高傲的態度收起來並好好地讀完它吧。這是一套很有趣的故事。姑且不管裡頭的文法錯誤，故事本身思考得很周全，真的讓人覺得很不可思議。我上網做了一點搜尋，真的不知道這個作者是怎麼編出這套故事的。因為它不但符合歷史，更解釋了人們至今都還無法解釋的事。沒有人知道在阿曼那時期究竟發生了什麼事，但這個作者寫得像是她活過那個世紀似的。」

「或許她有非常好的想像力。」

「不管是不是好的想像力，」米芮安翻了白眼。「人們都喜愛一個好的故事，而這正是本好故事！如果我們好好地潤飾它並讓它變得完美的話，它很可能會成為暢銷作品的。」

「文字要是沒有辦法正確地傳達訊息的話是無法變成好故事的。」亞登瞄了眼作者的名字，她很明顯是個亞洲人。藉由他所閱讀的頁面來看，她可能也是個以英文為第二語言的人。他不能理解一個對英文不熟悉的人又為什麼要用英文來寫故事。

「這才是我們要扮演的角色，」米芮安不知道為什麼似乎特別喜歡這個故事。他從來沒有看過她像現在這樣對任何案子用盡口才地想要說服他。「對我們來說，要找到能夠寫得一手好英文的人是件輕而易舉的事。但你應該比任何人都知道要找到一個能說好故事的人並不容易。」

「但要把這套書編改到可以閱讀又賣得出去的暢銷作品大概得花上一整個軍隊才行。」

而他單純不認為它值得投資他根本沒有的時間。

「如果你允許的話就讓我來吧。」米芮安自願道。

「我寧願妳把時間花在幫我經營公司上。」

「那就至少相信我的直覺吧。」她建議道。「我可是從來沒有讓你失望過。」

「就我剛剛所閱讀的書稿來看，」亞登玩笑道：「這很可能會成為妳的第一次。」

「拜託，亞登。」米芮安再試一次。「給它一次機會。等你有時間的時候就好好地閱讀它。相信我，你會像我一樣愛上它。它絕對會值得你的時間的。」

「隨便啦，」他敷衍道。但知道米芮安根本不打算放棄，他只好讓步。「好啦。等我有時間的時候會讀它，又或者當我無聊到想要更改二年級學生考卷的時候。」

「你發誓？」

「別再煩我了，行嗎？」亞登揮揮手示意請她離開。「我很確定妳除了在這裡一直煩我之外，鐵定還有很多事情要做。」

「真的啦！」米芮安從椅子上站起身，知道那是亞登承諾他會閱讀書稿的方式。「她很可能已經被其它的出版社拒稿或退件很多次了，因為他們全都像你一樣高傲自大。但我寧願在其它人發掘她之前簽下她。」

「我一點都不會擔心那樣的事情發生。因為從我剛剛讀到的部分來看，我很確定她很久都不會有人簽她。」

「反正別花太久時間啦。」米芮安在走出門口前再次提醒道。

「我不知道什麼叫太久，」亞登開玩笑道：「你在要求我擠出我沒有的時間。」

「隨便你怎麼說！」米芮安知道亞登是只要有心就一定擠得出時間的人。「記得要讀它喔！」她在走出門前隻字隻句地警告道。

也一直等到米芮安離開房間之後，亞登再度轉頭望向桌上的書稿。

*被遺忘的埃及……*

他向來就不喜歡歷史小說。因為那往往有太多的史實要審核，而且還要擔心它是否符合歷史記錄。除此之外，英文是第二語言的人絕對是他完全沒得商量的死穴。但他從來沒有見過米芮安像現在這樣熱衷於任何一個故事。不管它是什麼，亞登猜想自己或許都需要一點時間去知道答案。

*阿曼那時期……*

亞登暗想道。那是一段沒有人知道太多的時期，也可能是任何人可以拿來寫歷史小說的最好時期。現在他回想，似乎所有他無心走進的埃及展都與阿卡那騰與那法媞媞有某種莫名的連結。

不知道是什麼緣故，他體內似乎有某種東西也在他毫無自覺的狀況下正慢慢地在甦醒當中……

＊＊＊　＊＊＊　＊＊＊

艾蒂亞從來不知道編輯竟是這麼困難的工作。她開始同情當初為她修改二十幾本書的編輯並替她而感到可憐。

她認真地將自己的書投稿到所有她在網路上搜尋得到的出版社，但得到的回應大多是因為她毫無修飾的故事內容以及文法不正確的英文而拒絕或是退稿。她幾乎要選擇放棄了，但感謝莉莉亞總是不斷地催促著她去完成不可能的事。所以她選擇再度回頭來修飾故事的內容，並在同時間尋找英語為母語的人來幫助她修飾她的書寫英文。這也是當她發現自己的感官會全部回來，就好像她必須再度重新體驗一遍似的。她在編輯的時候需要不斷地重覆體驗書裡所有的一切，以至於她根本無心去留意自己的文法到底正不正確，更不用說要她這個英文都說不好的去留意自己的文法到底哪裡出了錯誤。也因此，她選擇將它翻譯成自己的母語。但她也在同時發現，無論選擇以什麼樣的方式重回書本，她都必須老老實實地再重新體驗一次那樣的生活。也由於她已經在海外居住很長一時間，就連翻譯出來的中文也都是滿滿的錯字與文法錯誤。這讓她真的開始懷疑自己為什麼要出版這套書。

她真希望出版這套書可以像她十八歲當言情小說家般的簡單，但她發現它不管是心靈上還是生理上都遠比她當初預期的還要讓人覺得精疲力盡。她大部分的時間都覺得好累，而在編輯時似乎又總會發現更多的祕密。*爲什麼古代的人不能夠活得簡單一點*，艾蒂亞常常咕噥道。*爲什麼人們在面對權力的時候總是變得十分的面目猙獰……？*

艾蒂亞決定暫時放下手中的一切工作並走去附近的咖啡廳為自己買杯咖啡。特別是在面對這些書的時候，她總是特別需要一杯好的咖啡，也相信新鮮的空氣或許可以幫助她的腦子清醒一點。

她剛剛從臉書上看到今天是難得的日子，也就是中國新年與情人節重疊的日子。*雖然人們永遠不能相信網路上寫的東西*，艾蒂亞暗想道：*但永遠可以假借任何名義來爲自己買一杯好咖啡*。當家鄉的每個人都在圍爐享受著中國新年，她至少可以用一杯熱騰騰的好咖啡以慶祝新年的名義來犒賞自己。

*但咖啡廳好忙……*

忙到幾乎讓艾蒂亞後悔自己到這裡來買咖啡。她向來不喜歡人群，大部分是因為她不知道自己在人群中會接收到什麼訊息。她的靈媒能力讓她可以很快地從人身上閱讀他們隱藏的問題。狀況好的時候是五秒，狀況差的時候則是一秒。這也是為什麼在她狀況不好的時候，她總是試著避開人群。但至少，她應該慶幸那些埃及影像在她把書寫完之後就沒有再擅自出現過了。它們好像只有在她編輯的時候才會出現……這也是為什麼她總是不斷地告訴自己：**或許我應該停止編輯**。但不管怎麼樣，現在的狀況對她來說都是比較好的，特別是相較於那段她無法除去影像，也無法停止她體內的女人呼喊她愛人的日子。

一群青少年排在她的前頭。他們嘻嘻哈哈地推搡著彼此並嘲笑著對方，但艾蒂亞唯一聽得到的是他們沒說出口的想法，以及他們內在不希望任何人聽到的不安全感……

**或許我應該去另一家咖啡廳，又或者是回家自己泡杯咖啡才對……**

艾蒂亞還在衡量著自己應該做什麼的時候，站在前頭的青少年卻在此時將拿著背袋的手一揮，差點把袋子揮到她的頭上來。她反射性地退後了幾步，試著不讓自己被打到，但卻紮紮實實地落入身後一片結實的胸膛裡。該死的，她暗咒道，知道自己鐵定是撞到誰了。只感覺站在她身後的人伸手握住她的右肩，以讓她免於跌倒的命運，也很可能只是為了讓她跟他保持距離。

「我很抱歉……」艾蒂亞沒有轉頭便很反射性地道歉，也在同時看到那群青少年根本沒有注意到自己的莽撞，反倒是往前走到櫃檯去點他們的飲料。艾蒂亞試著站直自己的身子，並很快地往前走了一步以給身後的男人一點空間。

「沒關係。」

她身後的男人聲音裡有一抹低沉的淺笑。但那道聲音卻讓她的背脊爬上一抹寒顫，幾乎讓她頓時楞在原地。她在寫書的時候早已經不斷地聽見那道聲音數百萬次——在她清醒的時候，以及夢中無數次的牽動。她向來都不知道該如何完美地詮釋它，只知道最後只能用絲絨般的聲音來形容它——阿卡那騰的聲音。

在現實生活裡聽見這個聲音讓艾蒂亞整個人楞在原地而不知道自己接下來該怎麼辦。*這可能嗎？*艾蒂亞不禁質疑……*阿卡那騰有可能也是一個真實的人嗎？*艾蒂亞發現此時的她竟感到既好奇又害怕。大部分的作者都會想要看到他們書裡的角色成為真實的人物，但她卻清楚地知道她的故事裡有一般人看不到的深層意義。她雖然已經說服自己，書裡面的所有角色全都是她創造出來的，但是她同時比任何人都還要清楚地知道那並不是真的……她體內的女人一直在尋找阿卡那騰，而那個人卻是艾蒂亞在這一輩子裡一點都沒有興趣想要遇見的。*搞不好他只是一個擁有性感聲音的醜男，*艾蒂亞試著這麼說服她體內的女人，*那樣會停止妳作*

夢並從此停止呼喚他的名字嗎？說真的，艾蒂亞感覺這彷彿比較像是說來說服自己，而不是她體內的女人。但不管怎麼樣，她都知道此刻的自己很怕回頭看到他。

好像因為她楞在原地太久，那隻放在她右肩上的手將她稍微往後拉了一點，好讓她可以往後看到他的臉。

但讓艾蒂亞更驚訝的是那雙日以繼夜不斷在她的視覺裡出現的眼睛。透過寫書的過程，這雙眼睛早已深深地烙在她的心裡。它似乎可以喚醒她每一個隱藏得很好的慾望，以及每一個她無法控制的身體感官……

人有可能在投胎之後還擁有一樣的雙眼嗎？

艾蒂亞不認為那是可能的事，但卻無法解釋自己為什麼好像見過那雙眼睛無數次。她甚至不知道他是誰，只知道此刻的他是再真實不過的存在……那個男人很高，幾乎跟傑森一百九十三公分的身高差不多，又或者是更高。他白色的套頭毛衣與輕便的黑色外套完美地展現出他結實的身軀，還有他淺褐色的頭髮優雅地落在他的額前。他是個白人，擁有一雙微彎的厚實嘴唇，就如同她在慕尼黑埃及展所看到的嘴唇雕像一樣。

不……艾蒂亞發現她根本無法移動。他既不能是真的也不應該是真的。阿卡那騰應該是我創造出來，一個活在遙遠的過去的人，而不是這輩子會遇得到的人才對……

阿卡，我至死都將永遠愛你……

艾蒂亞感覺體內的女人急迫地想要出來擁抱她身前的男人，而她必須要用盡一切力量才能夠將她急欲出口的呼喚，以及迫不及待想要湧上眼眶的淚水壓下去。

她看到那個男人似乎跟她一樣困惑地輕蹙了眉頭，彷彿想要理解什麼似的地問道：「……我認識妳嗎？」

「不！」艾蒂亞感覺自己幾乎回答得太快又太大聲了一點。她很快地扯開他的手並試著想要在淚水落下以前，又或者是她體內的女人做出什麼瘋狂動作以前儘快地離開這個地方。「我真的很抱歉。我……我……必須要走了。」艾蒂亞像是逃命般地逃向門口。她不知道自己為什麼要逃，但覺得她有必要在任何事出錯以前盡可能地離開眼前的男人。

亞登雖然不想要放她走，但卻感覺自己的理智完全沒有辦法說服自己這麼做。他沒有任何的理由將那個女人留在原地。但是……他看著自己停留在空中的手並清楚地知道……這感覺是眞實的。他從來沒有對生命中的任何人或任何事有這樣的感覺。他的感官像是甦醒一般，讓他終於有辦法再度感覺。雖然那只是一個很短暫的時刻，但亞登卻感覺那一直以來滯留在他心上的空洞彷彿第一次被填滿似的。

他轉頭望向門口，而那個女人早已不見蹤影。他突然希望自己可以將她留得更久一點，好讓他可以多一點時間為自己釐清一些事。

「你怎麼花那麼久的時間？」

一道聲音拉回他的注意力，他轉頭便看見愛麗安娜滿臉困惑地站在他的身前。

「發生了什麼事？」她再度問了遍。她從來沒有見過亞登有此刻這般的表情。她很快地朝整個咖啡廳望了眼，但由於沒有辦法看見特別的人事物，愛麗安娜再度轉頭望向亞登問道：「一切都還好嗎？」他身上有種讓她感到格外不舒服的感覺。尤其自從他們在一起之後，她就從來沒有看過他像現在這樣。

「沒事。」他很快地撇開自己的思緒並放下懸在空中的手，決定暫時將所有的事都留在心裡。要不是愛麗安娜堅持要在此時此刻來這間咖啡廳買杯咖啡，那麼他很可能永遠也沒有辦法在這間咖啡廳遇到那個女人。

這難道也是另一個跟巴黎或是慕尼黑一樣擦肩而過的際遇，還是一個可以讓他慢慢釐清自己人生的開始……此時的亞登希望那是後者。無論這一刻有多麼的短暫，他都感覺到生命中第一次的完整感。他希望自己的人生終於被賜予一次可以讓他去感受以及去愛的機會。

# 第六章

妳在開我的玩笑嗎？

當艾蒂亞到達公園的時候，她的淚水早已覆蓋了整個臉頰。她坐在公園的板凳上，遲遲無法調整自己的呼吸，她感覺自己像是在逃亡似地跑到這座公園，也讓她迫切地想要好好地訓斥一下體內的女人。這個女人若不是她記憶裡的一部分，而只是一個孤魂野鬼的話，那麼艾蒂亞此時鐵定會用力地把她搖醒。因為這一直以來的種種感官已經夠讓她覺得荒謬了，艾蒂亞再也不認為自己可以再承受更多的無理取鬧。

這一切都必須停止！艾蒂亞按著刺痛的心口，試著跟自己的靈魂講些道理。我有個很好的人生！而且這是我的人生！妳沒有任何權力可以決定我要跟誰在一起！我跟傑森在一起很快樂，我不需要遇見妳的阿卡那騰！我很抱歉妳失去妳的阿卡那騰，但妳在三千年後還要來打亂我的生活是件很不公平的事！我有權力掌控我現在這個人生！而且我已經照著妳要我做的把書全給寫出來了，也千方百計地想讓它出

**版。我做了所有妳要求我做的事，妳必須不再干預我接下來的人生才對……**

雖然只是在心裡跟那個女人說話，艾蒂亞卻感覺自己像是那些一天到晚對著天空大吼大叫、或是老對著自己說話的瘋子一樣。但她永遠沒有辦法對任何人解釋她的感官以及它們對她來說有多麼的真實。她已經被這些埃及的影像困擾了許多年，如果現在連她的現實生活都要犧牲進去的話，那對她來說真的是件很不公平的事。

艾蒂亞可以輕易地相信是自己創造出這個故事，又或者它曾經真實地發生在遙遠的過去，但要讓她知道自己在這輩子裡還會遇到阿卡那騰對她來說卻是一件十分不公平的事，至少她覺得他不應該出現在這一輩子裡才對……雖然她也夢想過自己被一個與她同頻的人相愛會是什麼樣的感覺，但這種事應該只出現在幻想裡，而不應該是現實生活中。艾蒂亞完全不能想像有人會想要跟她這種花了大半輩子討厭自己能力的靈媒產生共頻。有誰會想要這樣的生活？她甚至無法想像那樣的生活對他們來說會有多糟。

艾蒂亞回憶起自己剛剛在咖啡廳裡看到的那雙眼睛，那是一雙她在寫書時會不時看到的雙眼，**怎麼有人會在這麼多年後還擁有一模一樣的眼睛，又怎麼可能在三千年以後還擁有完全相似的神韻？**

還有她從小就一直感受在心口的那抹空虛感，又為什麼可以在那麼短的時間內，透過他看著她的眼睛而得到前所未有的療癒。

她感覺自己的感官完全地甦醒，而靈魂似乎也開始渴望著她無法解釋的事。艾蒂亞伸手環住自己的身體，不自覺地開始感到冷。隨著慾望與理智不斷地在她的腦裡衝擊著，她只聽得到自己對著體內的那個女人哀求：**放過我吧……**

***　　***　　***

「我從布蘭特那拿到了這個禮拜五那場私人派對的票……」愛麗安娜在他們走進屋子裡的時候跟亞登說道。

「派對？」他在脫下外套時輕蹙起了眉頭問道……「什麼派對？」他似乎一點也不知道她在說什麼。

愛麗安娜表現得一副她好像提到這場派對很多次的樣子。「就是那個所有影視圈、導演與製片會上來溫哥華尋找新劇本的派對……」那場他們幾乎每年都會為了開拓未來的生意與媒體網路而參加的派對。

「喔，那場派對。」亞登似乎記起了布蘭特曾經跟他提到過的事，只是他從來沒有想到它竟然發生得「……這麼快。」

近年來的出版業已不再是單純的編輯以及出版書而已。由於科技的發達，亞登為了讓自己的生意繼續發展下去則需要不斷地拓展他的媒體以及影視的人脈。但他向來不是很喜歡這樣的公共聚會，因為過度膚淺的對話以及人們為了攀附關係的虛偽總是讓他覺得累。

但愛麗安娜卻似乎總是樂在其中……因為她向來喜歡成為人群中的焦點。她曾經是個旅居在法國的時裝模特兒，而他們則是在一次布蘭特硬拉著他去參加的眾多派對中認識。她是個加拿大出生的華裔，有張漂亮的臉蛋以及一般模特兒擁有的纖瘦身材。雖然她的外表給人一種十分有自信的感覺，但是私底下的她卻總是浪費太多的時間在擔心外界對她的評價。

亞登向來不是很清楚自己為什麼會選擇跟她定下來，但他覺得布蘭特在慕尼黑對他說的話似乎占有不少的影響成分。他數次質疑自己是不是真的嫉妒在小展覽廳見到那對情侶所分享的情感，但是自從他跟愛麗安娜定下來之後，他卻沒有感覺那樣的情緒有任何的改變。

他可以擁有任何他想要的情感，但是它們卻從來沒有讓他感覺「對」過。愛麗安娜雖然長得很漂亮也顯然是許多男人的夢想情人，但她卻還是沒有辦法給他「對」的感覺。在他們的情感裡唯一讓他覺得「對」的，很可能就是愛麗安娜有不要在他家過夜的自覺，而且即便他如此要求也不曾見她過度反應過。事實是，亞登就連自己也無法形容有什麼可以讓他覺得

「對」。他已經到了人人都期望他能夠定下來的年紀。雖然愛麗安娜是個什麼條件都看似完美的人，但是亞登卻更覺得自己像是在妥協他的未來……

以他現在的年紀，他應該停止尋找那個對的人才對……

也是在這個時候，那個他在咖啡廳不期而遇的女人似乎又再度跑上他的腦海。雖然他們在一起的時間沒有超過一分鐘，但是她的影像卻似乎深深地烙印在他的腦海中，而他手裡的觸覺更是隨著浮現上來……

這到底是怎麼回事？亞登不能了解。但一抹溫暖從他的指尖開始擴散，並慢慢地漫延到他的心口。雖然這樣的感覺是如此的真實，但他的理智卻沒有辦法解釋它。為什麼他會對一個完全不認識的陌生人產生這麼多不同的情緒？

當對的人出現的時候，你自然就會知道……

亞登記得布蘭特常常說的話。但他此刻的感覺幾乎無法讓他稱之為「對」，反倒更像是……讓人不知所措。他向來認為自己是個既冷靜又理性的人，但他在那個時候所體驗到的每一個感覺卻都不是他的腦子可以理解的……

「亞登？亞登……」

愛麗安娜的聲音再度將他的思緒拉回了現實之中，他幾乎忘了她還跟他同處一室。

「你怎麼了？魂不守舍的。」愛麗安娜皺眉：「你從這個早上開始就一直怪怪的。」

「沒事。」他說謊道：「我腦子裡有很多的工作要處理。」

愛麗安娜緊抿了雙唇。雖然亞登可以輕易地拿工作做為藉口，但是愛麗安娜卻不喜歡他總是把工作放在第一位。但是亞登也不想要解釋自己，因為這往往是他想要獨處的時候……

「或許妳今天應該回去，」他建議道：「我還有很多的工作要趕進度。」

「亞登，」愛麗安娜在他正要轉身走向辦公室的時候拉住他的手。似乎花了好長一段時間才終於開口：「我想要留下來。我不會打擾你工作的。」

*而那是他覺得她唯一對的事*……亞登暗想道：*現在似乎也沒了*。女人在多花了一點時間相處後總是想要從他身上得到更多。即便亞登清楚地知道愛麗安娜想要什麼，但是他卻沒有辦法給她那樣的承諾。愛麗安娜是個自尊心強的女人，所以他知道她得要極大的勇氣才有辦法開口對他做出如此的要求。只不過當她深信亞登是她的真命天子時，他對她卻沒有相同的感覺……「我需要一個人才能專心。」他完全不準備給她任何的議論空間。「我晚點再打電話給妳。」他緊接著放開愛麗安娜的手後便轉身朝他辦公室的方向走去。

在他可以搞清楚所有事情以前，他至少要先學會除掉腦中那個女人的影像……

「艾蒂，妳一定要跟我一起去這個地方！」

電話裡的莉莉安異常的興奮，她根本等不及艾蒂亞做任何反應前便又開口接道：「我的製片朋友給了我兩張這個禮拜五一場影視圈派對的票，妳一定要陪我去！」

「為什麼要我跟妳去？」艾蒂亞抱怨道，順手將擦頭髮的毛巾丟在一旁，接著又走向廚房為自己倒了杯水。

「首先，妳是我全世界最好的朋友，也是我最好的找伴搭檔。」莉莉亞誇張地說道：「再來，妳可憐我已經很久很久一段時間沒有任何性生活了。」

「對此，我真的由衷地為妳感到抱歉。」艾蒂亞笑道。雖然莉莉亞總是開玩笑地說她怎麼都遇不到另一半，但是艾蒂亞知道她除了總是忙於工作，又總是只想要遇到那個對的人。「如果妳不是那麼挑剔，而且也願意分出一點工作時間的話，我很確定妳會有很多男人願意為妳暖床。」

「我才不挑剔呢，」莉莉亞咕噥道。「我的標準只是比一般人高一點罷了。如果我明明可以遇到那個對的人的話，又為什麼要妥協？」

***　　　***　　　***

「要是那個對的人從來都不出現呢？」艾蒂亞挑釁道：「妳難不成要餓死嗎？」

「那至少我會是帶著尊嚴而死的。」莉莉亞像是演話劇似地在電話的另一端說道。她的聲音十足十的戲劇化讓艾蒂亞可以輕易地想像那個畫面。「反正無論如何，妳一定要跟我去啦！我不接受『不』做為回答。」

「我晚點跟傑森討論看看。」艾蒂亞試著為自己找個不去的藉口。「但妳知道我不喜歡人多的地方吧？特別是那種需要社交的場合。」

「但妳一定要為了這個派對破例。」莉莉亞的語氣十分地肯定：「這是一場許多製片們會上來尋找有機會製成電影劇本的聚會。」

「那關我什麼事？」

「Duh！妳的書！電影！」莉莉亞的口氣像是要她把兩個單字連在一起似的。「我們可以把妳的書變成電影！」

「我甚至沒有辦法讓『一家』出版社出版我的書，」艾蒂亞咕噥道：「而妳就要我去思考如何把它變成電影？」

「喔，拜託，艾蒂。」莉莉亞試著安慰道：「對的人會在對的時間出來啦。」

「如我所說，」艾蒂亞翻了白眼。「與其等待對的人出現，我倒不如餓死算了。」

「不管啦，妳一定要跟我去！如果傑森有任何的意見，叫他先踩過我的屍體再說。」莉莉亞玩笑道。「我會盡我最大的能力幫妳推銷妳的書，但妳至少得要人在那裡才能支援妳自己的故事吧？」

雖然艾蒂亞是真心不想去，但她同時知道莉莉亞已經盡其所能地想要幫助她成功。不管她的書到最後會不會如莉莉亞期待的那樣被拍成電影，但知道莉莉亞一直以來都如此堅信她的成功，並總是不放棄地陪著她，一路走來真的讓她感到格外的欣慰。「謝謝妳，莉莉亞。」

「別謝我，」莉莉亞說道：「我只是想要拯救我的性生活。妳可以幫我在派對上找到薩摩斯來感謝我。」

「他如果是個真人的話，我不認為他會很難找到。」

「那好，如果我真的在派對裡遇見他的話我會暗示妳先行離開！反正到最後，那裡一定有很多帥哥美女試著想要找工作或是一夜情的。」莉莉亞笑道：「所以，穿好看一點。我們禮拜五見。」

「禮拜五見。」

當她把電話掛斷的時候，傑森的手也從後背後伸出來環在她的胸前。「那是誰？」他問道。

「莉莉亞，」艾蒂亞放下手中的電話。「她希望我這個禮拜五陪她去一場聚會。」

「我以為妳不喜歡聚會。」

「我的確不喜歡。」艾蒂亞同意道。「但她需要一個幫她找伴的搭檔。我想我最好在當天披上一對翅膀好讓我的頭銜更正式一點（英文裡幫忙找伴的搭檔叫『Wingman』）。」

「也好。可別忘了也要戴著戒指。」傑森玩弄著她手上的訂婚戒指嘲笑道：「也不要飛到太遠又讓我觸及不到的地方。」

手上的戒指雖然會提醒人們她已經訂了婚，但艾蒂亞好奇有誰會在意這個。她對於自己有一天會嫁給傑森這件事還是感到十分的不真實。「我不認為有人會在意我有沒有戴戒指，而我根本不認為自己可以飛到哪裡。」艾蒂亞微笑道。但不知道是什麼緣故，即便待在傑森的臂彎裡，她的心卻還是不禁地染上一抹擔憂。為什麼她老覺得自己的心彷彿知道什麼她不知道的事？

***　　***　　***

對妳來說，我的名字是貢獻。我將我的全部完全地貢獻給妳……我的王后。

亞登慢慢地睜開眼睛盯著眼前的天花板。他無法移動自己的身體，而淚水卻早已覆蓋了他整個臉。他的心臟感覺十分的脆弱與無力，這全都是他從來沒有過的感覺。

我到底怎麼了？

他伸起手臂蓋住自己的眼睛，試著停止淚水再度落下他的臉頰。他從來就不是一個感受很多的人，但為什麼這些日子以來他的感覺卻似乎莫名其妙地倍增了許多？他不禁自問：到底是什麼改變了？

以往他的夢裡總是只有他一個人。這是他第一次覺得自己在跟任何人說話。雖然他沒有辦法看到他說話的對象是誰，但是那個他在咖啡廳遇到的女人的眼睛卻在這個時候再度浮現到他的腦海裡。

她是誰？而我又爲什麼無法忘記她？又爲什麼會在夢中見到她？亞登從來沒有此刻這樣的經驗，從來沒有一個見面不超過一分鐘的人有辦法在他的心頭留下如此的烙印。他不能理解那個女人特別的地方，也不知道她是如何讓他有感覺的……對亞洲人來說，那個女人算是高䠷的，雖然稱得上漂亮，但卻不是他所遇過的所有女人中最驚豔的。然而她的眼睛卻像是有魔力似地吸引著他。這也是為什麼亞登至今還是無法理解她究竟是如何比任何人都還要讓他印象深刻。彷彿他們在某個時空中曾經相識一樣。

……**我的王后。**

亞登記得他在醒來以前說的話。他會叫誰「王后」？而誰又是「王后」？以及他為什麼會將自己完全地貢獻給她？如果他這麼稱呼一個人為「我的王后」，那麼他的角色又會是什麼呢？一個奴隸？還是一個隨從？亞登並不相信所謂的輪迴轉世，但他沒有任何邏輯可以解釋為什麼自己在夢裡面所感受到一切會是如此的真實。不管他在夢裡經歷了什麼，他感覺那全都像是他記憶中的一部分般真實地體驗過。

他更甚至無法解釋此刻所感覺得到的淚水與心痛又是從何而來。不管他在夢裡對話的人是誰，他都清楚地知道他希望她能夠留下來、待在他的身邊，更甚至是從他的床上醒來……這全都是他從來不希望任何人做的事。他或許曾經夢想自己有一天可以學會感受，但他現在懷疑自己是不是感受得太多了。**我到底怎麼了？**他再度自問。**以及到底是什麼改變了？**為什麼他的世界彷彿開始以他無法掌控的方式在顛覆著……

***　　***　　***

「拜託請你告訴我你已經讀了那本書！」

米芮安以質問的口氣衝進他的辦公室。亞登從他的工作中抬起頭，一臉困惑地問：「什麼書？」

「我的天啊，亞登！」米芮安呼喊道。她將兩手攤在空中，隨後便跨步地走到他的桌前，像是在找一份特定的書稿般一份一份地檢視他桌上堆積如山的書稿。一直花了好長的時間，她才終於將一份被壓在最下面的書稿抽出來放在他的眼前，堆在所有書稿上面。「這本！」她伸手指著書名：「你答應我你會讀它的！」

亞登朝米芮安丟在眼前的書稿睨了眼，開始記起他跟米芮安在一個月前的對話。「我的確是說過我會讀它，」亞登揚了抹微笑並再度將注意力回到他之前的工作當中。「……當我有空的時候。」而那是他完全沒有的東西。

「天啊，你真的是不可理喻！」米芮安翻了白眼。「生出時間來，亞登！要不然你永遠沒有時間。我不能一直等到你有時間去讀它！我已經告訴過你，遲早有人會挖掘她的。」

「那就很確定她不是我們的命中註定。」他臉上的微笑又擴大了幾分，一點也不在意米芮安的急迫。他太了解這個行業是怎麼運作的，也高度懷疑任何人有那樣的耐心可以去編輯所有的錯字與文法，又或者是認真地看待這個作者的作品。現今的人們總是在尋找速食的成功，而不是需要耗費時間與精力的工作。

「我的天啊，亞登！」米芮安不敢置信地抱怨道：「你有時候真的讓我想掐死你！我對天發誓，傲慢絕對是殺死長得好看的人的元凶，它們讓你們變得非常的醜陋！」

米芮安替亞登工作很多年了。她從來不否認他的確長得很好看，但她同時也很明顯地表示自己對他一點興趣也沒有。或許這也是為什麼亞登可以輕鬆地與她共事的原因。亞登揚著微笑，米芮安真實又毫不隱藏的個性簡直與他有天南地北的差別，也難怪大部分的人都寧願與她洽談也不願意找他協商。

「我不認為我是傲慢而是理性。還有，謝謝妳的讚美。」亞登笑道。他放下手中的筆再度望了眼那本書稿，但他的視線很快地又回到米芮安身上。「但說真的，妳到底是為什麼突然對這樣的案子特別有興趣？妳我都知道這需要花上很多的時間與精力，幾乎一點也不符合經濟效益。」

米芮安楞了一會兒，似乎也早已經自問這個問題很多次了。在任何正常的情況下，她會像亞登一樣早就忙到忘記了它。但不知道是什麼原因，這本書稿似乎一直讓她掛在心上，並且讓她坐立不安。好像自己不能什麼事都不做似的……「我不知道，」她坦白道：「我感覺好像有什麼力量在拉著我，像是一種想要讓它出版的需求似的。我無法解釋，但我從來沒有這樣的感覺。只要一想到它，我就好像不斷地被提醒自己當初為什麼會選擇這個行業一樣，一種我早就遺忘的熱情。也不是說這個作者真的沒有那個能力。她的故事的確很吸引人，只是需要一點幫忙罷了。而我願意去幫她這個忙。」

亞登挑高了眉頭，他最近也老是在經歷一些無法解釋的事。他再度朝著書稿睨了眼，感覺它的名字似乎在呼喚他似的。他向來就不喜歡歷史小說，但為什麼他覺得自己的心頭剛剛好像撫過了什麼感覺⋯⋯

「我會讀它，」他再次承諾道。知道米芮安再也不相信他，他又加了句：「我發誓。」

「你這次最好是認真的！」米芮亞拿起了一隻紅色簽字筆並在書稿上畫了一顆大星星。她緊接著用大寫寫下「讀我！！！」並又在底下多劃了幾條橫槓。「讀它！」她警告又威脅道：「不然不管你有沒有讀它我都會自己去簽這個作者！你這一次真的要相信我的直覺，」她自信滿滿地盯著亞登的眼睛：「這絕對值得你的時間！」

「好啦。」他再說一次。但他的眼睛早已經再度回到他的工作之中，並用手示意她離開：「我發誓。」

就好像是給他最後一次機會似的，米芮安終於決定暫時放過他一馬並離開他的辦公室。

亞登拿起書稿試著將它移開自己的工作區塊時睨見它的書名⋯⋯

被遺忘的埃及……

他想自己最好想辦法製造出一點時間免得下一次米芮安會手裡拿刀地闖進他的辦公室裡頭砍他。

# 第七章

「嗨，亞登！」

布蘭特在見到亞登與愛麗安娜走進會場時朝他們揮手道。他對著眼前的人說了幾句後便朝他們的方向走來。

布蘭特看起來總是一副心情很好的樣子……亞登暗想道：**也難怪我曾經分手過的女人全都喜歡找布蘭特尋求安慰**。布蘭特與亞登從大學就一直是朋友了。雖然他們彼此相處得很好，但是他們的外表卻有著天南地北的差別。亞登老給人家一種冷漠又有距離的感覺，而布蘭特相對的就顯得溫暖與平易近人許多。布蘭特總是以一種輕鬆的態度看待人生，而那樣的心態絕對完完全全地顯現在他的外表之上。雖然布蘭特總是說亞登有張會吸引女人靠近的臉，但亞登清楚地知道布蘭特的個性才是真正地可以吸引任何他想要的人的特質。

布蘭特是個一百八十七公分身高的人，只比他矮了一點。他有頭深褐色的頭髮以及咖啡色的眼睛，他的臉上總是掛著女人抗拒不了的笑容。更不用說他又總是把自己的身材照顧得很好，也知道該如何打扮可以在人前展示自己最好的一面。

他是一個頗有名氣又擅於公關的製片。這樣的行業根本完全符合他的個性，也很可能是他至今都無法跟任何人定下來的主要原因。與亞登不同的是，所有跟布蘭特分手後的女人都還是樂於跟他成為朋友。亞登常常好奇像布蘭特這樣的社交蝴蝶怎麼會至今還找不到他完美的另一半。雖然他曾經約會過許多很不錯的女人，但似乎沒有一個人讓他想要定下來過……

「她怎麼了？」

布蘭特在愛麗安娜轉身去為自己拿杯飲料時朝她偏個頭問道。愛麗安娜穿了一身V字領的紅色禮服，完美地呈現了她的身材曲線。她盤起了頭髮以展現她優雅的頸線以及整個縷空的背，明顯地讓所有擦身而過的男人都不禁地回頭多看了她一眼。但即便她的裝扮讓人忍不住回眸，但是她的神情卻是明顯的不高興。

「我不知道。」亞登聳肩。「很可能是因為我告訴她這陣子都待在她家別來找我，然後我又忘了打電話給她。」

這讓布蘭特把視線拉回到亞登身上。「我對天發誓，要不是你有張好看的臉，你絕對會是個一輩子的單身漢。你必須停止叫女人離你遠一點。她們會把這樣的話當作是一種拒絕。」

「那你要我怎麼辦？」亞登顯然不認為要求擁有自己的私人空間有什麼不對的地方。「我需要自己的空間，而且我完全不想被打擾。」

「正常人會用待在不一樣的房間來解決這個問題。」布蘭特建議道。

「但即便我離開了房間她們還是會在我的屋子裡。」亞登面無表情地說道。「我需要一個人獨處。」特別是當他從夢魘中驚醒的夜晚，他完完全全不想要有任何人在他的身邊。因為他無法控制自己的情緒，而他的身體又總是渴望著他得不到，也不知道是什麼的東西。

「如果你這麼享受一個人的話又怎麼找得到那個人？」

「或許我命中註定的那個人根本不存在。」亞登老早就下了這樣的定論。「或許我是註定要單身的人。」

「我不會這麼篤定。如果你真的是註定要單身的話，老天絕對不會給你這張漂亮的臉蛋。」布蘭特認識了亞登大半輩子。他比任何人都更清楚地知道亞登總是在尋找著什麼，只是他從來不知道亞登在找的究竟是什麼，他更甚至懷疑連亞登自己也不知道……「對的人只是比較難找到罷了。」布蘭特之所以知道是因為他的情史也不比亞登少，但他到現在還是沒有遇到那個讓他感覺到對的人。

對的人……

亞登原本想要說什麼，但到最後還是決定什麼話都不說。他的夢魘這些日子以來又變得頻繁了許多。他常常半夜帶著不能形容的心痛與滿臉的淚水醒來。他從來不記得自己做了什麼夢，但是醒來後的感覺卻從來沒有變過。而亞登至今還是研究不出來究竟是什麼事做了改變。他醒來記得夢裡的支句片段，而那些對話與場景往往一點也不合理。他還是無法理解自己在夢裡叫誰為「王后」，但他在咖啡廳裡有一面之緣的女人卻又總是莫名地出現在他的夢中。與其像以前那樣一醒來就感覺到心痛，他所體驗到的是前所未有的感受。他感覺到渴望與欲望，迫切地想要捉住他害怕自己永遠捉不到，又或是在他發現時已經太晚的東西。

**我一定是哪裡出了問題**，那是亞登這些日子以來最常對自己說的話。因為如果他連自己都搞不清楚的話，他又怎麼能夠期望布蘭特能夠理解呢？

***　　***　　***

這個派對遠比艾蒂亞想像中的還要來得盛大，也大概是像她這樣的人最靠近好萊塢的時候。她可以看到人們都盡其所能地表現出他們最好的一面以建立他們的人脈，但也正是這樣的場合才是讓她感到最累人的。對於一個只要一有機會就會想辦法享受私人空間的她來說，艾蒂亞再裝也只能裝那麼久的時間。所以艾蒂亞很高興自己找到一個可以讓她逃離所有人的陽臺喘口氣，也順便補充一點新鮮空氣。

膚淺的對話讓她特別容易累。大部分是因為她可以在短短十秒的四目交視後便閱讀到人們沒有說出口的話。隨著她的疲憊漸增，那個秒數也只會跟著遞減。她甚至可以在人們還沒有靠近她以前便輕易地補捉到他們的動機。這也是為什麼艾蒂亞總是想盡辦法地不要過度參與任何的對話。當莉莉亞很努力地想要為她的故事建立網絡人脈，艾蒂亞似乎從一開始就已經知道對方可不可行。

事實是，艾蒂亞一整個晚上還沒有遇到一個真正想要找好故事的人，大部分的人來這幾乎都是為了找伴的。即便場裡真的有人是認真工作的，但是這個聚會實在是太大了，以至於艾蒂亞根本沒有辦法去檢視每一個人。也隨著艾蒂亞覺得自己的防禦愈來愈低，而她從人們身上得到訊息的時間也跟著愈來愈短，她清楚地知道她需要先暫時遠離人群一會兒。一個可以讓她恢復體力又不需要假裝是個正常人的休息……

*你一定對我們有種重新欣賞的感覺，因爲鬼是沒辦法假裝的……*

艾蒂亞才剛踏出門外就看到一名中年男性的野鬼朝她開玩笑地走近。那雖然讓艾蒂亞嚇了一跳，但她老早就習慣到哪都看得到鬼了，因為那是她從小就被訓練到習慣的事。而且她要是可以這麼快看到鬼又看得這麼清楚的話，那就證明她是真的累了，而且再也沒有辦法關掉任何頻道以保護自己。

「那是因為你們沒有實質的肉體讓你們假裝，」艾蒂亞像是在跟正常人說話似地喃喃自語。她朝著那個鬼睨了眼，很快地評估了下：「你一看就知道活著時是個滿口謊言的人。」

那個鬼揚了嘴角，但並沒有反對她的評語。雖然他沒有辦法回去改變他生前的樣子，但他還是抗議道：**至少我現在不是假的就行了。**

「你當然不是假的，」艾蒂亞翻了白眼。「但對大部分的人來說，你是幻想出來的。」

**等到他們死了就知道我們有多眞實了……**

「這倒是真的。」艾蒂亞笑道。大部分的人即便在死後的前一兩天都無法接受自己變成鬼的事實。「……等到他們死了之後就知道了。」

**很高興終於有人陪我說話……**那鬼說道：**我已經好久沒有人跟我說話了，更不用提到還能遇到可以看到我的人……**

「我出來是想要找安靜的，而不是改跳到另一個膚淺的對話。」艾蒂亞咕噥道。

**就算我想要也裝不出膚淺……**這個鬼魂顯然還算幽默。

「不，你當然裝不來。」艾蒂亞承認道。「但你們通常都有求而來。你一直還沒有進入白光一定是有原因的……」

好吧……那個鬼揚了嘴角：既然妳都這麼問了……

「妳在跟誰說話？」

一道突而其來的聲音頓時地打斷了所有的對話。艾蒂亞看見那個鬼閉起了嘴巴，而他的眼神則明顯地指示著有人闖入了他們的私人空間裡頭。

該死的，艾蒂亞低咒了聲。當她累的時候要裝個正常人已經很難了，這會兒還讓人捉到她對著空氣自言自言就更不可能了。她低了頭轉向身後的門，試著想要魚目混珠地把自己混回到人群裡頭。但她並沒有走遠，就很快地讓一隻手捉住她上臂而阻止了她進到屋子裡頭。她不能理解那個男人為什麼又憑什麼阻止她？但是當她抬頭望向他的時候，她的全身都不自覺地僵了住，而腦子也在瞬間成了一片空白。眼前的男人讓她立刻後悔自己來到這個派對。

當亞登與她四眼交目時也感到瞬間的錯愕。他從來沒有想過自己會再見到她。但看著她此時這麼活生生地站在面前，他突然很高興自己來參加這個派對。他跟布蘭特不同，他撐不了太久的社交聚會。特別是當生意談成的時候，他就更沒有興趣浪費彼此的時間。他不是很喜歡明明沒興趣又要假裝有趣的對話，也隨著年紀愈大他發現自己連假裝都懶了。他原本只是在找一個可以讓他有點私人空間又可以安靜的地方休息一下，但他從來沒有想過這處隱密的陽臺上會有人，而且更沒有想過那個人會是她。

當亞登剛來到陽臺並看到這裡已經有人的時候，他的直接反應是轉身離開。他原本以為那個女人是在講電話，但一種莫名的感覺吸引了他的注意力。他注意到她是在對著空氣講話，好像是在跟一個他看不到的人聊天似的。亞登一般會以為這樣的人是個瘋子，但不知道什麼奇怪的因素，讓他覺得自己似乎可以感覺得到那個正與她對話的人存在。**我一定是瘋了**，他暗想道。即便這聽起來有點瘋狂，但他突然很想要知道她究竟是在跟誰講話。

「妳在跟誰講話？」他又再問了遍，蹙著眉頭看著眼前的空曠。

「沒有人。」艾蒂亞又回答得太快了點。「我在……自言自語。」

雖然亞登很會看人臉色，但是眼前的女人似乎格外地讓人容易閱讀。也不是說她不擅撒謊，只是一種奇怪的感覺，就是他可以清楚地知道她是否在對他說謊。大部分的人不會去質疑她剛剛給他的回答，但不知道是什麼緣故，亞登反倒知道她正試著隱藏什麼東西。他再度望向眼前的空曠，一種奇怪的感覺讓他覺得好像有人站在他的身前。

艾蒂亞試著趕走站在亞登面前扮鬼臉的鬼，他靠近的距離會讓每一個看得到的靈媒感到十分的不舒服，不過她很慶幸站在她眼前的男人不是個靈媒。

正當艾蒂亞想要說服自己他什麼都看不到的時候，她幾乎因為他接下來的問句而跌破眼鏡。「他是誰？跟妳說話的那個男人？」

聽到他指出那個鬼的性別讓她忘了要假裝自己什麼都看不到，艾蒂亞不敢置信地睜大了眼睛：「你看得到他？」

就好像他的問題得到了答案，亞登回答：「不，我看不到。但是我感覺得到他。」亞登伸手觸向他眼前不遠的空間，就好像他真的看得到那個鬼似地在觸碰著他的臉。這是他從來沒有過的感覺，更不用說是相信他看不到的東西存在。這要是在幾分鐘以前有人對他宣稱自己看得到鬼，亞登鐵定會一笑置之，但現在的他卻再也不是那麼肯定。他的感官最近變得格外的敏感，而他似乎只要跟這個女人在一起的時候就感覺得特別的多。

*他看得到我嗎？*

因為亞登幾乎可以完整地描繪出他的臉，讓那個鬼都開始懷疑起亞登的靈媒能力。艾蒂亞沒有回答，只是裝個鬼臉，暗示那個鬼安靜一點，或者是離他遠一點。

那鬼魂決定退一步離亞登遠一點。彷彿可以感覺到鬼魂的離開，亞登於是轉頭望向艾蒂亞，他的手依舊握著她的上臂：「那是什麼？」

「我不知道你在說什麼。」

而那是亞登不能解釋的，他的體內似乎專門為她設立了一個測謊機似的。他不了解自己的感官為什麼突然地變得那麼敏感，又為什麼會開始感覺到連他都不能解釋的事？「那就是鬼嗎？」他懷疑那是否就是鬼的感覺，但他更好奇：「為什麼妳要隱藏自己看得到鬼？」

艾蒂亞抿緊了唇，從來沒有人好奇她看得到或是聽得到什麼。西方人不太相信靈媒，大部分的人甚至不想知道這些東西存在。「關你什麼事？」她咕噥道。「而且我為什麼要花費精力去解釋沒有人會了解的事？」

「如果妳都沒有試過又怎麼知道沒有人會了解？」

因為那是她從小到大的生活寫照。講真話的時候會讓人指責她說謊，說謊話的時候人們寧願相信那才是真話。沒有人想要知道鬼的存在，更沒有人想要了解人類以外的次元。但即便如此，艾蒂亞還是什麼都不想要多做解釋，特別是對眼前的這個男人。她的心因為兒時的記憶而掠過一抹刺痛。不知道為什麼，亞登似乎也能感受得到。他的眉頭抽動了下，不知道自己剛剛感覺到的那抹痛究竟是什麼？

「我可以走了嗎？」艾蒂亞問道，也同時意識到他的手依舊還握著她的上臂。他這次的力道似乎比上一次見到他還要來得紮實了許多，也讓她沒有辦法輕易地將自己扯開。她只知道自己得要在體內那個女人決定出來之前盡快地離開他的身邊。

「我不太確定。」亞登老實地回答，也知道自己的手故意施力好讓她留在這裡。事實是，他體內的感覺滿溢到讓他不確定自己是否可以放她走……為什麼？就連他都不禁質疑內在漸增的慾望究竟是從何而來。為什麼我想要將她留在我的身邊？又為什麼我比以往感覺得到更多的東西……「妳是誰？」他問道：「又為什麼妳總是想要從我身邊逃開？」

對妳來說，我的名字叫貢獻。我將我的全部完完全全地貢獻給妳……我的王后。

那個不斷在夢裡盤旋的句子在此刻又浮現到他的腦海裡，而那雙他一直在夢裡面見到的眼睛此刻也成了他的真實。要不是他此刻親身體驗到這一切，當有人這麼形容的時候，他鐵定會質疑他們所說的一切。

「重要嗎？」艾蒂亞用另一隻手扯下他的手，低下了眼瞼以避免他的視線。「既然你跟我都不想要感受到對方的情緒，也不想要一天到晚去合理化那些沒有辦法解釋的事，我很顯然就是你不需要認識的人。」

她是怎麼知道的……

亞登從來沒有與任何人分享過他的感覺，又或者是他感覺到什麼。他很訝異聽到她似乎也有相同的感受。但在亞登可以說更多話以前，艾蒂亞早已經撥開他的手並鬆開了自己。她急忙地走回了會場裡，只希望在眼淚掉下來以前，以及她體內的女人呼喊他的名字之前盡快地離開這個地方。

阿卡，我至死都將永遠地愛你……

＊＊＊　＊＊＊　＊＊＊

我有點不舒服，先回家了。對不起，我下個禮拜會請妳吃午餐以做補償。

莉莉亞看著手機裡艾蒂亞傳來的簡訊後嘆了口氣。她緊接著把手機放進自己的口袋裡，再度回頭尋找食物。雖然她知道艾蒂亞向來不喜歡像這樣的場合，但是她同時知道艾蒂亞要不是真的不舒服的話，是不會把她一個人丟在這裡的。莉莉亞講了一整個晚上的話，試著建立她的人脈。現在她終於可以喘一口氣，這才發現自己有多餓。她很快地檢視了一下整個餐桌，發現所有的食物都被收走了，而她只剩下甜點的選項可以充飢……

「妳應該試試這些甜點，它們也很棒……」

一道不預期的低語從她的身後撫過她的耳際，讓她整個背脊因此而產生一陣酥麻，幾乎讓莉莉亞差點掉落了手中的盤子。

莉莉亞從來沒有告訴過任何人她的頸部非常的敏感，也因此這樣不預期的舉動會讓她變得有點不知所措。但她很快地打理自己，試著確保自己皮脂下的炙熱不會很輕易地讓任何人發現……

莉莉亞很快地轉身想看看誰在她的身後，但卻因為看到一雙幾乎讓她昏眩的笑眼而感到錯愕。她從來沒有見過像他這樣的眼睛，像是滑順的太妃糖淋在黑巧克力一樣……有種甜蜜又不可抗拒的誘惑。發現自己好像不自覺地盯著男人看了許久，莉莉亞低著頭試著想要道歉，但卻發現自己似乎很難開口。「我……我……」莉莉亞因為身前的男人感到目眩，連話都沒有辦法好好地說，更不用說她的脖子還在為了他剛剛的舉動而感到有點酥麻。「我……會……試試看的。謝謝你。」

莉莉亞在談生意的時候都不會打結，但是在遇到自己喜歡的人的時候卻連個字都說不清楚了。**我的天啊……**莉莉亞在腦子裡低咒。雖然她常常開玩笑說自己一旦找到喜歡的人就會主動撲上去。但是她清楚地知道自己在現實生活裡其實比任何人都還要來得內向。

莉莉亞的反應完全不在布蘭特的預期之內。他向來習慣這麼跟女人搭訕，而大部分的女人也會很快地與他調情，但他倒是從來沒有見過有人在他面前因為錯愕而就這麼僵著。特別是當他看著她的眼睛的時候，他幾乎可以感覺到一抹微弱的電流在他們彼此間流竄著。

雖然布蘭特什麼話也沒說，但是他清楚地知道自己的視線沒有辦法從身前的女人身上移開。要不是他瘋了，他幾乎會說她很可能就是那個他一直在找的人……

布蘭特從來沒有見過哪個女人臉紅得像他身前的女人這般。她的頰上有一抹玫瑰般的粉色，直直地漫延至她的頸際。他向來覺得女人的頸部是她們全身最性感的地方……「妳向來那麼容易臉紅嗎？」他微揚了嘴角嘲笑道，享受著她臉上的每一個細小的動作。

「不。」她回答道，用雙手摀著自己的雙頰。從她的掌心竄流過的熱度早已透露了她現在看起來一定非常的尷尬。「我不會……我沒有……我……」不知道自己該說些什麼，莉莉亞決定改介紹自己開口：「莉莉亞，」她伸出了手：「我對這一切的尷尬感到抱歉。」

「不，我的錯。」他笑著道歉道。「我也應該正式地介紹自己才對。我是布蘭特，我猜我不應該從背後嚇到妳才對。」

莉莉亞揚了一抹不自然的微笑以掩飾自己的尷尬。她懷疑布蘭特要是發現她其實是喜歡的話會不會反過來笑她。但這樣的想法很快地又讓她臉紅。莉莉亞發現在她喜歡的人面前，她完全沒有辦法正常地說話。工作向來只不過是她的偽裝罷了，實際上的她根本不知道如何與人調情，而那也正是她為什麼至今還是單身的主要原因。

「妳的臉又紅了。」布蘭特注意道。

「我……我……不是……我的意思是……」天啊……莉莉亞翻了白眼。她真希望自己乾脆挖個地洞鑽進去算了。她鐵定是肚子太餓了才沒有辦法正常的思考。

莉莉亞從布蘭特的喉間聽到一抹淺笑，但他紳士地沒有拿它來取笑她。他揚著那抹甜蜜又令人無法抗拒的微笑，讓她皮脂下的血液更加地沸騰。現在的他鐵定知道為什麼她還在臉紅……

「所以……」布蘭特調整了自己的語調後繼續道：「妳在這個行業工作嗎？我從來沒有見過妳。」布蘭特很快地朝著四周巡望了眼，並好奇她是為那家公司工作的。單憑他的社交技巧以及驚人的記憶力，要是她真的在這個行業工作的話，他應該會記得她才對。

「不是。」莉莉亞坦承道。她覺得自己一旦提到工作的時候反而可以正常許多。「一個製片朋友給我的票，所以我才進得來。我是個活動策劃。我的朋友告訴我說這個派對上有很多的製片與導演想要來找一個好的劇本，所以我想說我可以來這裡幫助我的朋友推銷她的書。」

「書？」布蘭特揚高了眉：「她是個出版作者嗎？」

「她是，但不是在北美。」莉莉亞掙扎了好一會兒，試著以一種較好的方式介紹艾蒂亞。「是這樣的，書是用英文寫的，但英文是她的第二語言。」

「妳的朋友的書聽起來像是需要大量的編輯。」而布蘭特從亞登那裡學到大部分的出版社對於需要耗時耗力修改的故事大多沒有興趣。

「沒錯，」莉莉亞不否認。「但是她的故事寫得真的很棒，絕對值得翻拍成電影的。」但是製作公司要不是真的沒有腳本可以拍片了，也絕對不會選擇書本做為優先考慮，特別是名不經傳的書。布蘭特揚著微笑，莉莉亞很明顯地不是在娛樂界工作的人。但所幸的是，他剛好知道有個人可以幫她。「她有出版社嗎？還是經紀人？」

「沒有，」莉莉亞搖頭。「還沒有。」

布蘭特從來沒有真正地欣賞過亞登的專業，但此刻的他卻發現自己很感激亞登很擅長自己的工作……「我或許知道有一個人可以幫她。我有一個開出版社的朋友，如果你的朋友真的有興趣將她的故事推廣成電影的話，他也可以成為她的經紀人。」

「真的嗎？」莉莉亞變得格外的興奮。稍早的尷尬似乎因為她剛剛聽到的消息全都一掃而空。她伸手捉住布蘭特的手臂，忘記了稍早前的害羞：「那麼你可以幫我嗎？」

她的熱情與活力相較她稍早的模樣更別有一番風味地吸引著布蘭特。這要是亞登將來拒絕他的請求的話，反倒會讓他覺得有罪惡感。「聽好，」他幾乎可以在腦後想像亞登一副臭臉的樣子。「我只能請他看看，但是我不能保證他會出版妳朋友的作品。」

但這已經是莉莉亞一整個晚上聽到的最好消息了。大部分的人聽到是由英語是第二語言的人寫的故事就顯得興致缺缺了。「我可以要你的電話嗎？」莉莉亞從口袋裡拿出自己的電話並望著布蘭特等待他的回覆。「又或者是我可以要你朋友的電話嗎？或許我今晚回家時可以把書稿寄給你，還是你的朋友？」

布蘭特揚著嘴角，簡直不敢相信亞登會成為女人第一次跟他要電話號碼的引線……雖然他的眼角可以看見亞登站在不遠處，但他寧願在自己得到她的電話號碼之前不讓任何人知道這件事……「不如妳也給我妳的電話號碼吧。」他拿出了自己的手機交到她的面前。「然後晚點把書稿寄給我。我會請我的朋友幫妳看看，再告訴妳他怎麼說吧。」

莉莉亞毫不猶豫地接過他的手機輸入自己的電話號碼，然後再度還給布蘭特。布蘭特於是撥了她輸入的電話以確保她的手機接通，好讓她也有自己的號碼。莉莉亞隨即像是害怕自己會忘記似地試著將他的電話設立成新的連絡人。看著身前的女人，布蘭特感覺自己的心裡浮起了一抹前所未有的感覺……一種甜甜的滋味……他注意到自己的感官像是甦醒般地，而所有的一切好像都感覺對了……

＊＊＊　＊＊＊　＊＊＊

「你整晚都去哪了？」

愛麗安娜在亞登靠近時蹙起了眉頭。她花了一整個晚上跟所有高顏質的人交際，希望可以藉此讓亞登嫉妒，但卻發現哪裡也找不到他的人。又或者說就算他看到她跟別的男人在說話，他也似乎一點感覺也沒有。

亞登在那個女人離開之後，花了大部分的時間一個人在陽臺上獨處。大部分是想要釐清自己滿腦子混亂的思緒。他常常覺得自己是個理性的人，但是他完全沒有辦法解釋自己與那個女人在一起時所體驗到的感覺……就好像他可以感同身受她的感覺，以及看到她所看到的。但更令他感到困惑的是他心裡頭那種滿溢到讓人無措，以及夢境的對話不斷浮現上來的感覺。他向來不喜歡不合理的事情，但現今他所感受到的一切全都無法用理性來解釋。

即便在他回到人群之後，他大部分的時間還是心不在焉。他雖然希望能夠再見到那個女人以幫助自己再釐清一些事，但是她卻早已經完全不見蹤影。當所有的女人都想要靠近他的時候，這個女人似乎總是在躲著他。亞登發現她大概早已經離開了會場，也意識到自己根本不知道她的名字……

「亞登！」

愛麗安娜提高的音量終於拉回了他的注意力。他的眼睛雖然看著她，但是思緒卻似乎遠在別的地方。他皺起了眉，因為愛麗安娜的沮喪表情而感到不解。

「你到底怎麼搞的？」愛麗安娜抱怨道：「一整個晚上魂不守舍的。」

雖然愛麗安娜說的沒錯，但亞登一點都不想要解釋自己。「……我的腦子裡有很多事。」

「你難道不能有時候不要工作休息一下嗎？」愛麗安娜噘起嘴，恨透了這種永遠不是亞登腦子裡第一優先的感覺。她今晚還特別打扮得格外性感，也因此而得到許多男人的注意，但是亞登卻似乎一點也不介意，而絕大多數的時間幾乎都不在會場裡。這要是以前，愛麗安娜鐵定老早就跟不把她當女神供奉的男人分手，但她實在是太在乎亞登，反倒讓她怎麼都離不開他。亞登跟她以前交往過的男人都不一樣。不只是他長得好看，各個紙上條件也都比任何人還優，更不用說他甚至對其它的女人一點興趣也沒有。愛麗安娜是真的希望亞登可以選擇跟她定下來。她抬頭望著他，一隻手也跟著攀上他的手臂：「我是真的想跟你多花一點時間相處。」

亞登握住她的上臂，試著拉開她的手。他討厭給予任何他無法實現的承諾。但這個非常的動作卻讓他停頓了會兒，因為他稍早也是以同樣的姿勢握著陽臺上的女人。

什麼感覺都沒有……這是他第一個注意到的事，也讓他不禁自問：爲什麼我什麼感覺也沒有？當他的身體對陽臺上的女人有那麼多的反應的同時，他握著愛麗安娜卻一點感覺也沒有？亞登不能理解這兩者的差別，但絕對有意識到他的心跳連加速都沒有。他甚至連讓愛麗安娜留在身邊的慾望與渴望都沒有。他的心很冷靜，而腦子也是清醒的，他的心裡沒有人在呼喊，等著把他整個人貢獻給一個他稱之為王后的女人。如此矛盾又兩極的反應只讓他感到更加的困惑。

把亞登的不回答當作是另一種形式的邀請，愛麗安娜握緊了手更順勢地傾身貼上他的胸口。她將頭貼在他的胸口上聆聽著他的心跳。但是他的心跳既平穩又冷靜，反倒讓她感覺更加的焦慮與孤單……她一直花了許久的時間才終於開口：「亞登，我是真的想要跟你在一起……」

手裡握著愛麗安娜，亞登不能說他也有同樣的感覺。現在他整個腦子裡想得到的全都是陽臺上看到的那個女人，以及自己的身體在面對這兩個女人時有多麼不同的反應。**她到底是誰？**他不禁好奇，但更重要的是：**我到底出了什麼問題……**

# 第八章

「妳還好嗎？」

莉莉亞在電話另一端擔心地問道。雖然莉莉亞是她最好的朋友，但是艾蒂亞並不是真的想對她坦白任何事。「我很好，」她說謊道。「妳知道我向來不太喜歡人群。」

「我知道。」莉莉亞同意道。「不過妳那天應該待久一點，那麼我就可以把妳介紹給一個我在那裡認識的人。他說他有一個經營出版社的朋友，除了可以看看你的書稿之外，他的朋友未來也可以成為妳的經紀人……」

「嗯呃……」艾蒂亞回答得心不在焉。就因為有人經營出版社，那並不表示他們會出版她的書。艾蒂亞在被拒絕了那麼多次以後，老早就不相信這樣的事情會發生。艾蒂亞它覺得莉莉亞之所以這麼支持她的原因，單純是因為她是她的好朋友罷了。「莉莉亞，我真的不相信有人會閱讀一本由英語是第二語言的人寫出來的書……」

「艾蒂，」莉莉亞如往常一樣地鼓勵道：「可千萬不要這麼輕易地放棄。對的人絕對會忽視語言的隔閡並且去注意到這是一本很好的故事。妳只需要再多一點信心與耐心罷了。」

「當然……」艾蒂嘆了口氣。「我跟妳找到那個對的人有同樣的信心。」莉莉亞雖然總是在討論遇到那個對的人，但是她卻把自己大部分的時間都花在工作之上，艾蒂亞甚至懷疑她有任何的時間可以讓那個對的人進入到她的生命當中。

「事實上……」莉莉亞遲疑了一會兒才慢慢地說：「我在派對上遇到他了。」

「真的？」艾蒂亞抬高了音量：「而妳卻花了這麼久的時間才告訴我？他是誰？長什麼樣子？你們有沒有……」

「不！當然沒有！」知道艾蒂亞在暗喻什麼，莉莉亞很快地紅了臉並否認道：「妳知道我一旦扯到約會就變得有多麼的傳統！我不會……在第一次見面的時候就撲到男人身上。」

光是在電話這一端，艾蒂亞就可以想像莉莉亞臉紅的樣子。所以她嘲笑道：「那或許正是為什麼妳一直找不到那個對的人的主要原因。因為妳根本沒有給人任何機會。」

「好了，妳就別虧我了，行嗎？」莉莉亞要求道：「我就是老傳統嘛。」

「但很可愛啦。」艾蒂亞笑道。雖然莉莉亞勇敢又有自信，但是一旦談到愛情她就像個十足十的生手……「好吧，告訴我所有有關這個男人的事吧……他是怎麼樣的人？」

「呃……」莉莉亞像是在回想他的樣子似地開口：「他就是那個朋友開出版社的人。他挺可愛的，有個超棒的笑容以及一雙蜜糖般的褐眼……」

「喔，天啊！妳剛剛說『蜜糖般的褐眼』嗎？」艾蒂亞誇張地驚呼道：「他到底在妳身上下了多少咒啊？或者是妳那天到底喝了多少酒啊？」

「等妳看到他之後就會知道我在說什麼了啦！」艾蒂亞幾乎可以肯定莉莉亞自從派對之後就一直想著他。「他的眼睛帶笑又好甜，真的讓人好難抗拒。他如果在我遇到他的前十分鐘問我名字，我很可能會連自己叫什麼名字都不知道。但感謝妳的書，討論工作可以讓我的腦子清醒一點。我的確有給他我的電話，而且告訴他我會把妳的書稿寄給他，好讓他拿給他的朋友。」

「我現在是被利用來搭訕嗎？」艾蒂亞玩笑道。

「呃，如果妳早退的話，那麼妳的確有失搭檔的職責。」莉莉亞笑道。

但艾蒂亞一點也不介意自己被利用。她很高興莉莉亞終於找到另一半……「不管怎麼樣，聽到妳把自己的電話號碼給男人倒是第一次。只要妳有辦法把他搞上床，我很高興隨時被利用。」

「才不是，」莉莉亞試著辯解道：「他真的有個開出版社的朋友啦……」

「隨便啦。」艾蒂亞笑道，嚴重懷疑那個人是否也拿他朋友來當做搭訕的籌碼。「我會很樂於聽到『他的朋友』的消息。當他打電話給妳的時候，可要記得讓我知道他朋友覺得怎樣……」

「我不確定他會打電話給我，」莉莉亞的語氣裡有一絲的不確定。「但他的朋友很可能會先打電話給妳。」

「隨便你怎麼說啦。」艾蒂亞翻了白眼，壓根不認為她的書會是他們彼此交換電話的重點。「等到最後看我們誰先接到電話就知道了。」

「不過說真的，艾蒂，」莉莉亞覺得好奇：「妳是否有遇過任何人讓妳覺得自己以前好像見過他們？雖然我從來沒有遇過那個人，但是我感覺自己好像以前認識他……」

「可能是妳的前世吧。」艾蒂亞嘲笑道。這樣的事情常常發生，特別是當她的客戶對他們第一次見面的人就有識曾相識的感覺的時候。

「就像妳書裡寫的那樣嗎？」莉莉亞不禁好奇。「我很好奇妳要是在現實生活裡見到阿卡那騰的話是否會認出他是誰？」

**事實上，我已經遇到**。艾蒂亞暗想道，也清楚地知道自己幾乎立刻就認得出來他是誰，特別是當她體內的女人總是不能停止地對他的呼喚。這不禁讓她懷疑他體內的阿卡那騰是否也會對他做出同樣的事……但她什麼話也沒有說，寧願轉移話題：「妳可以想像這個時候遇見一個法老王會是什麼樣子嗎？那會非常的詭異吧……」

她們玩笑又閒聊了一會兒後才終於彼此道別。在她掛了電話以後，艾蒂亞不禁好奇有多少情感會受到前世的經驗與記憶影響……人們往往會因為他們前世所共享的情感而在這輩子裡自然地吸引對方嗎？她了解人們因為互相吸引而自然而然地會想辦法接近彼此，但是她要如何解釋那股硬將兩個不認識的人拉在一起的拉力呢？

艾蒂亞想起那個她在派對陽臺上遇見的男人。她不可否認有股吸引力不斷地將她拉近他。但那裡頭有多少的成分是實際屬於她自己的感覺？又有多少是屬於她前世的那個女人？由過去的記憶來決定她這輩子該愛誰又要如何愛，又怎麼會是一件公平的事呢？雖然艾蒂亞很努力地想要合理化一切，但她卻發現自己完全做不到。她甚至沒有辦法解釋一個宣稱自己看不到鬼的人，又是如何實際地知道鬼站在什麼地方呢……

然而身為靈媒的她又為什麼總是要合理地解釋所有的事呢？此時此刻，她再也不知道了。她唯一想要的不過就是一個她終於可以融入正常人的簡單生活罷了，為什麼連這一件事，她都覺得好難……

＊＊＊　　　＊＊＊　　　＊＊＊

那是沒有任何一絲光線的地方……

亞登感覺自己坐在黑暗裡，而且幾乎可以很確定那是個山洞，因為他只能看到不遠的一處出口光源。他感覺得到自己的身前坐了一個女人。他的寧靜被她破壞了，但他似乎一點都不在意。他的心情顯得非常的愉悅，他可以清楚地知道那是因為那個坐在他的身前的女人的緣故。他不知道自己一開始躲在山洞裡的原因是什麼，但他很高興自己做了這樣的決定，要不然他很可能永遠也遇不到他生命中的執愛……當他似乎已經可以看見自己與那個女人的未來的同時，他聽見自己開口：「如果妳已經準備放棄自己的人生，那倒不如就把妳接下來的人生交給我吧？」

那個女人什麼話都沒有說。她出奇的安靜，但是他發現自己有多麼希望她可以把她接下來的人生交付給他，並允許自己成為他的人。她的身上有種讓他完全無法抗拒的特質，似乎總是不斷地喚醒他內在的慾望。他原本想要問她的名字，但卻發現自己根本不在乎她叫什麼名字，因為此刻的她早已成為他生命中唯一的光源，也是最美麗的曙光……

亞登慢慢地睜開他的眼睛，並意識到自己在辦公室的桌子上睡著了。他顯少在工作的時候睡著，但顯然只能怪罪在這些日子以來的嚴重睡眠不足，以及他一直在體驗但卻又無法解釋的過多感官。

他的夢魘這一陣子開始變得頻繁。但是亞登似乎再也不能將它們稱之為夢魘，因為他有時候甚至希望自己能在夢裡多待一會兒。有時候在夢裡的感覺是如此的愉悅，幾乎可以填補他一直以來所感覺到的空洞。他甚至有種完全與完整的感覺……而那是他從來沒有過的體驗。亞登認為自己是個理智的人，但他完全無法解釋這些日子以來他所體驗到的一切。自從他在咖啡廳遇見那個女人之後，好像所有的一切都再也不是他所熟悉的正常。他再也無法掌控自己的感覺，抑或是感覺到什麼。

他到目前為止還沒有跟任何人分享過他的夢。大多數是因為他連自己都無法理解夢裡的情節。從愛西斯的雕像到他稱之為「王后」的女人，還有他在黑暗中要求她將一生交付給他的女人，他無法將它們連串在一起，也無法對它們做出合理的解釋，他甚至不知道這所有的影像是不是全都來自於一個源頭。

既然你跟我都不想要感受到對方的情緒，也不想要一天到晚去合理化那些沒有辦法解釋的事，我很顯然就是你不需要認識的人……

亞登記起了那個女人在陽臺說的話，並且還是很困惑她究竟是如何知道他有什麼樣的體驗。沒錯，亞登的確不喜歡失控的感覺，但他卻不能肯定地說自己討厭跟她在一起時所產生的感覺。他向來是一個對什麼事都無感的人，但每每只要她在身旁的時候，他的所有感官似乎都會完全地甦醒。就好像那個洞穴裡的女人，她似乎有某種可以喚醒他體內那個人的神奇力量似的……

「我這是捉到你在辦公桌上打瞌睡嗎？」布蘭特的聲音打斷他的思緒。他顯然捉到亞登正從他的桌子上醒來。亞登沒有接口，但布蘭特在進門後便順勢地轉身將身後的百葉窗閤上。「你下次要打瞌睡的時候或許應該先把窗簾關上吧。」

亞登坐直了身子並伸手按揉著鼻樑，試著讓自己的腦子清醒一些。總感覺這些日子似乎要花一點時間才有辦法讓自己恢復理智。他的現實與夢境似乎重疊在一起了……有時候即便他不是在睡覺也好像可以看到一些夢裡的影像，這使得他再也無法分辨真實與夢境的差別。他為此還特地去找醫生做了檢查，但報告卻說他一切正常，並且懷疑他很可能是因為壓力過大以及缺乏適當的睡眠才產生幻覺……

「你還好嗎？」布蘭特關心地問道：「你這些日子以來看起來糟透了，而且你從來不在工作時打瞌睡的。到底是什麼讓你晚上睡不著覺？」

**我只能希望那只發生在晚上……**亞登暗想道，也不知道該從何開始：「我不知道。我的腦子裡似乎有很多的事。」特別是那些他到目前為止都無法理解的事。

「很顯然的。」布蘭特坐在他桌前的椅子：「連我都看得出來你嚴重睡眠不足。你去看醫生了嗎？」

亞登點頭。

「然後呢？」

「他說我可能工作過度以至於缺乏睡眠。」

布蘭特大笑：「我不需要是醫生都可以這麼告訴你！連我都可以給你一模一樣的診斷！」

亞登沒有接口，因為任何人只要跟布蘭特相比都像是個工作狂。也不是說布蘭特從不辛勤地工作，只是他向來懂得有效地利用自己的時間，而且也總是以輕鬆的態度面對生活，以至於人們常常有種他從來不工作的錯覺。

不想再把話題鑽研在自己身上，亞登望向布蘭特：「你來這裡做什麼？你難道不需要工作嗎？是什麼樣的製片像你這樣一天到晚往別人的公司裡跑？」事實是，布蘭特通常是有求於人的時候才會來這裡找他……

「一個好的製片才有辦法這樣。」布蘭特笑道，一點也沒不受亞登的評語影響。「我知道如何有效地分配工作，所以才可以讓自己專注在重要的事情上面。」

「我和你之間沒有什麼重要的事。」亞登也跟著彎了嘴角。雖然說布蘭特很擅長於自己的工作，但他向來都是因為女人的事情才來找他。

「事實上，我真的是有要事來找你。」布蘭特給了一副「我需要你的幫忙」的罪惡感表情，緊接著便拿出一大疊厚重的書稿放在亞登的桌上。「我在星期五的時候認識了一個女人，而我不小心承諾她說你會閱讀她朋友的書稿……」

亞登簡直不敢相信自己的耳朵：「我不可能只為了幫助你跟女人上床而出版任何書。」

「我又沒說你會出版它！」布蘭特澄清道：「我只是說你會看一下。我又沒有承諾說你會出版它。」

「那我有沒有看重要嗎？」亞登蹙起了眉：「你只需要去告訴她我看了，然後我不喜歡不就行了？」布蘭特從來沒有為這點小事來麻煩過他的工作。

「我的確可以。」布蘭特像是老早就這麼做過似地坦白道：「但是我不想要這麼做。我不知道該如何解釋，但是這一個女人的感覺很不一樣，我並不想要欺騙她。」

不一樣？

亞登認識布蘭特大半輩子，也看過他換過一個又一個的女人，卻從來沒看過他像現在這樣。「是怎麼的不一樣？」他不禁好奇。布蘭特總是一天到晚說他要「遇見對的人」，但亞登倒是從來沒有見過任何人可以讓他有對的感覺。亞登倒是很好奇所謂「對的感覺」究竟應該是怎麼樣的感覺？因為他向來對任何事都覺得無感。

布蘭特彎了嘴角，似乎在腦子裡回想起那個女人的身影。「我不知道該如何形容它，但它就是覺得……對。就好像她將會成為我的『命中註定』似的。」

「如果她不是呢？」

但是「自己可能是錯的」的感覺似乎從來沒有讓布蘭特煩心過。「那我會很高興自己研究出那個結果。」他眨了下眼，好似不管自己的未來得到什麼樣的結果，他都會想要跟那個女人試試看似的。「反正就當是幫我一個忙，快點讀完它。好讓我在她把我忘掉之前可以打電話給她。」

「……好吧。」亞登回答道，簡直不敢相信自己竟然真的只為了幫助布蘭特去確認這個女人究竟是不是他的真命天女而強迫自己去閱讀一份書稿。他的眼睛朝著書稿望去，但卻因為頁面上的書名而楞了住。他停頓了一會兒，但很快地便從另一堆正慢慢被淹沒中的書稿裡抽出另一本書稿，並與他眼前的書稿並放在一起。感謝米芮安的再三標記，讓他可以很快地從一堆書稿中找到它。

布蘭特傾身望了兩份一模一樣書名與作者的書稿，然後又抬頭望向亞登：「你已經讀過了？怎麼樣？」

「還沒有。」亞登坦白道。不知道為什麼，閱讀這份書稿一直都不是他腦子裡第一件要做的事。

「但那一份書稿上有很多的標記。」布蘭特指著米芮安所劃的標記。

「那是因為米芮安真的希望我閱讀它。」

「這麼說，它是不錯的故事嘍？」布蘭特的語氣頓時變得有點興奮。因為就算亞登還沒有閱讀過這份書稿，但是米芮安向來對好的故事獨具慧眼。「她很可能有出版的機會？」

「她是個英語為第二語言的人。」亞登坦承自己為什麼一直拖延的原因，因為那是他唯一記得有關這份書稿的事。

「你的工作不是要找到一個英文寫得很好的人吧？」布蘭特開玩笑道：「而應該是一個有能力說好故事的人吧。如果米芮安喜歡它又標記你一定要閱讀它的話，那就表示這本書一定有它值得閱讀的地方，難道你不這麼認為嗎？我以為你的工作是去發掘沒有被發掘的天賦，而不是去開發顯而易見的技能？」

雖然布蘭特說得沒錯，「但是發掘一個有良好英文寫作技巧的人可以省掉我很多的時間與麻煩。」

「但所得到的獎勵卻不是一樣的。」布蘭特笑道。亞登顯然在這一行做太久了，以至於他早忘了自己當初在這個行業裡面所感受到的熱情究竟是什麼。「反正就當是幫我一個忙，趕快把這本書給讀完吧。」布蘭特要求道。他知道亞登閱讀的速度超快，把這本厚重的書稿看完，大概也只需要他幾個小時的時間。「我是真的想要……『快一點』再見到那個女人。如果這本書真像米芮安感覺得一樣不錯的話，那麼搞不好還可以拍成電視影集，這麼對我來說就會是件雙贏的事。特別是現在線上影集這麼發達，做我這一行的也同樣渴望有好的故事可以開發……」隨著他落句，他自椅子上站起身並朝門口的方向走去。把厚重的書稿留給了亞登。

看著桌面上兩份一模一樣的書稿，亞登不能理解由兩個不一樣的人拿同一份書稿到他面前叫他閱讀的機率有多少？

被遺忘的埃及……

現在他不禁質疑自己是否真的該著手去翻閱這本書，以及書裡頭又會有什麼訊息是他必須去閱讀的。

「艾蒂，我今天在網路上發現一件有趣的事……」

安代子興奮地來找艾蒂亞，並急著與她分享自己不知道又在哪裡找到的超自然事件。每次只要安代子在網路上看到了什麼不能解釋但又想要找人印證的事情時，艾蒂亞似乎就會成為她第一時間想要找的對象。安代子常常開玩笑地說艾蒂亞顯然成了她的靈性孤狗大神。

「我已經告訴過妳很多次，」艾蒂亞為安代子倒了杯茶並走回到飯桌旁：「不要隨便相信網路上說的每一件事，特別是那些讓妳晚上睡不著覺的。」雖然安代子十分害怕那些未知的事情，但是她卻又總是常常在網路上搜尋更多有的沒有的來嚇自己。

「不是，我才沒有呢。」她說謊道：「我只是覺得妳也會認為這件事很有趣嘛。」她從包包裡掏出了一張列印紙放到艾蒂亞的面前。

照片裡是一片雕刻著古埃及文的石碑。那大概是任何人只要在網路上搜尋「古埃及文」就應該會常看到的圖片。雖然照片裡並沒有顯示，但是艾蒂亞可以看到一道淺淺的藍光若隱若現地包覆著石塊，這一般出現在有被施咒的物品上面。「看起來像是咒語。那是什麼？」

「妳看得到？」即便安代子明明知道她是個靈媒，但她還是表現出一副驚訝的樣子：

「那妳知道它上面寫什麼嗎？」

「怎麼可能？」艾蒂亞搖頭。只因為她寫了一套古埃及的故事，並不表示她突然之間就可以開始閱讀古埃及文了。「我既看不懂古埃及文，也不會日文。」她指著紙上用手寫下來的一排日文。「但透過照片來看，我會說這石碑是用來約束什麼東西或是做封印的。很可能是在什麼人的墳墓旁找到的吧。」

「實在是太可惜了，我還以為妳在寫完那套書之後，或許可以開始閱讀古埃及文了呢。」安代子臉上掠過一抹失望，就好像她真的這麼期待過似的。但那也同樣沒有毀了她的興致，她拿起了那張紙並試著翻譯她寫下來的日文給艾蒂亞聽：「……封印到她準備好公開事實的時候，好讓我們重生並延續我們未完成的事……」

「這是什麼？」艾蒂亞又問了次。心口莫名地掠過一抹哀傷。感覺像是來自於她愛人的聲音，但卻是一段不存在她記憶裡的片段。

「這是人們在阿卡那騰的墳墓附近找到的石碑文，」安代子解釋道。「我也不太確定自己翻譯得正不正確，但因為它聽起來很有趣，所以我想說妳應該也會同樣有興趣。它基本上是說：等到事實被公開的時候，那些已逝之人將會再重聚。所以網路上的論壇都在討論到底是什麼事實需要被公開，以及他們又輪迴轉世成了什麼？網路上已經有許多人聲稱他們是那法媞媞與阿卡那騰的轉世，但沒有人知道究竟是什麼事實需要被公開，又有什麼事沒有被完成……」

艾蒂亞雖然知道這段話的意義，但是她的內心卻忍不住感到顫抖。那是一種奇怪的感覺，艾蒂亞覺得自己好像透過把書寫出來而破壞了那樣的封印似的，讓她突然對難以預測的未來有種莫名的害怕。但她還是故作鎮定地說謊道：「那又關我什麼事？」

「Duh，妳的書？」安代子顯然也有這樣的感覺。她的直覺似乎總是在最不需要它的時候變得特別的靈光……「妳難道不覺得我們這輩子全都再聚在一起，還有妳是如何被逼到把書寫出來是件很詭異的事嗎？」

*這是為什麼我會遇到他？以及為什麼我體內的女人從來不願意放過我的原因嗎？*艾蒂亞不能停止自問，但這樣的定論對她來說卻一點也不合理，因為她的所有埃及感官與視覺遠在自己第一次在咖啡廳遇見他的好幾年以前就已經開始。如果她的埃及感官不是因為他而啟動的，那麼究竟又是為了什麼讓她遇見了他？在反復的思緒中，艾蒂亞似乎開始認定這一切似乎是從她開始想要讓它出版時才開始的。

安代子由於太專注在自己的思緒裡面，反而一點也沒有注意到艾蒂亞臉上的異樣。

「……它好像知道作者會是個女的，而不是個他。但到底在過去有什麼未完成的事是需要繼續延續下去？妳難道不認為妳的書裡會有所有問題的答案嗎？」安代子想破了頭也想不出個答案，因為她至今都還不敢閱讀艾蒂亞的書。雖然安代子知道艾蒂亞是走過地獄才把書給寫出來，但是她卻至今都對那段歷史有種莫名的恐懼而不敢去閱讀它。大部分是因為一句一直在她的腦子裡盤旋，但她卻完全無法解釋是從哪裡來的句子：**我永遠不會再回去！**

但是艾蒂亞似乎有了所有安代子想要知道的答案：一個平等的世界、阿卡那騰的理想，以及他們沒有辦法完成的愛。那個人之所以是「她」的原因在於那是她曾經許給他的承諾……即便如此，艾蒂亞還是決定在安代子面前裝傻道：「大部分的人會以為我寫的是虛構小說，只有妳把它當成前世自傳在看待。」

「那是因為大部分的人不認識妳，也不知道妳究竟要經歷過什麼樣的夢魘才有辦法把這些故事寫出來。」安代子笑道：「妳在把書寫出來之前的每一步我都陪妳走過。我只是還沒有辦法讓自己勇敢到可以閱讀它罷了。如果我出現在妳的書裡的話，那我肯定是那個逃跑而且發誓永遠不要回來的人！」安代子吐了個舌頭自嘲道。

但天知道她正是這樣的人。她在書裡面就如同她現在形容的一樣：逃跑並且發誓永遠不要回來。安代子的反應讓艾蒂亞覺得好笑，因為人們即便在投胎轉世後也還總是帶著相同的思考模式與習慣。雖然安代子總說自己是個麻瓜，既看不到也感受不到任何東西，但她似乎有種連她自己都無法解釋的直覺能力。

「但說真的，」安代子繼續接口：「妳認為這些書要是出版的話，會把我們所有的人都再連結在一起，並且很可能讓妳因此而遇見阿卡那騰嗎？」

艾蒂亞的心漏了一拍，因為那顯然已經太晚了……

「喔，我的天啊！妳已經遇到他了？」安代子幾乎在艾蒂亞一有那個念頭時就立刻驚呼道。

正如艾蒂亞之前所說，安代子的直覺能力似乎總是在她最不需要的時候靈光。艾蒂亞往往可以透過裝傻來愚弄別人，但是對安代子來說就永遠是個機率問題。

安代子滿臉擔憂地傾身向艾蒂亞：「那妳要怎麼辦？」安代子是真的擔心她。「妳現在都已經跟傑森訂婚了。難道妳要為了這個人跟傑森分手嗎？」

「不可能。我不會這麼做。」艾蒂亞篤定道：「妳未免也想得太遠了吧。此外，我根本不會再見到他。我甚至不知道他是誰。」

「妳確定嗎？」安代子似乎不像艾蒂亞一樣的自信。她看著那張列印出來的紙並質問道：「古時候的咒語是很有力量的。如果封印被解除了，妳真的認為自己有辦法阻止它，又或者是避免讓它發生嗎？」

「我不知道。」艾蒂亞也只是一個靈媒，而不是一個強而有力的巫師。「……但我也得要試試。」她只能盡其所能地讓她現有生活不受到任何打擾。

提及死者之名以讓他們得以重生……

艾蒂亞記起自己多年前看到的一段一直深深地烙在她的腦海裡的古埃及文獻，也好奇這之中是否有她當初所沒有注意到的深層意義。她是否喚醒了所有沉睡的靈魂，並透過寫書將他們全都帶進了她的生命當中？

***　　***　　***

亞登的手在發抖……

這個狀況從他把書讀完之後就從來沒有停止過。他以為自己會花很久的時間才有辦法把那份書稿看完，但沒想到他一坐下來看就停不了手。整整花了幾個小時的時間便把它全部閱讀完。如今所有的書稿零散地攤在他的面前，但他的腦子卻是完全的空白。他的內心有許多無法解釋的感覺與情緒油然而生。事實上，他不認為自己有辦法去解釋它們。雖然他一再地認為自己是個頭腦清醒的人，但是此時的他卻怎麼也冷靜不下來。

在任何正常的情況下，亞登會說這的確是一個好的故事，也像米芮安所說的一樣，需要更好的詮釋與書寫方法，也很可能需要做一些歷史紀錄上的調整。但是此刻的他卻沒有辦法對眼前的書做出相同的評論……大部分是因為他在書裡面閱讀到只有在他的夢裡才會出現的對話以及片段，那些全都是他從來沒有跟任何人分享過的事。

她是如何想到這個故事？又是如何寫出只有在我的夢裡才會出現的情境與故事？亞登從來沒有跟任何人分享過他的夢，就連布蘭特也一無所知。那麼這些故事又如何在他的影像都還沒有開始的幾個月以前就已經被寫出來？亞登是真心地感到困惑。因為米芮安老早就已經把書稿拿給他，反倒是因為他的自大讓他不願意去翻閱它。如果他在米芮安第一時間拿給他的時候就閱讀這份書稿的話，那麼這一切會有所改變嗎？他還會有這些日子以來自己無法解釋的感覺與視覺嗎？

亞登從書裡清楚地知道自己是誰……但那又怎麼可能呢？如果那是真的話，那作者的身分又是什麼？又或者那個他在咖啡廳與派對上遇到的女人又會是誰？

即便他想要全盤否認自己所閱讀到的事是真的，但他的肌肉記憶卻沒有辦法欺騙自己。在閱讀書的當下，他感受到每一個感官與傷痛，就好像他親身經歷過那個時期一樣。但這究竟是怎麼可能呢？為什麼那麼遙遠的記憶會感覺像是昨日發生的一樣？

亞登聽過許多有關輪迴的故事，但他怎麼有可能是……阿卡那騰？他甚至不確定自己是不是，但他的確感覺到書裡面阿卡那騰所體驗的每一刻，就好像是他自己的記憶一般。如果他不是阿卡那騰的話，那麼他又要如何解釋自己在閱讀這本書以前所做的每一個夢以及所感受到的每一個感官？

他看著書稿上印著書名以及作者名的封頁。此刻他迫切地希望有人能夠回答他所有無法解釋的問題。

艾蒂亞……

這個女人知道自己名字的意義嗎？亞登不禁好奇作者是否特別為這本書選擇了這個筆名，要不然一個亞洲人為什麼會選擇一個意義為「太陽」的印度名字呢？

她的名字在他不斷自問的當下慢慢地烙印在他的心頭：妳到底是誰……

# 第九章

「艾蒂亞？」

艾蒂亞在跟傑森購買雜貨時突然接到一通電話。她通常不會接自己不知道，抑或是來路不明的電話。但是自從莉莉亞告訴她要注意有人會打電話給她之後，艾蒂亞就選擇隨機接電話，像是對莉莉亞以及她那麼想要幫她把書出版的用心表示一種尊重似的。

「是，」艾蒂亞停頓了一下。當傑森有點疑惑地望著她時，她也只是搖搖頭表示自己也不知道對方是誰，以及晚點會再告訴他。

「……我是。」

電話另一端的女人像是好不容易找到她似的，語氣突然變得很興奮。「太好了！我很高興我終於連絡到妳了。我其實已經試了好一陣子了，但我還是寧願跟妳直接對到話。」

「請問妳是誰？」艾蒂亞覺得有點困惑。除了她的客戶以外，她顯少知道有任何人會這麼迫不及待地想要跟她說話。

「喔，對不起。」電話另一端的女人道歉道：「我的名字是米芮安。我是偉恩出版社的總編輯。我們想要跟妳約個時間談談與妳簽約的細節。我手上有些合約可以在妳來之前先寄給妳過目。妳可以跟妳的律師討論看看是否有需要更改的地方……」

艾蒂亞從一聽到對方說她的出版社有興趣出版她的書之後腦子就一片的空白，根本聽不進對方接下來所說的話。她早就放棄相信有任何人會願意出版她的書了，再加上安代子說的話更讓她開始質疑這本書是否真的需要被出版……她楞在原地，不知道接下來要怎麼辦。電話裡的女人所說的每一件事似乎都不自覺地成了一片模糊。

似乎注意到艾蒂亞的異樣，傑森接過了她的手機並替她回答道：「對不起，這是傑森，艾蒂亞的未婚夫。我可以請問你是誰……」

艾蒂亞完全不知道傑森跟電話另一端的女人接下來到底說了些什麼，但是他似乎很興奮地急著找筆跟紙，試著替她寫下一些資訊。等到他終於結束對話並掛掉電話的時候，他興奮地轉向艾蒂亞並雙手握著她的肩膀說道：「艾蒂，這真的是太棒了！一家當地的出版社想要跟妳約個時間並談談跟妳的書簽約的事……」

*這是真的嗎？*

這樣的消息對她來說感覺好不真實，讓艾蒂亞遲遲無法從震驚中回神。即便她很興奮也很驚訝自己的書將要被出版，但是她的腦後還是有那麼一絲絲的不安。因為封印一旦被解除，就再也沒有回頭之路了……

＊＊＊　　＊＊＊　　＊＊＊

「妳確定妳不要我跟妳一起去嗎？」傑森坐在駕駛座上，傾身對著已經站在車外的艾蒂亞問道。

雖然今天對她來說是個大日子，但艾蒂亞還是不希望傑森因為她而擔誤到自己的工作。此外，他已經幫了她一個大忙，不但幫她仔細地閱讀過所有的合約，還雇用了一名娛樂律師共同討論所有可能的細節。「我沒事的。」她再次確認道：「真的！我會讓你知道一切進行得如何。快去上班吧。等我結束後會傳簡訊給你。還有，謝謝你載我一程。」

「我寧願在這裡陪妳。」雖然這話是真的，但是傑森今天早上的確有場他不能錯過的重要會議……他瞄了眼手錶，時間似乎有點緊湊……「妳需要什麼就隨時打電話給我。」

「快去吧。」艾蒂亞催促道：「你快要遲到了。」艾蒂亞知道今天早上的會議對他來說有多麼重要，因為他已經為了這次的會議準備了好幾個月了。她關上了乘客座的車門，並示意他離開。

「那好吧，」他說道：「結束的時候打個電話給我。」

艾蒂亞點點頭並看著傑森把車開走。她於是深吸了一口氣，這才轉頭望向身後的大樓。說自己不怕絕對是騙人的。但是她一生裡克服了無數的關卡與困難，不可能連這樣的事情也無法處理。

隨著她走進大樓裡面，艾蒂亞看到一個靈體又朝她的方向走來。每次只要她一緊張的時候，她似乎就沒有辦法關掉自己的頻道。看到它們只是讓艾蒂亞更加地印證了自己的緊張。靈魂似乎永遠知道誰看得到它們，而艾蒂亞在情緒焦燥的時候又似乎看得特別多。*不是現在！*她在腦子裡警告道，試著隔離掉那個靈體的影像。此刻她最不需要的就是任何一個次元的存在來混亂她已經夠焦慮的心情。

***　　　***　　　***

「我真的很高興我終於見到妳了！」

米芮安伸手歡迎艾蒂亞。知道自己交談的對象是個女人讓艾蒂亞莫名地感覺到一抹如釋重負感。這些日子以來她的感官似乎十分的混亂，她總是擔心自己接下來會遇見誰抑或是不小心又會撞見誰。也因此，她總是隨時保持著一種警戒狀況，又或者說她寧願待在家裡避免去任何她不需要去的地方。但看到身前的米芮安，艾蒂亞感覺自己的肩頭像是落了一顆大石般。如果莉莉亞早跟她說那個男人的朋友是個女人，那麼艾蒂亞或許就不會給她的感官任何扯她後腿的機會。

米芮安是個很誠懇又顯然非常有能力的女人。她中東印度的背景讓她的五官非常的深邃，而她在工作上的自信也完全地展現在她的外表上。她指示著艾蒂亞走向會議室時開口：「我老早就想要打電話給妳了，但一直要等到另一個總編的同意才行。不好意思，花了這麼久的時間才連絡妳，但是我真的很喜歡妳的書。它非常的吸引人。」

「謝謝妳。」艾蒂亞覺得有點尷尬，因為她從來沒有聽過她朋友以外的人讚美過她的書。「我的英文不是很好，但是我很高興妳喜歡它。」

「妳的英文遠比我期待的還要來得好。」米芮安微笑道：「我必須坦承，我一開始還有點緊張，不知道這場會議要如何進行。但是現在發現我們溝通不是問題之後倒是大大地鬆了一口氣。妳知道的……妳在電話裡面並沒有講很多話。」

「我被嚇到說不出話來了。」艾蒂亞記得她們的第一次對話。她的腦子整個成了空白，以至於傑森需要替她處理所有的事情。

「我知道那是什麼感覺。」米芮亞笑道，隨手關上了身後會議室的大門並示意艾蒂亞坐下。「總之，我很高興妳來了，也等不及跟妳一起合作。」

艾蒂亞發現自己是真的很喜歡米芮安。她通常可以在幾秒的時間內就可以知道一個人夠不夠真誠。她當初因為驚嚇過度而沒有辦法透過電話了解她，但她現在很確定自己會很想要跟米芮安一起工作。

「我真不知道妳的故事是怎麼想出來的，」米芮安自從讀過她的書之後就一直有這樣的問題。「它的內容好透徹，甚至包含了連貫一整套系列的小細節……」

艾蒂亞不想要大費周章地告訴任何人她是什麼寫出這個故事，但她總是可以輕易地說服任何人說：「我……只是有個非常好的想像力。」

「這絕對是真的。」米芮安的笑容還掛在臉上。「而且我很確定市場上一定也有很多的讀者像我一樣想要閱讀它。妳真的把我們全都帶回到那個年代，就好像我們跟著他們一起生活並置身其中地見證一切一樣。妳知道有多少人瘋狂於古埃及嗎？」

艾蒂亞不知道有多少人瘋狂於古埃及，只知道有多少人因為古埃及而瘋狂，並試著想要逃離它。**我**。她揚了一抹自嘲似的苦笑。因為從來沒有人可以了解身為靈媒的她究竟要經歷過什麼才可以把書給寫出來。艾蒂亞不預期任何人可以了解，她只是很高興自己終於可以透過她所承受的痛苦來賺點錢。

米芮安緊接著拿出了兩份合約並將它們擺在艾蒂亞的面前。「我們真的想要跟妳簽一整套系列的故事，也樂於在日後開發讓它成為電視影集或是電影的機會。我們公司在娛樂圈裡有各種的連結管道，並相信這正是娛樂產業在尋找的故事。我在上周就把合約寄給妳了。妳有機會閱讀它們嗎？還是妳對它們有什麼問題嗎？」

傑森的確閱讀過它們，更甚至是雇用了一名娛樂律師來幫她檢查合約。單就律師的觀感來看，他覺得這是一份十分合理的契約，但天知道艾蒂亞根本沒有辦法閱讀那麼多的文字。

「沒有。」艾蒂亞有點心虛地回答道：「一切都很好。」因為律師這麼告訴她。

「那麼如我在信中所提到的。」米芮安提醒道。「既然英文是妳的第二語言，我們在出版之前需要大量的編輯，除了文法錯字之外，還需要調整句子的流暢，但又盡可能地不失你的風格。我們同時注意到書裡頭有很多意義深遠的對話，所以我們可能需要你與我們的編輯密切地合作，以確保我們可以正確地表達妳想要傳達的訊息。」

「那是當然。」艾蒂亞同意道。「我會盡我可能地盡量與妳配合。反正我在家工作，我的時間很有彈性。只要妳需要我的時候，我隨時都可以過來。」

「妳在家工作？」米芮安似乎對她所做的每一件事都感興趣。「妳做什麼？」

「我是……」艾蒂亞不確定自己要說哪一個。「平面設計師，以及……」靈媒？她把字給吞了進去，改換為：「……生活教練。」在某個程度來說，她並沒有在說謊。她的確幫助客戶們渡過生活的困境，無論他們需要她的什麼能力。而且這向來是西方國家比較能夠接受的行業。

「生活教練？」米芮安顯得有點驚訝。「這也難怪書裡到處都是意義深遠的對話了。現在它完全合理了，那麼我們真的需要妳來協助我們描述所有的細節。我們一開始的時候可能比較需要妳經常過來，好讓我們習慣妳說話以及書寫的方式，這樣編輯起來才不會跟妳相差太遠。」

艾蒂亞尷尬地回了一抹笑，感覺自己像是在說謊似的。她只是很高興沒有人可以像阿卡那騰跟那法媞媞那樣捉到她在說謊。

「如果一切都沒問題的話。」米芮安指著艾蒂亞需要在紙上簽名的地方：「我需要妳在這裡跟這裡簽名。然後妳可以留著一份備分。我們會跟妳合作到整套書都出版，而妳也會有個特派的編輯協助妳編輯這一整套系列以維持它的一致性。但是妳還是會常常見到我。我真的很想跟你好好地聊聊『共頻』這件事。天啊，妳可以想像我們都像阿卡那騰跟那法媞媞那樣談戀愛嗎？」

米芮安絕對不是一個安靜的人，但她卻讓艾蒂亞感到非常的放鬆，就好像她們已經認識彼此很長一段時間似的。她是個有什麼說什麼的人，艾蒂亞可以看見她的能場與思緒一點都沒有衝突的地方。她會很高興跟她一起工作，艾蒂亞想道。所以知道米芮安是她的出版商讓她感到非常的安心。

「我很期待跟妳一起工作。」

「喔，我也很想要跟妳一起工作。」米芮安嘟了嘴。「但不幸的是，和妳一起工作的是另一個總編。不過好消息是，他是個大忙人，所以妳大概不需要常常進來。要是換作是我的話，那我鐵定會要妳天天進來跟我聊天，因為我想要從妳這得到所有問題的答案。」

知道米芮安不是她的編輯讓艾蒂亞感到一抹失落感。但她還是假裝了一抹微笑問道：「那我今天會見到我的編輯嗎？」

「喔，那是當然。」米芮安收集了桌上的合約並轉頭望向窗外，不能理解為什麼亞登要艾蒂亞簽完合約後才要見她。事實上，米芮安更驚訝亞登想要簽下艾蒂亞的整套系列，更甚至是自願成為她的編輯……他向來沒有時間給任何人。米芮安暗想道。而且讓自己參與一個既耗時又耗精力的案子更是一點都不像亞登的作為。更不用說他一開始還總是咕噥著由英文是第二語言的人寫的書根本沒有閱讀的必要。「給我一分鐘，我去叫他。」米芮安從椅子上站起來。「如我所說，他是個大忙人。」米芮安朝艾蒂亞眨了眼後便轉身走出門外，獨留艾蒂亞一個人坐在會議室裡頭。

艾蒂亞在米芮安離開房間後深深地吐了一口氣，還是不敢相信自己剛剛做了什麼。她真的簽了可以幫她把書出版的合約……不知道為什麼，這一刻就好像她的夢想終於成真似的。

*** *** ***

艾蒂亞試著從一切發生的事情中調整好自己的情緒而完全沒有意識到米芮安再度回到會議室當中。

「艾蒂亞，這是我們的總編，亞登。」米芮安在回來的時候試著介紹道：「亞登，這是這本書的作者，艾蒂亞。」

艾蒂亞試著從椅子上站起來正式地介紹自己，但她的腦子在看到眼前的人時卻瞬間成了空白。當他們四目交集時，她從亞登的臉上知道他跟她同樣的震驚，但他很快地調整了自己，似乎沒有人察覺到他的異樣。

「下去吧。」亞登的眼睛仍鎖在艾蒂亞身上接口：「我會負責接下來的事。」

「好吧。」米芮安點頭。彷彿是注意到艾蒂亞臉上的異樣，她試著安撫道：「亞登是我們的總編之一，同時也是這間出版社的老闆。但別理他那副死人臉。他只是看起來很兇，但他可是這個業界最好的。妳會得到妥善照顧的。」

米芮亞在亞登瞪向她時朝他吐了舌，根本一點都不受到亞登的威脅，就連在關門之前都還給了他一抹「對人好一點」的表情。

也是一直等到他們完全獨處了，亞登這才轉向艾蒂亞開口：「我相信我們有很多的話要聊。」

「這……」艾蒂亞感覺到她的喉嚨乾澀得有點難以開口。腦子裡更有種需要逃離這個地方的急迫……「……這一定是個錯誤。」

亞登高大的身軀站在門前，似乎明確地表明她這一次再也沒有辦法從他的身邊逃開。特別是現在他知道作者是誰，更讓他覺得自己這些日子以來的種種問題需要被回答。「我不認為妳可以再像之前那樣逃跑了。妳剛剛跟我們簽了合約，我們顯然會有好長一段時間得要一起工作。」注意到艾蒂亞還是楞在原地沒有任何的動靜，亞登說道：「請坐下來吧。」他的語調表示她根本沒有任何的協議空間，也顯然在艾蒂亞坐下來以前不準備移動。注意到自己讓艾蒂亞全身緊繃，他緩和了稍早的語調：「……我真的需要跟妳聊一聊。」

艾蒂亞咬著下唇。她身上的每一處肌肉都有逃離他的必要，但這對現在的她來說似乎再也不是一個選項。她感覺有股力量不斷地將她拉近他，讓她只能盡其所能地確保在接下來與他相處的時間裡，她體內的女人不會跑出來呼喚他。她不情願地坐回到自己的椅子上，眼睛只能直盯著桌上的合約，盡可能地避開他的視線。剛剛的美夢成真，在短短的時間內就成了惡夢的開始……

一直等到亞登很確定艾蒂亞再也不會試著逃跑之後，他這才終於走至她對面的椅子坐了下來。宇宙如何將他們一直拉在一起的確是件有趣的事，亞登想道。但更有趣的是她又如何總是想要從他的身邊逃開。「為什麼你總是試著逃離我？」

艾蒂亞感覺他的凝視如火般燒進她的肌膚，而且不管她有多麼努力地想要讓自己冷靜，她的心跳卻還是不斷地加速。「我……」艾蒂亞遲疑了一會兒：「……在你的身旁會感到非常不舒服。」

「為什麼？」如他所預期的一樣，他似乎總是能夠輕易地知道她是否在對他說謊。但他並沒有拆穿她，只是順著她的話再問：「我們甚至不認識彼此。」

「我……」她要如何告訴一個陌生人說她是個靈媒，以及她是如何被一段不屬於自己的記憶困擾與監禁著？艾蒂亞到最後還是選擇了她最常給別人的答案說謊道：「……我是個非常內向的人。我對所有的人都是這個樣子。」

又是另一個謊言……亞登的確意識到自己的感官只要她在身旁的時候就變得格外的敏銳，但他並不準備拆穿她的謊言，因為他還有好多問題需要被回答：「妳是誰？」他是真的好奇。他清楚地知道自己必須用盡所有的意識力才能阻止自己不要去碰她。他不知道這股拉力是從哪裡來的，但他想要靠近她似乎是一件再自然不過又天經地義的事。「為什麼只要妳在身旁的時候我就感覺得特別多？」

艾蒂亞抬頭望進他的眼睛，好像在評估他話裡的真假似的。但是又因為他的眼睛似乎觸動了她內心什麼地讓她很快地又低了頭……「我想你已經有答案了。」特別是當他已經讀過了她的書。

「我不相信輪迴。」

「你不需要相信。」艾蒂亞從來都不會把任何信念強迫在他人身上，也了解要相信他們兩人前世是王與王后是件多麼困難的事。要不是她的身體對一個從未見過面的陌生人有給此強烈的反應，艾蒂亞很可能直到今天都無法接受自己是誰。人們選擇任何他們想要相信的信仰是十分合情合理的事，但若是人們沒有辦法控制彼此的身體反應的話，那麼他們更應該做的是保持彼此的距離，要不然它很可能會像乾柴烈火般地一發不可收拾。「但如果你也感覺得到那股拉力的話，那麼你應該也清楚地知道為什麼你我不能一起工作的原因。」她結論道，恨透了她的腦子完全沒有辦法控制自己的身體……

「但我不這麼認為。」雖然亞登也想要抗拒自己內在的感覺，但是與其選擇逃避，他反而更想要去了解。「我寧願花點時間去了解前後始末，再來自己決定你我之間是否真的需要那個距離。」

「沒有什麼需要了解的事。」因為她所知道的都已經全部寫在書裡頭了，而且他根本不相信輪迴。

「妳的故事是怎麼寫出來的？」亞登問道。但他更好奇的是，她究竟又是怎麼寫出他從來沒有跟任何人分享的夢境？

「我……」艾蒂亞習慣回答：「……有個很好的想像力。」

雖然這是個人人都可以接受的答案，但是亞登停頓了一會兒後才終於嘆氣道：「妳必須從現在開始停止對我說謊。」他坦白道：「妳應該了解我可以清楚地知道妳在騙我。」

艾蒂亞再度咬住下唇。她雖然了解，但是她更期望他不會跟阿卡那騰一樣的敏感，而是像她所認識的其它人一樣。「……我不能解釋。也不是每個人都可以理解的。」

「妳沒有試試看又怎麼知道？」他問道：「在我經歷了這些日子的事情以後，我想我很願意試著去理解任何事。」

但艾蒂亞卻不確定自己準備好了。她向來不喜歡向人透露她的能力，而且絕對不是像他這樣的陌生人。「這個故事……」她小心翼翼地選擇自己要說的字：「屬於我體內的女人。」

「妳體內的女人？」亞登蹙起眉頭：「那個人不是妳嗎？」

「這有點複雜。」特別是當他不相信輪迴的情況下，她很難解釋一個人是如何帶有前世的記憶投胎。「她是我的一部分，但不是我。」這是她可以給他最接近事實的答案。

「她是誰？」

「我想你已經知道那個答案。」艾蒂亞盯著書稿，知道他老早就已經有了所有問題的答案，他只是希望聽到她親口說出來罷了。

亞登朝書稿望了眼，像是知道艾蒂亞暗喻的對象，他再度抬頭問道：「妳被她附身嗎？」

「如果這是你比較能夠接受的答案的話。」艾蒂亞不想要解釋自己。

不知道為什麼，亞登清楚地知道那不是真的。但他的腦子還是不斷地想要為這一切找到一個合理的解釋。他嘆了一口氣，彷彿是已經知道答案似地再度問道：「那麼她想要什麼？」

艾蒂亞抿緊了雙唇拒絕回答這個問題，但是亞登卻似乎早已經聽到她沒有出口的答案。他因為自己的感覺而感到十分的困惑與迷惘，再加上他的感官突然之間從百分之十躍升到百分之兩百都只是更加地混亂他的世界。亞登不相信輪迴，也絕對不可能相信自己是……阿卡那騰的轉世。但如果這些全都不是真的，那麼他又如何解釋一個陌生人可以如實地寫出他的夢境，又為什麼每每他只要在她身邊的時候又總是感受得特別多？「妳是怎麼知道……」亞登找不到正確的字可以形容他想要說的話：「……我是誰？又或者是妳怎麼能夠那麼確定我就是……他？」他甚至沒有辦法說出他的名字。

看著他的眼睛，艾蒂亞似乎得到她想要的答案。她嘆了一口氣：「就像你如何知道是我一樣。我相信你一定可以感受我的一切就像我可以感受到你一樣。我不認為你需要由我來告訴你你是誰。我現在之所以在這裡被你質問，鐵定是因為你在我的書裡面看到你從來沒有與任何人分享的夢境或是對話。」

亞登感到有點錯愕地蹙起了眉頭：「妳……是怎麼知道的？」

「因為我同樣有我的影像與感官迫使我去把這套書寫出來。」艾蒂亞猶豫了許久的時間之後才終於嘆口氣坦白道：「我看得到人們看不到的東西，包括人們選擇遺忘的前世記憶。我想，這套書是帶領我探索我自己前世的一個管道。在那之前，我日以繼夜地受到一些毫無邏輯的影像與感官所困擾。直到我把書寫出來之前，我根本不知道它們所代表的意義。而我懷疑現在的你應該跟當初的我一樣感到……困惑？」

亞登沒有辦法回答。因為那正是他的感覺。

艾蒂亞揚了一抹苦笑。「它嚴重地困擾我的生活到我再也分不清哪一個對我來說才是真實的，而那正是為什麼我把書寫出來的原因。」

亞登沉默了一會兒後才又問：「為什麼用英語？」他不懂：「那並不是妳的母語。」

「我最開始是用中文寫的，」艾蒂亞的臉上還是那抹苦笑：「但我體內的女人顯然決定用英文比較適合。」

如今當他們兩個人共同坐在同一張桌子時，他們似乎都清楚地知道它為什麼要用英文書寫：為了找他。

「當妳第一次看到我的時候，妳知道是我嗎？」他不禁好奇。

艾蒂亞看著自己顫抖的雙手，知道自己已經用盡了所有的力量壓下她體內的女人。她同時也注意到亞登似乎也試著壓抑他對她的感官。她望進他的眼睛，這是這麼久來第一次，她允許她體內的女人盡情地看著她思念已久的男人。「……我知道是你，因為我體內的女人想要你。你是她所愛的一切，也是她至死都還深愛的對象。」

當艾蒂亞說這些話時，亞登的心莫名地感覺到一抹抽痛。他可以感覺到他體內有股慾望迫不及待地想要開口。但他壓了下來，清楚地知道艾蒂亞所形容的感覺，也知道自己得要花上多大的力氣才有辦法克制他體內的渴望以表現出正常的樣子。但他不懂的是，如果兩個人曾經在前世這麼深愛對方的話，那樣的感覺在轉世之後是否有可能會改變？這讓他不禁對他們要如此壓抑自己的感官而感到好奇：「……所以妳一點都不被我吸引？」至少，現在的他很清楚地知道自己對她的感覺。

「我不行。」艾蒂亞坦白道，手指玩弄著她的訂婚戒指。「我已經有未婚夫了。」

那是亞登第一次注意到她已經訂婚了。像是了解她的掙扎似的，亞登揚起了一抹微笑。亞登從來沒有特別喜歡漂亮的女人，但是此刻在他面前的女人卻似乎有種莫名吸引他的特質……如果輪迴轉世真的存在的話，他想，他們鐵定在還沒有出生以前就決定帶了每一個可以吸引對方的特質來投胎。也因為這樣的想法，讓亞登清楚地知道自己一定同樣擁有每一個足以吸引她的特質才對。「如果妳沒有穩定交往的對象，那會改變妳對我的反應嗎？」他很好奇如果他們是在彼此單身的情況下相遇的話，那麼這一切又會有什麼樣的發展。

「不會。」那是艾蒂亞十分確定的。

「為什麼不？」亞登這麼問的原因是因為他清楚地知道自己的態度會如何地改變。或許現在他就不會硬是要隔著桌子來拉開彼此的距離。

「因為我恨透失控的感覺。」淚水盈上她的眼眶，艾蒂亞感覺自己正站在崩潰的邊緣。「我恨透一個活在幾個世紀以前的女人有任何權力來掌控我這輩子的生活。我才是我生命裡的主宰。我應該有所有的權力來決定我這輩子要愛誰，而不是受到任何前世的影響。」

看著艾蒂亞硬壓下她的淚水讓他的心有種莫名的抽痛。即便亞登想要再問更多的問題，但是他卻沒有辦法強迫自己這麼做。他感覺得到她所感覺的每一件事，並且知道此刻她的驕傲遠比她內心的感覺還要來得重要。他似乎會對她感到心軟，亞登想道，又或者那種感覺是來自於他體內的那個男人。他開始懷疑她的眼淚傷害他的程度可能會遠勝過她。亞登比任何人都還清楚地知道不能合理地邏輯分析事情是什麼樣的感覺，而光是自己剛剛從她身上所感覺到的情緒，肯定也跟著放大了他自己同樣害怕失控的恐懼。他於是低下了頭嘆了口氣：「那就幫助我了解這究竟是怎麼回事吧。那麼或許我可以幫助妳找到一個可以讓我們彼此從前世的約束中解放的方法。」

# 第十章

「我很高興這一切都進行得非常順利……」

莉莉亞站在自己的家門前，而布蘭特則站在她的身前。他幾天前打電話給她約她吃晚飯，以慶祝他的朋友同意成為艾蒂亞的經紀人並協助她出版她的書。莉莉亞著實很感激布蘭特願意大費周章地幫她這個忙，也很高興終於有人發掘了艾蒂亞的才能，並願意協助她開發她所有的潛能。但她其實最高興的，還是這個在派對上遇到的男人終於打電話給她……

喔，莉莉亞發現布蘭特真的有雙蜜糖般的眼睛。它總是彎彎的，讓她的心頭染上一抹甜蜜的感覺。她只希望自己現在不是又是一臉紅得離譜地站在他的面前。如果真的是這樣的話，也請拜託不要把她的心思顯現在臉上……

「我想，」當第一次約會不想要對方離開的時候都會說些什麼？現在叫他進來喝杯飲料再走會不會太快了點？我要做些什麼才能夠讓人知道我對他有興趣？莉莉亞的腦子裡浮上了很多的問題。

但她顯然已經太久沒約會了，竟完全不知道該怎麼做才叫……積極。「嗯……」她不知道自己接下來應該說些什麼，但感覺這麼讓他站在門口反倒顯得有點尷尬。「或許……我應該進去了……」

在她還沒有完成她的句子以前，布蘭特早已傾身在她的嘴上輕落個吻並打斷所有她想說的話。莉莉亞不知道該怎麼反應。因為當她還在這裡掙扎著要如何讓這個夜晚繼續下去的時候，布蘭特似乎完全沒有表達自己慾望的障礙存在。但是那個吻是如此的快速，反倒讓莉莉亞覺得自己像個飢渴的女人似的，想要從他的身上得到更多……

「如果妳真的希望我走，那麼我會離開。」他的呼吸撫過她的耳際，為她的背脊帶來一陣酥麻感。「但我寧願留下來陪妳……」

莉莉亞感覺自己的臉又熱了，她從來不知道當人們如此直接地表達自己的慾望時，她該如何反應。她的確希望他留下來，但是……「我不是……我的意思是……我不希望你以為……」

「我沒有以為任何事。現在的我只是想要多花一點時間跟妳在一起。」他的手以一種誘人，但又同時讓她覺得受到尊重的方式環上她的腰際：「我真的完全被妳吸引。」

布蘭特從不以為他會真的有這樣的感覺。但是莉莉亞的身上有種他完全無法抗拒的特質並讓他真的想要多花一點時間去認識她。人們或許常常覺得他是個花花公子，但他的內心其實還是有那麼微小的希望，期望可以找到那個讓他定下來的人。然而不知道為什麼，莉莉亞跟他以往所約會過的女人都不同，也是唯一讓他有「對」的感覺的人。她的單純與真實讓他有種前所未有的感覺，好像整個人活過來了一樣……

雖然他真的想要多解她一點，但是他同時害怕太過於積極的態度反倒會嚇跑她。這是他人生第一次感覺自己的皮脂下有種電流感，而血液裡混合著慾望不斷地在他的體內竄流著。注意到莉莉亞對他的要求一點反應也沒有，布蘭特這才意識到自己或許在第一次約會就顯得過度主動。一抹沮喪感掠過他的腦子，他強迫自己給她一點空間。與他以前所認識的女人不同，他不希望把莉莉亞嚇跑……「對不起，我不想要嚇到妳。」他道歉道：「我只是真的很喜歡妳……」

正當他挺直身子準備退開的同時，他感覺她的手握上他的手以做為回應。他抬頭望向莉莉亞，看見她的臉如蕃茄般地紅透。布蘭特這才意識到自己有多麼喜歡她臉紅的時刻……

「我……」莉莉亞花了許久的時間才終於有辦法開口。「已經很久沒有約過會了，但我是真的……希望你能夠留下來。」她感覺極度的尷尬，她甚至不確定布蘭特是否聽得見她剛剛說的話。她雖然不年輕也不是毫無經驗的單純，但是她從來沒有勇氣直接去追求她想要的男人。而這是她第一次，也很可能是她的最後一次，主動要求一個男人過夜……

雖然她的聲音很細微，但布蘭特顯然聽見她所說的每一句話。他嘴角上的淺笑擴大了幾分，而環在她腰上的手也順勢將她擁近了一些。他的吻再度回到她的唇上以做為回應。他很高興聽到她願意給彼此一次機會。他從來沒有這樣的感覺……就是有想要把這個女人擁入懷裡的需求與渴望……

這也是布蘭特第一次感覺到：他或許找到了他一直以來在尋找的命中註定……

＊＊＊　　＊＊＊　　＊＊＊

「……西西不久前去找了個靈媒，而且覺得她非常的不錯。聽說這個靈媒不開放營業，而且只接受客戶介紹的人預約。我從來沒有去找過靈媒，所以挺想要跟她約個時間諮詢。所以我在想，如果我可以跟西西要到電話，而且能夠跟那個靈媒約到一個時間的話，那你要不要跟我一起去？你不是說你這陣子總是睡不好。搞不好那個靈媒可以幫忙你找出原因……」

亞登並沒有聽到愛麗安娜在說些什麼。他的思緒還停留在稍早與艾蒂亞之間的對話。他覺得腦子裡有許多的訊息要消化，即使到現在他也還沒有辦法完全了解這所有的一切，包括他莫名其妙變得格外敏銳的感官以及夢裡那真實般的影像……雖然他極度地想要合理化每一件事，但是他發現自己真的沒有辦法用邏輯來解釋一切。輪迴轉世？前世記憶？這些詞對他來說都是如此的陌生。而更讓他覺得荒唐的是去想像自己極有可能是阿卡那騰的轉世。他的理智雖然告訴他要全盤否認一切，然而他的身體又似乎在告訴他另一件事。

「……亞登？亞登？」

愛麗安娜的聲音再度將亞登的思緒拉回到現實之中。他回過神望向愛麗安娜，只見她皺著眉，顯然是已經叫了他好一會兒的時間了。他們此刻坐在一間當地最好的餐廳裡，但他似乎一點食慾也沒有，顯然他這些日子以來所體驗到的前所未有的感官已不自覺地取代了他的基本感官……「什麼事？」他問道，順手啜了口眼前的紅酒。

亞登的腦子裡總是想著工作是件很尋常的事，但愛麗安娜很討厭自己永遠不是他腦子裡最優先順序的感覺。在正常的狀況底下，愛麗安娜可能早就起身離開餐廳以維持自己的尊嚴，但是她卻清楚地知道自己如果真的這麼做的話，亞登很可能永遠不會上來追她，也很可能會為兩人忽冷忽熱的情感劃下句點。但是由於她真的太想要成為亞登的命中註定，以至於在這種情況下她往往不知道該怎麼做。如果在情感上她付出的比另一方多的話，那麼她永遠是占下風的……現在的她只能感謝他的生命中沒有其它的女人，要不然她懷疑自己有辦法像現在這般的冷靜。愛麗安娜深吸了一口氣，試著讓自己冷靜一點之後才又接口：「我剛剛說我有興趣想要跟一個靈媒約個時間諮詢，問你有沒有興趣一起跟我去跟她見面。」

靈媒？

亞登向來對這種事情一點興趣也沒有。但是一想到這些日子以來他一直在經歷一些自己無法解釋的事，這讓他突然很好奇一個靈媒是否可以幫助他回答一些問題。

**我看得到別人看不到的東西……**

亞登想起了艾蒂亞稍早說的話，好奇她是不是也是個靈媒。他突然很想知道身為靈媒究竟是什麼樣感覺，以及她為什麼對於自己的與眾不同是如此地抗拒……「好。」亞登淡定地回答。開始相信那個靈媒或許可以幫助他更加地了解自己現在的狀況……

「真的？」愛麗安娜簡直不敢相信自己耳朵，更不敢相信亞登竟然會同意她的要求，因為她幾乎很肯定他會拒絕這樣的提議。雖然她已經跟亞登在一起超過一年的時間，但是她從來不是很清楚他的腦子裡究竟在想些什麼。如今聽到亞登願意跟她一起去找靈媒，更讓她覺得他們兩人還有很大的希望。「我會跟西西要那個靈媒的號碼。」愛麗安娜拿出了手機急著給西西發個簡訊，等不及在亞登改變心意以前儘快地得到那個靈媒的資訊。

也是在這個時候，不遠處似乎有什麼吸引了亞登的注意。他像是看到認識的人似的，只是遲疑了一會兒後便從椅子上站起來說道：「……我會馬上回來。」

亞登在餐廳裡遇見認識的人是件很尋常的事。以往的愛麗安娜總是很討厭他把她一個人丟在原地，但此刻的她顯然因為太高興而沒有辦法想那麼多。愛麗安娜寧願直接打電話給西西來討論她可以多快見到這個靈媒，而不是一直在這裡傳簡訊給她。也或許那個靈媒可以告訴亞登說她就是他的命中註定……

＊＊＊　＊＊＊　＊＊＊

「這個案子我花了好幾個月準備，今天終於成交了。所以我們才需要好好地慶祝這個大好的消息……」傑森一整個晚上都在討論著他當天的會議，以及他花了多少的心力才終於搞定那個難搞的客戶讓案子成交。

艾蒂亞心不在焉地聽著他說話，整個腦子裡還在思考著稍早與亞登的對話。

*那就幫助我了解這究竟是怎麼回事吧。那麼或許我可以幫助妳找到一個可以讓我們彼此從前世的約束中解放的方法……*

但這真的有可能嗎？艾蒂亞並不知道。但她知道大部分的人都會對未知產生恐懼。往往得要透過深入的了解之後，人們才有辦法學習去面對他們的恐懼。如今幫助亞登了解真的可以幫助他們彼此從前世記憶中解放嗎？也可以讓他們從前世共享的強烈愛情中得到新的自由嗎？艾蒂亞這輩子裡向來很討厭別人告訴她該怎麼過她的人生。也因此，她恨透了前世的記憶有掌控她這輩子應該愛誰的權力……如果她幫助他了解，真的可以找到讓彼此自由的方法嗎？他們真的可以找到阻止彼此共享感官的方法嗎？要是它適得其反怎麼辦？要是它反而朝著另一個方向發展的話又該怎麼辦……？

「艾蒂？」傑森試著讓艾蒂亞回神地叫了聲。顯然不是很高興艾蒂亞並沒有把注意力放在他的身上，但他像是突然想起什麼似地鬆了眉頭……「……對了！妳今天也跟出版社簽約了！那進行得怎麼樣？我們應該也要好好地慶祝那件事才對……」

艾蒂亞揚了一抹尷尬的微笑。一半是為了掩飾自己心裡在想著別的男人的罪惡感，另一半則是為了掩飾自己從來不是傑森心裡第一順位的失落感……「會議進行得很順利。」她撒謊道。「他們特地幫我安排了一個編輯會負責幫我編輯整套系列……」

「那真的太棒了！」傑森舉杯慶祝道：「我很確定他們……」

「我很抱歉打擾。」

一道聲音從背後傳來。艾蒂亞不用轉身就已經知道這道聲音的主人是誰。她感覺全身的肌肉在瞬間也跟著緊繃了起來，彷彿單單地知道他的存在就足以混亂她的感官。她不知道亞登為什麼會出現在這裡，但她看見傑森揚起眉頭似乎在質問對方為什麼打斷他們的對話。

「你一定是艾蒂亞的未婚夫，」亞登向傑森伸出了一隻手：「我的名字是亞登。我們今天剛剛跟艾蒂亞簽了約。所以我想我應該過來自我介紹才是。」

艾蒂亞可以看見傑森的警戒心在亞登介紹完自己後鬆懈了許多。「你是出版社？」傑森把杯子放在桌上後便站起身握了亞登的手。

「是，我是。」亞登回了一抹微笑。他的另一隻手放在艾蒂亞的椅背上，指尖淺淺地擦過她的背。他像是故意的，彷彿是想要知道他們對彼此究竟有什麼樣的影響力。只不過這一碰才讓他發現像乾柴烈火般，讓他的手感覺到一抹溫熱，不自覺地渴望更多。「我不是故意要打擾，」他朝艾蒂亞睨了一眼，清楚地知道自己讓她有多緊繃，也發現她至今都不願意抬頭望他一眼。「我跟女朋友來的。」他補了句，順勢地朝愛麗安娜所坐的方向望了眼以鬆懈傑森的警衛，男人通常在知道他有女朋友之後會減少他所帶來的威脅感。「艾蒂亞一直提到你，所以我想我應該過來打聲招呼，讓你知道我們很高興也很期待未來能夠與她一起合作。」

愛麗安娜的影像的確讓傑森鬆了一口氣。他再度望向亞登並回給他一抹較為真誠的笑容。「我很確定艾蒂亞也很高興與你們合作。」

要是傑森知道她跟亞登在一起是什麼感覺的話，或許他就不會說出這樣的話……艾蒂亞在腦子裡暗自咕噥。但不知道是為了什麼緣故，她似乎可以感覺亞登也聽得到她腦子裡的話。她聽見他喉間一聲淺笑，但很快地又聽見他開口：「我不繼續打擾你們了。只是想來跟你打聲招呼。」他於是望向一旁還拒絕看他的艾蒂亞，不知道是什麼奇妙的因素，他竟然開始享受自己可以對她造成的影響。他的指尖輕觸了她的背以提醒了自己的存在。「我希望星期一可以在公司見到妳。」他接著又轉向傑森：「很高興認識你。」他仔細地望了傑森一眼，似乎是想要知道艾蒂亞選擇什麼樣的男人定下來。

「我也很高興認識你。」傑森禮貌性地回答。隨著亞登點頭並轉身走回自己的座位，傑森這才評論道：「要不是他有那麼火辣的女朋友，他是妳的出版社才真的會讓我擔心。」艾蒂亞一直等到傑森坐下來，這才轉頭望向亞登坐的地方並看見了愛麗安娜。她的內心也因為那個畫面而莫名地浮上一抹奇妙的感覺：都已經有那麼漂亮女朋友，應該不會對她這樣的女人有興趣才對……

「當然。」艾蒂亞再度揚了尷尬的微笑。「你沒有什麼好擔心的。」但她的感官卻不能說同樣的話，因為亞登剛剛放在她椅背上並輕觸著她的手，早已為她的心口製造了某種灼傷了……

＊＊＊　　＊＊＊　　＊＊＊

「他看起來像是個很好的男人。」

亞登在星期一見到艾蒂亞的時候評論道。他的嘴上浮現起一道美麗的弧線，似乎很享受那天兩人在餐廳裡的不期而遇。此時的他將身子靠在椅背，而雙手輕鬆地置放在桌上，看起來一點都不像是要幫她編輯書的樣子。

「他是。」艾蒂亞沒有抬頭地回答。她是真的不知道自己為什麼要在這裡，而且嚴重地懷疑自己每每在他身邊總是這麼不舒服的話，他們又要如何找到解決的方法。

「我真的讓妳這麼不舒服嗎？」他明知故問地揚著臉上的笑容。

「就像我應該給你的感覺一樣。」艾蒂亞咕噥道：「我很確定你也不喜歡失控的感覺才對。」

亞登自我檢視了一下。雖然知道自己的身體對她有什麼樣的反應，但他同時學到順其自然會遠比抗拒它更容易一點。感覺不管他體內的人是誰，他都寧願多花點時間跟她在一起，而不是試圖抗拒她。沒錯，他的確恨透失控的感覺，但是在那之前他同時是一個沒有什麼感覺的男人。跟她在一起似乎能夠喚醒他所有的感官，而這種他從來沒有體驗過的感覺反倒更讓他覺得新奇。「我真不敢相信我會這麼說，」亞登擴大了臉上的微笑：「但是我真的不介意。我以前就是個無感的人，我從不認為自己有辦法感受到其它人，更不可能像現在這樣感受妳的一切。」

「但是我很介意。」艾蒂亞咕噥道。「而且我不是你想要感覺的人。」有誰會想要與一個感官過多的靈媒共頻？

「妳不認為『想不想要感覺』應該是由我來決定的事嗎？」

「怎麼會有人想要連自己可以愛誰都沒有掌控權？」

「那又是什麼讓妳覺得妳不是我會愛上的女人呢？」他揚高了一個眉頭挑釁道。雖然他早就已經知道答案，但他還是笑道：「我很確定我的身上鐵定擁有每一個會吸引妳的男性特質，妳知道的……妳的菜。但其實我更有興趣知道的是，這輩子的我身上最吸引妳的地方到底是什麼？我的聲音？我的笑容？還是我的眼睛？」

艾蒂亞什麼話也沒有說，因為她知道接下來所說的每一個字都會讓他捉到她在說謊罷了。**他說的沒錯……**艾蒂亞暗忖道：**他真的是「她的菜」。**她的確喜歡他的每一個特質，只是她不能……但她很確定的是，阿卡那騰絕對沒有像他一樣自負又有點討人厭的個性。「我可以走了嗎？」她改變話題問道：「如果妳沒有興趣編輯我的書，那麼我寧願現在就離開。」她不喜歡這麼被一個她不能說謊的對象嘲諷。

「但是我還沒有結束。」他坐直了身軀並假裝翻了幾頁書稿。亞登其實並不是真的需要艾蒂亞在這裡，因為他似乎可以清楚地知道她想要在書裡面寫什麼，又或是表達什麼。那種感覺就好像他此刻可以清楚地知道她在想什麼一樣的簡單，就如同他們現在所感受到的共頻一樣。他之所以要求她來這裡只不過是單純地喜歡看到她，因為那似乎可以滿足他體內的男人想要跟她一起的渴望。他看了眼紙上零亂寫下的標記，並以一種慵懶的口氣問道：「妳為什麼要殺了薩摩斯，他似乎也是個好人。」

天啊，艾蒂亞真的好想伸手掐死他。像他這種討人厭的個性怎麼還可以那麼吸引人。

「我不能決定誰死。」她咕噥道：「我看到什麼就寫什麼。」

「我以為作家擁有無比的權力，」亞登笑道：「妳可以改變所有故事的走向。」

「我試過，」艾蒂亞嘆了口氣：「但如果我不改回來就看不到接下來的影像，自然也就寫不下去。」

亞登一聲嗔笑：「妳體內的女人真是固執。」

「你可以勸勸她嗎？」艾蒂亞哼了聲：「我顯然失敗了。」

亞登還是揚著臉上的微笑，幾乎可以聽見她腦子的種種抱怨。「話說，當妳書裡面的主角真可憐，」他嘲笑道：「每一個都死了。」

「每一個人不管有沒有在我的書裡面都會死。」

艾蒂亞極快的反駁讓亞登噴笑出聲。的確每個人都會死，「但他們可以死得更自然一點。」

「不是每個人都擁有那樣的特權。」特別是在她見過所有的鬼之後，不是每個人都有在睡夢中死亡的特權。

「妳知道那是什麼感覺嗎？」亞登突然感到好奇：「我的意思是……如果妳的肌肉記憶還帶著我們共享的感覺，那麼妳是否也還記得自己當初死亡的時候是什麼樣的感覺？」

不幸的是，她可以。艾蒂亞雖然不能替任何人開口，但是她清楚地知道自己還記得前世死亡時的每一抹痛，並希望自己再也不需要去重新體驗那樣的感覺。

「那是什麼感覺？」好像知道她可以回答他的問題似的，亞登傾身向她問道：「在書裡，妳整個背被切開並被丟在石臺上流血至死，這輩子的妳會記得那時候的感覺嗎？」

艾蒂亞抬頭看他，掙扎著重返自己的前世記憶。「我以為你根本不相信輪迴轉世。」

「我不在乎輪迴轉世，」他坦承道。「我比較好奇那對妳來說是什麼樣的感覺？以及妳的肌肉記憶是否還記得那麼細微的前世。」

艾蒂亞感覺這個問題像是為了他體內的男人以及她體內的女人問的。他們在相隔了幾百世紀之後似乎都在找一個結論。艾蒂亞於是嘆了口氣，這才不情願地再度把自己帶回到那個愛西斯神像駐立的地下神殿裡……「冷。」她說道。她甚至不確定是溫度讓她覺得冷，還是她的心所感受到的孤獨與寒冷……「我不認為我可以感覺得到許多，感謝卡在我喉嚨的藥。但是我知道自己正在死去，我可以感覺到自己慢慢地在脫離我的身體。那個時候的我真的好想再見你一面。只要我有辦法在死前再見你最後一面……只要我可以讓你聽到我最後一次呼喊你的名字……」

阿卡，我至死都會永遠地愛你……

艾蒂亞記得她在那天所感受到的每個感官，但強壓下她體內的女人想要說的每一句話。但不管她有沒有說出口，艾蒂亞感覺亞登鐵定是感覺到她體內的女人想要說的話。因為當她再度抬頭的時候，她更訝異於看到盤旋在他眼眶裡的淚水。

這不是亞登所預期的，他也不知道是怎麼一回事。但是當她在形容自己當下的感覺時，他覺得自己的心整個糾結了起來，竟有種撕裂般的痛……他困惑地伸手擦掉自己的淚水。他雖不相信輪迴轉世，但他還是忍不住聽見自己說：「我很抱歉我沒有辦法在那裡陪妳。」這不是他會說的話，但他體內的男人卻有著如此深刻的感覺。

「那不是你的錯。」艾蒂亞揚了一抹苦笑。「那不是我們誰的錯。而是我們無法去改變的過去。」

雖然她說的沒有錯，但是亞登總感覺他們至少應該再給彼此第二次機會。「……凌晨三點對你來說有什麼特別的意義？」亞登問道。不知道為什麼，即便他從來沒有告訴過任何人這是他在半夜會驚醒的時間，他覺得艾蒂亞似乎可以回答這個時間的特別意義。只不過在聽到她的開口之前，他似乎已經知道它的意義。他只是需要從她那兒得到印證……

艾蒂亞抬頭望向他，她從來沒有告訴過任何人這件事，更沒有寫進書裡頭，但她清楚地知道那同樣是一個困擾他許久的問題。「……是我死亡的時間。」

# 第十一章

凌晨三點是我死亡的時間……

艾蒂亞的話還滯留在亞登的腦海中。他只能想像，如果一個人在這麼多世之後，還清楚地記得自己前世死亡的體驗會是怎麼樣的一個感覺。要不是因為他可以感受得到她所說的每一句話的真實性，以及感受到她所形容的每個體驗，那麼他很可能到現在都還無法相信她所說的話是真的。他感覺得到刀割、傷痛，還有一顆渴望見到他最後一面的心。他的心因為感覺到她即將死亡而痛，而他體內的男人因為知道她獨自死亡而難過。他的眼淚在他還沒有意識到以前就掉了下來。他再也不知道自己究竟應該相信什麼。如果這每一件事都是編造出來的，那麼為什麼他會像是喚起回憶一般地感受得到所有的一切？而她又是如何知道凌晨三點對他的意義？

我眞的有辦法幫她找到一個解決方法嗎？亞登忍不住自問：又或者我只是爲自己挖了一個更深的坑呢？他的感官似乎知道這是一條他沒有辦法回頭的路，因為他彷彿已經開始淪陷在他無法解釋的深淵裡頭……

「……我想我戀愛了。」

布蘭特的聲音將亞登的思緒拉回了現實之中。亞登也是在這個時候才記起布蘭特來找他，並等著他的咖啡。他決定暫時把艾蒂亞放在腦後並將咖啡端向布蘭特。他將杯子放在桌上後便在他側旁的沙發上坐了下來。布蘭特似乎只有在面臨女人問題的時候才會來找他。但戀愛？他笑了，這倒是第一次。

「從來沒有離開過情場的人又要怎麼戀愛？」亞登嘲笑道。從他認識布蘭特以來，他身旁就從來沒有缺過女人。與亞登不同的是，布蘭特總是有辦法讓每個女人都覺得自己很特別。他交叉了雙腿享受著他早上的第一杯咖啡。他喜歡咖啡可以讓他的腦子清醒許多，特別是這一陣子他的思緒在遇見艾蒂亞之後似乎變得格外的混亂。雖然他的腦子裡還有很多的事情需要釐清，但亞登發現自己一點也不介意。事實是，即便他還是十分的困惑，但是到目前為止他與艾蒂亞在一起的經驗，愉悅的感覺絕對是大過於負面的。所有無法解釋的事彷彿只要跟她在一起就會變得合理，而所有難以置信的事情也變得十分的具有說服力……

「我覺得這一個不一樣。」

布蘭特滿足地嘆了口氣，這讓亞登抬頭看了他一眼。事實是，他從來沒有見過布蘭特這個樣子，至少不是在他曾經約過會的數百個女人當中。「怎麼不一樣？」他很好奇。是什麼讓一個花花公子決定定下來。

「我不知道該怎麼形容，」布蘭特回想自己對莉莉亞的感覺。「那感覺好像每件事都是對的，像是我們屬於彼此似的。」

「而以前的女人們沒有一個讓你有這樣的感覺？」

「沒有。」布蘭特搖頭。「她們總是讓我覺得好像少了什麼。而我甚至沒有辦法解釋少了的是什麼。但是當我跟莉莉亞在一起的時候，我感覺一切好像都是……」在思考了一分鐘後，布蘭特還是決定用：「……對的。」

「我不懂。」亞登又啜了口咖啡，回想艾蒂亞帶給他的感覺。雖然他完全知道什麼是「不同」的意義，但是他還是問：「你怎麼知道這一個跟其它的女人不同？」

「那真的是種很奇怪的感覺，」布蘭特看著自己的雙手：「好像你的身體就是知道。彷彿我很早以前就認識她似的。你的手很熟悉將她擁在懷裡的感覺，而你知道自己的身體對她會有什麼樣的反應……」

雖然這聽起來很奇怪，但亞登卻完全知道那是什麼樣的感覺。「而那樣的感覺對你來說是『對的』？」要是彼此的狀況並不允許呢？他想道。要是他們並不像布蘭特和那個女人一樣單身，而是彼此都在不同的穩定關係裡呢？

「要不然呢？」布蘭特坐直了身子望向亞登的眼睛。「想像所有你曾經約會過的女人……你是否有遇過一個讓你有這樣感覺的人？往往是你連她們來了或是離開都不會眨一下眼，但是對的人……你光是想到她們，或是想到她們很可能離開你，你的身體就會有所反應。」

亞登深陷在自己的思緒裡。就某一方面來說，布蘭特說得沒錯。他從來沒有遇過一個女人可以讓他的身體產生像是對艾蒂亞一樣的反應。他看著自己的手，回憶起自己只要跟她在一起就會有的所有觸感。有她在的時候，他的確需要不斷地壓抑內心想要將她擁入懷裡的渴望。但就艾蒂亞的理論來看，那樣的感覺並不是他的，而是屬於他前世的記憶。

像是注意到亞登的表情有點異樣，布蘭特觀察了一會兒便不可置信地驚呼道：「等等！難不成你也遇到那個人了？什麼時候？是誰？為什麼你什麼事也沒告訴我？」

亞登的視線從手裡拉了回來，試圖整理自己的思緒：「因為我還在試著把自己搞清楚。我不認為那是『對的』。因為我的身體不是以我想要方式反應。當我跟她在一起的時候，沒有一件事是解釋得通的……」

「愛情本來就是不合邏輯的，」布蘭特翻了白眼：「而是要用心去感受的。如果你的身體有所感覺的話，又為什麼要抗拒它？」

布蘭特是因為單身才可以把話說得如此的簡單。亞登暗想道。如果今天布蘭特跟他角色對換的話，亞登懷疑他會說出同樣的話。「我們彼此都有穩定交往的對象，她甚至快結婚了。兩個人不會因為他們的身體彼此有反應就毫無顧忌地在一起。」

「沒錯。」但布蘭特顯然不完全這麼認為。「但假如你們彼此都在錯誤的關係裡面，花了許久的時間才發現自己錯過了對的另一半時，難道不會更難過嗎？如我之前所說的，你有多常遇到一個可以讓你有感覺，更甚至是感覺『對』的人？」

亞登的答案是……從來沒有。從來沒有人可以像艾蒂亞給他的感覺一樣，一種靈魂甦醒又活起來的感覺……

亞登想了好一會兒後才終於決定問：「你相信輪迴轉世嗎？我的意思是……」這麼討論一件他連自己都不相信的事讓亞登覺得有點尷尬……「……你相信兩個前世的愛人，在輪迴轉世後成為兩個完完全全的陌生人，但身體卻還殘留著對彼此的強烈反應嗎？」

雖然這不是亞登以前會問的問題，但布蘭特還是很認真地思考後並聳肩道：「為什麼不？」布蘭特不認為自己完全理解輪迴轉世的概念。「我不是真的了解輪迴轉世是怎麼運作的，但人們之所以相遇一定有它的原因存在。但是如果他們這一輩子投胎還帶著前世戀人的肌肉記憶，那麼不管他們這一輩子是不是戀人，你難道不認為這之中一定有什麼特殊的意義嗎？那難道不是一種特權嗎？想像他們前世要有多麼深愛對方才會讓他們幾世輪迴後還帶著同樣的感覺投胎。而且如果他們在前世這麼相愛的話，我不認為他們這一輩子是註定要當陌生人的。」

亞登從來沒有這麼想過，因為他的腦子裡總是試著用邏輯解釋一切。「如果它不合邏輯的話，你又怎麼能允許它的發生？」

「亞登，」布蘭特笑了：「你必須停止用邏輯解釋一切。你有把她抱在懷裡過嗎？你有試著聆聽自己的身體是如何回應她的嗎？你是否吻過她？愛情若是可以用邏輯解釋的話就不會是盲目的。你的心在遇到對的人時會知道，然後你的身體才會反應。就是這麼簡單。當你可以單純感受的時候，又為什麼要把事情搞得那麼複雜？」

亞登沒有做過任何布蘭特所說的事，但不能否認他的體內一直有種想要這麼做的誘惑。但試著讓話題輕鬆一點，亞登開玩笑道：「我不確定愛麗安娜會想要聽到你對我說這些話。」

「不，她鐵定不會。」布蘭特同意道。「但我會討厭看到你的下半生都在妥協自己。亞登，說真的，我還沒有看過你對任何人有這樣的感覺。嗯……除了那個你從來沒有見過的長板凳女郎之外。」布蘭特翻了白眼。「我雖然不知道這個神祕的女人到底是誰，但她顯然有辦法讓你有所感覺。我真的認為你應該給它一個機會試一試。我的意思是……你有什麼好損失的呢？不管你們的結局是什麼，你至少可以為自己找到那個答案。」

亞登再度陷入沉思當中，腦子裡再度回想起艾蒂亞的影像，而手中的感覺也再度跟著回來。他會後悔讓她再一次從手中溜走嗎？不知道為什麼……他彷彿已經知道那個答案。

***　　***　　***

「妳做了什麼？」

艾蒂亞聽到莉莉亞在第一次約會就已經跟布蘭特上床的消息，讓她幾乎快掉了整個下巴。不管他們平時有多常把性拿來開玩笑，但是艾蒂亞清楚地知道莉莉亞遠比她外表給人家的印象還要來得傳統許多。

「安靜一點，艾蒂。」莉莉亞尷尬到整個臉紅得像蕃茄似的。她伸出雙手，試著壓下艾蒂亞的過度反應：「我不需要所有人知道我的性生活。」

艾蒂亞朝整個咖啡廳睨了眼後又將注意力拉回莉莉亞身上。她雖然是來了加拿大之後才認識莉莉亞，但從她認識莉莉亞到現在，還從來沒有見過她在任何關係裡面發展得如此的迅速。「我以為……」艾蒂亞拉低了音量：「你不會在第一次約會的時候跟任何人上床。」

「我不會。」莉莉亞回答道：「而且很可能以後也不會。只不過這一切都發生得那麼自然，我不知道如何抗拒。」

「嗯？」艾蒂亞揚了眉頭：「那他的技術怎麼樣？」

「真的嗎？」莉莉亞不敢相信那是艾蒂亞問的第一件事。她的臉很快地又染上一抹紅暈，腦子裡也不自覺地回憶起與布蘭特的一夜纏綿。「嗯，我已經很久沒有約會了。但是那……」

「忘了我的問題吧。」莉莉亞還沒有開口，艾蒂亞便伸手阻止她繼續下去。「請尊重我的專業。」她笑道，清楚地知道自己得要花上多少精力才可以阻止莉莉亞腦子裡的影像傳送到自己的腦海裡。「如果我們還要繼續當朋友的話，那我不要任何你和他裸體的樣子進到我的腦子裡。」特別是當一個人有很強烈的感受的時候，她總是可以感同身受地看到他們腦海裡的影像。

「是妳自己要問的！」莉莉亞抗議道。

「那並不表示妳要告訴我啊！」艾蒂亞翻了白眼。「妳都跟一個靈媒當了這麼多年朋友的人了，應該清楚地知道什麼該講，什麼不該講吧。」

莉莉亞緊抿了唇，並將腦子裡的所有畫面留給自己。雖然艾蒂亞一點都不想要看到她的朋友不穿衣服的樣子，但是她看得出來莉莉亞早已經對那個男人動了心。這麼短的時間……艾蒂亞暗想道：愛情有時眞的是盲目的……

「妳喜歡他嗎？」

莉莉亞停頓了一會兒便很快地點頭。「我不知道如何形容那種感覺，但跟他在一起有種對的感覺。他讓我覺得很特別。」

很多男人為了把女人搞上床都會讓她們覺得特別，但那並不表示他們就是對的人。有時候，一個沒有經驗的人會把那種感覺誤以為是愛，她擔心莉莉亞也有這樣的感覺。所以艾蒂亞只能以最不傷人的方式取笑道：「他完事之後有沒有留張字條還是什麼的？」

「他完事之後？」莉莉亞花了幾秒才搞懂那是什麼意思。她揚了眉頭笑道：「妳讓它聽起來像是他只是想要上床罷了。」但莉莉亞知道她是什麼意思。「幸運的事，他沒有一『完事』之後就急著要離開。我們花了一整個晚上在一起。而且有，他事後還有發簡訊給我。」

莉莉亞揮揮手機。「他說他真的很想再見到我。」莉莉亞滿臉粉紅泡泡地盯著手機。

艾蒂亞回了一抹微笑，至少那個男人還不算是一個混蛋。「我很為妳高興。那麼妳應該給它一次機會，然後看看這段關係會怎麼發展下去。」

「我不知道，艾蒂。」莉莉亞有點猶豫。「他會不會覺得我太隨便？還是他單純地只是想跟我玩玩？要是一切都合不來怎麼辦？要是他傷了我的心……？」

「停。」艾蒂亞伸手阻止她繼續說下去。「沒有人覺得妳很隨便，特別是當他還想要再見到妳的時候。妳必須停止擔心沒有發生的未來，並且試著單純地活在當下。如果你現在感覺到愛，那就去愛吧。如果你未來感覺到受傷，那就到時候用力哭吧。但不要在妳想愛的時候去擔心妳的未來會受傷。如果妳的心現在很清楚地知道自己要什麼的話，妳又為什麼要去抗拒它？」

艾蒂亞的話讓莉莉亞揚起了笑容，她真的很慶幸自己有個朋友可以讓她不老是胡思亂想。「妳一直都是這樣嗎？」莉莉亞好奇地望向艾蒂亞問道：「隨著妳的感覺在過日子？」

也是在這個時候，艾蒂亞突然想起了亞登，並意識到自己的所做所為與她跟莉莉亞說的話根本背道而馳。一抹罪惡感因此而爬上她的心頭，使得她反射性地撇開臉並試著轉移話題。「人們創造自己的實相。擔心只會投注能量讓妳擔心的事情發生罷了。妳不是一直以來都想要遇到那個對的人嗎？或許他就是那個妳一直在找的人……」

「如果他不是呢？」

「那麼妳至少又朝那個對的人更邁進了一步。」

「艾蒂，」莉莉亞感覺到內心浮上一抹安慰。她揚著微笑真心地望向艾蒂亞：「我真的希望傑森是妳的真命天子。就算他不是，我也希望妳的命中註定在世界的某個地方等妳。」莉莉亞知道艾蒂亞是在困難的環境下長大的，她是真的希望她的人生能有個快樂的結局在等她。「我知道因為妳是個靈媒的關係，要找到一個可以了解妳所有感受的人是件很困難的事，但我真的希望有人可以在妳受不了的時候保護妳，在妳受傷的時候可以分享妳的痛苦。至少……要可以感覺到妳的難過。」

「如果那是我的命中註定必須為我做的事，」艾蒂亞開玩笑道：「那麼我已經開始為他感到抱歉了。」隨著她開口，她想到了亞登。即便艾蒂亞知道自己不應該有這樣的奢望，但是她清楚地知道自己的內心其實一直以來都希望這個世界上有人能夠了解她。

要是有人可以像阿卡那騰了解那法媞媞一樣地了解我的話……

艾蒂亞到目前為止還沒有與莉莉亞分享任何有關亞登的事。至少在她釐清所有的事情以前，她想要暫時先把所有的事都藏在心裡。即便她討論過很多有關前世記憶如何影響一個人現在的生活與習慣，但是她拒絕讓自己成為這樣的人並受到前世記憶的掌控。過去的確塑造了她，但卻不能決定她的未來。而她的前世更應該乖乖地留在三千多年前才對，因為那才是真正屬於那些感覺的地方。雖然她也想要有人能夠了解她，但是她寧願將過去留在身後。

＊＊＊　＊＊＊　＊＊＊

妳一直都是這樣嗎？隨著妳的感覺在過日子？

莉莉亞的話即便在她們分手之後還一直停留在她的腦海中。那種違心而論的罪惡感從剛剛就沒有離開過，因為艾蒂亞太清楚地知道自己並沒有做到她給莉莉亞的建議。雖然她總是希望人們順從自己心的感覺並勇敢地去追求自己的夢想，但是這看似容易的事真要執行時，為什麼會變得格外的困難？

漫步在公園旁，一抹哀傷的感覺油然而生。人們總是受困在環境的約束、責任與義務的壓力當中，使得人們再也不知道自己的心要的究竟是什麼，抑或是感覺到什麼。

如果妳沒有穩定交往的對象，那會改變妳對我的反應嗎？

艾蒂亞記起了亞登曾經問過她的話。事實是，她真的不知道那個問題的答案。她在一個極度瘋狂的家庭下長大，導致於她十分厭惡失控的感覺。不管她再怎麼對他有感覺，那種必須屈服於心的感覺讓她感到十分的害怕。特別是知道有人有那個能力可以掌控她的想法與身體更是讓她覺得驚慌失措……

隨著情緒在她的心裡顛覆著，艾蒂亞注意到自己的防衛力又再度降低。當大部分的靈媒在疲憊的時候就什麼都看不到了，艾蒂亞卻恨透了自己身上完全相反的反應。當她累的時候她反而沒有辦法控制自己會看得到什麼。當她的防禦心下降的時候，她反而看得更多……

妳應該聆聽妳的心才對……她身後的天使如是說：那麼妳才不會帶著遺憾過日子。

但那不是我的心，艾蒂亞在內心咕噥道，那屬於我前世的女人。

同樣也是妳，天使再度接口：一部分的妳……

樹在歌唱，鳥在樹枝上吱吱叫著。當她無法讓自己冷靜的時候，所有的感官似乎都會變得格外的敏銳。各種次元的靈體們隨著她的情緒上揚以及防禦心下降時，全都開始若隱若現地浮現在她的視線範圍裡。誰會想要跟我在一起？淚水盈上她的眼眶。艾蒂亞記起了小時候學校的同學們都習慣叫她「怪胎」，以及自己習以為常的格格不入，她總是渴望能有獨處的時候，因為身為靈媒的她從來沒有真正的獨處過。她發現自己一直想要的那個命中註定特別不能是阿卡那騰的轉世，是因為她不希望他也要去感受以及體驗她所需要經歷的一切……

艾蒂亞感覺自己有點招架不住又無處可逃……那是她從小就一直有的感覺。因為不管她走到哪裡都總是有某種靈體跟在她的身邊，而她只想要一個她可以完完全全獨處的地方……

她聽見自己幾近哀求地在內心說：請讓我一個人靜一靜……

也是在這個時候，一股力量突而其來地拉住她的手腕並將她整個人拉進了一片結實的胸膛裡。兩隻手臂以保護她的方式環著她並將她整個人緊緊地摟在懷裡。在艾蒂亞還不能做任何反應以前，她聽到頭上一抹熟悉的聲音低吼：「不管你們是什麼，全都離她遠一點。」這句話像是道命令似的，有種不容抗拒的語氣，彷彿他真的會盡其所能地讓所有靈體都離她遠一點似的。要是艾蒂亞不知道的話，她會以為他跟她一樣看得到所有的次元。

頓時間，一切就像是魔法般……艾蒂亞第一次感覺到她從小就一直渴望擁有的安靜。一種完完全全的寧靜。

這樣的發現讓她的心頭一緊，幾乎在瞬間讓她整個人瓦解。從她有記憶以來她就一直渴望這樣的感覺，但這種完完全全安靜的感覺卻是從來沒有發生在她身上過，而且更不可能是任何人讓這樣的事情發生。淚水如斷線珍珠般地落下她的臉頰，艾蒂亞將自己躲在一個她甚至不應該靠近的男人懷裡哭泣。她向來習慣堅強，但也是到這一刻她才發現自己其實一直渴望有人能夠保護她。她根本不需要抬頭，因為她的身體已經清楚地知道他是誰。不管艾蒂亞再怎麼知道自己不應該，但是她真的渴望這一刻可以持久下去……只要再給我一點點時間，艾蒂亞在內心暗自祈禱道。直到她把內心從小到大所積壓的孤獨與哀傷全部發洩完為止。

亞登一直到把艾蒂亞擁進懷裡後才意識到這是一個多麼錯誤的決定。他以為自己一旦理解了所有的事情之後，自然就可以學會放手，但是當他像現在這樣將艾蒂亞擁在懷裡的時候，他才了解布蘭特之前所說的「你的身體就是知道」究竟是什麼意思。那是一個簡單的事實，就好像她的身體是理所當然地屬於他的懷裡，而他一點也不想要她離開……要是可以的話，他甚至會這麼一直抱著她，因為他身體的每一部分都清楚地知道他們屬於彼此。

亞登稍早在開車的時候看見艾蒂亞在公園漫步。他本來想要裝作沒有看見，但他意識到自己完全沒有辦法這麼做。就好像他沒有辦法在餐廳裡遇到還假裝沒有看到她一樣。特別是在與布蘭特的對話之後，她的身影就一直盤旋在他的腦子裡。

所以他停了車並追上她的腳步，只見艾蒂亞顯然也沉浸在自己的思緒裡，根本沒有注意到他的靠近。只不過隨著他的腳步愈是靠近，他似乎愈可以感覺到她正在經歷什麼。他開始感覺到各種他無法解釋或是相信的存在，也開始強烈地感受到她有多麼地想要一個人獨處，進而讓他的焦燥感也跟著不自覺地上升……也是在這個時候，亞登只能想都不想地便將她整個拉進了懷裡，試著幫她隔離開所有騷擾她的東西。因為不管那是什麼，讓他感到煩燥的程度幾乎是一樣的……

共頻……

亞登想起了艾蒂亞在書裡寫的，阿卡那騰與那法媞媞共享的感覺。他以前從不認為那是可能的事，甚至還可能覺得那是一件非常荒謬無理的觀念。但如今這麼真實地感受著艾蒂亞所體驗的一切，他非但不覺得荒唐，反倒還很感激自己可以分擔她的痛苦，並感受她的哀傷。雖然這些痛苦並不屬於他的，但這卻是他人生中第一次感覺自己不再是……孤獨的。

# 第十二章

艾蒂亞不知道時間過了多久，只知道自己希望這一刻可以成為她的永恆。她的一生從來沒有像此刻這麼安祥過，以至於她注意到自己有多麼希望每一分鐘都可以延續下去。她可以看得出來，為什麼當人們被施捨他們一直想要但卻得不到的東西時會變得格外的貪婪。因為此時此刻，亞登的胸膛就是那個艾蒂亞一直想要但卻得不到的東西。一個可以讓她逃離所有感官與視覺，一個她可以真正成為一個人的地方。她意識到有一部分的自己在他的懷裡被癒療了，而另一部分的她則是渴望得到更多……但不管怎麼樣，她都不應該從他的身上尋找安慰，更不應該允許自己從他身上得到更多……艾蒂亞嘆了一口氣，因為她的理智再度戰勝了她的情緒。所以不管她的身體多麼不想要離開，艾蒂亞還是深吸了一口氣後強迫自己推開亞登。只不過她並沒有辦法將自己完全地推開，因為她的身體依舊眷戀並渴望著被他擁在懷裡的感覺。

「謝謝你在這裡陪我。」艾蒂亞低著頭，試著擦乾自己一臉的淚水。

「我不認為我有其它的選擇。」亞登就事論事地回答。至今還是不能理解一個人究竟是如何，又或者是怎麼可能完全地感受另一個人，但那幾乎正是他與艾蒂亞之間所共享的。雖然到目前為止他從艾蒂亞身上所感受到的大多是讓他感到愉悅的，但這一次，他暗想道：卻是直接痛進他的心裡去。

「我很抱歉……」艾蒂亞在起身的時候注意到他的襯衫上幾乎滿是她的淚漬，這讓她感到十分的尷尬與難堪。她不知道該如何擦乾他的襯衫，更沒有勇氣去直視他的眼睛。「我會支付你的乾洗費。我……」她不知道接下來要說什麼，只想要挖個地洞鑽進去算了。

「我……必須走了。」

艾蒂亞想要推開他並逃回家裡，但卻發現亞登的臂膀一點也沒有想要放開她的準備。他就這麼將她摟在懷裡，一直花了好一會兒的時間才終於接口：「……我不確定我可以讓妳走。」

他的話讓她的心頭一個緊，艾蒂亞雖然知道自己也有相同的感覺，但只能希望他無法感覺到她沒有說出口的話。她感覺到自己身體的每一部分都對他產生的反應，而她體內的女人似乎也只想要跟他待在一起……

「我們不應該……」她的理智依舊拒絕讓任何人掌控她的人生：「……如此靠近對方。」

亞登楞了一會兒，但很快地便一聲低笑。「我注意到了。」這麼將她摟在懷裡，亞登意識到他的身體只是更加地渴望將她留在身邊，根本一點也不想要讓她離開。自從認識她以後，他的慾望似乎總是不斷地在與他的理智抗戰，亞登暗想道：而我顯然每一場仗都輸了。他強迫自己再度壓下內心的渴望，也清楚地知道那正是他們兩個都正在努力做到的事……盡可能地壓抑下他們的身體對彼此的反應。他嘆了一口氣後放下了手臂，強迫自己給她一點他們彼此都需要的空間。「陪我聊一會兒吧。」亞登問道：「我很確定妳能夠了解現在的我有多麼的困惑。」

亞登說得沒錯，艾蒂亞的確可以感覺得到他的所有體驗。雖然她清楚地知道那可能會是一塊她不該觸及的危險之地，但此刻的她似乎別無選擇。因為他剛才在她最需要的時候成為她庇護港，以至於她現在還欠他一個人情。「我不確定我可以解答你的困惑，因為我連自己也搞不清楚。」

「那，我很清楚。」亞登坦白道：「因為我們似乎沒有辦法對彼此說謊。」

艾蒂亞緊抿著唇，因為那正是她所擔心的。有誰會想要感覺她所經歷過的一切痛苦？

「妳不認為那應該由我來決定嗎？」

亞登即時的回答讓艾蒂亞感到錯愕：「……你聽得到我？」她發誓自己剛剛並沒有說話。

亞登以為艾蒂亞說了什麼，但更驚訝地從她的眼裡發現她並沒有開口。亞登通常會試著想要理解自己到底出了什麼問題，但自從認識她以後，他老早放棄去解釋那些根本無法解釋的事。「這個『共頻』，」他嘆了一口氣，感覺心裡的痛慢慢地在褪去當中。也讓他知道此刻的她鐵定也感覺好了許多。「到底是怎麼運作的。」

「我……並不真的知道。」艾蒂亞誠實道：「我很抱歉你得感受我所經歷的。」

「不用。」他很確定道：「我不介意，而且我並沒有……不喜歡它。」特別是當他知道自己有安撫她的能力時。

艾蒂亞其實也想知道共頻是怎麼運作的，也努力地想要將這一切合理化。雖然她在書裡面有提到這樣的事，但是那並不表示她真的相信那是有可能的事。「你看得到他們嗎？」她感到好奇：「你說話的樣子，讓我以為你像我一樣看得到他們。」

「不，我看不到。」那是亞登很確定的事。「但是當我靠近妳的時候，我知道有東西正在打擾妳。我感覺有東西朝妳靠近以及有誰在跟妳說話。我不知道那是什麼，他們是誰，又或者他們試著想要說什麼，但是他們的存在因為妳的不喜歡也開始煩到我了。這跟我在派對陽臺上看到妳的感覺是一模一樣的，我感覺有人在跟妳說話，而那個人彷彿就站在我的面前一樣。」

艾蒂亞是真心地為他感到抱歉。因爲有誰會想要跟一個靈媒產生共頻？

「妳必須停止為我做決定。」他再次回答，但很快地又注意到她根本沒有說話。這對他來說是種很奇怪的感覺，亞登只希望這一切都能有一個科學化的解釋。

「我也希望如此。」這會兒換成艾蒂亞回答他未出口的問題。這一切都發生得如此的自然，以至於他們都為彼此的反應感到錯愕，但他們只是互望一眼之後便很快地一起笑了起來。

「照這個速度來看，」亞登玩笑道：「我們很快地都不需要開口說話了。」

就如同靈魂彼此溝通一樣……艾蒂亞微笑地想著。她總是好奇如果真的能夠活在那樣的世界裡會是什麼樣子。

她的笑容令他感到目眩。那抹熟悉的感覺讓他覺得自己老早就愛上她的笑容，並渴望在午夜夢迴裡相見似的。他發現自己有多麼地渴望能夠觸碰她，也意識到自己現在做的正是完完全全地違反他內心的渴望。

像是感覺到自己讓他產生的反應，艾蒂亞很快地壓下了臉上的笑容並說道：「我想我們前世所共享的感覺還是強迫著我們去感受彼此。我們可能還需要多花一點心力去解除那樣的連結。」

亞登老早就放棄說服自己說輪迴轉世不存在，以及他不可能是阿卡那騰，又或者她是那法媞媞。但是不管他們的前世是誰，他們此刻的感官都真實得讓人難以否認。而事實又證明他們之間的確共享著什麼無法解釋的頻率……他一點也不在乎他們的前世究竟是誰，只是更在意他們這輩子對彼此的感覺……他甚至不確定自己真的想要解除他們彼此間的連結……

「如果我們還這麼強烈地感覺到彼此，妳不認為我們這輩子能夠再次相愛嗎？」有那麼短暫的時間，他渴望能從她的口中聽到他所期待的答案。

艾蒂亞沒有開口，只是緊抿了嘴以代替回答，因為她知道自己接下來所說的每一句話都只會讓他清楚地知道是個謊言。並不是她不這麼認為，只是她「不能」這麼認為……她既不想要背叛傑森，更不想要任何人受到傷害。

「我必須走了。」無法正視自己真實的情感，艾蒂亞落句後便很快地從他的身邊逃開。

這一次，他並沒有阻止她。因為他早已經聽到自己心裡的答案……

***　　***　　***

雖然亞登與她之間明明沒有什麼，但艾蒂亞還是感覺到強烈的罪惡感，就好像她背叛了傑森一樣。所以，她爬進床裡躺進傑森的臂彎當中，伸手環住了他並試著說服自己這才是真正屬於她的地方。

「妳還好嗎？」傑森的口氣昏昏欲睡。

「並不好，」艾蒂亞輕描淡寫地坦白道：「我今天顯然是有點累過頭了，於是我突然無法控制自己看得到什麼。然後所有次元的靈體就開始出現在我的面前……」這是第一次，艾蒂亞以為自己可以讓傑森了解那對她來說是什麼樣的感覺，因為她相信這個世界上或許還有一個方法可以讓傑森像亞登一樣地感受她。

「嗯……嗯……」傑森聽起來似乎又更加沉睡了些。他緊接著拍拍艾蒂亞的頭，並一如往常地安撫道：「妳會沒事的。妳一直都是這樣……」

但是這樣的句子卻從來沒有讓她覺得好過一點，反倒只讓她感覺更前所未有的孤獨以及空虛感……她有時候也不想要假裝沒事，想知道自己即便在脆弱的時候還有個可以讓她感覺到庇護以及完整的地方……她將自己推起身一點，試著親吻傑森以喚醒他的感官，期望可以透過他的碰觸來感受到她此刻最需要的安全感。但是他停止了她的動作說道：「……現在不要，艾蒂。我明天需要很早進公司。」他於是用被單裹緊了自己轉身，在兩人間製造出一層隔閡。

也是在這個時候，淚水再度盈上她的眼眶。所有的情緒如泉湧般地湧上她的心頭，並全都卡在她的喉間。艾蒂亞躺回自己的位置上，用手臂摀住自己的雙眼，試著阻止自己不要哭泣。她早就放棄尋找一個了解她的人，並決定跟傑森好好地定下來，即便他完全沒有辦法感覺到她所體驗的任何東西。所以她不能理解的是，為什麼是現在？為什麼在她已經決定妥協自己的人生之後，亞登還要在這個時候進入到她的生命裡頭，擾亂她原本平靜的生活？

***　　***　　***

愛麗安娜從來不知道亞登在想些什麼，他總是習慣性地掩藏自己的想法，而且從來不願多花時間去表達它。自從他們在一起後，她就顯少在他工作以外的場合看他講很多的話。除了跟布蘭特在一起之外，亞登幾乎一開口就是公事。

她常常好奇是否有人真的了解他，又或者是知道他在想什麼。這也是為什麼愛麗安娜沒有辦法像以前的情感一樣亂發脾氣，因為她根本無法預料他的下一步會有什麼樣的反應。在跟亞登的這段關係裡面，她害怕被甩更勝於他害怕被她拋棄。如果她真的因為衝動離開了他，那麼即便只是個短暫的不小心，愛麗安娜都感覺自己再也不可能回到他的生命當中。但是他的安靜隨著日子的流逝只讓她感覺更加的沒有安全感，而唯一可以讓她還保有理智的，就是知道他對其它的女人一點興趣也沒有。

即便他們都已經在一起超過一年了，他還是從來沒有告訴過她說他愛她。他的心似乎總是屬於別的地方，一個她永遠觸及不了的地方。而那也正是為什麼她急著想要亞登娶她並跟她定下來，好讓她可以真正感覺他終於是屬於她的安全感。

她真的希望亞登是那個「對的人」。他符合她理想伴侶的每一個條件，而她懷疑自己有辦法再找到比他條件更優的人。他很高，身材比例均勻又很結實。他有張十分出色的臉，又懂得打扮，也知道怎麼照顧好自己。他的微笑可以輕易地融化任何女人的心，更不用說他多金又成功。不但有自己的公司，也同時是業界裡數一數二的。他對她來說會是個獎杯老公，就像她之於他一樣。

除了他的過度安靜以及總是需要一個人獨處的需求之外，亞登幾乎是這世界上最無懈可擊的理想情人。而那也是為什麼她想盡辦法地想要克服他們彼此間的種種阻礙，並期望可以讓他在年底以前娶她。至少她很確定地知道，亞登並不像布蘭特一樣是個花花公子，他對任何女人一點興趣也沒有，在公共場合上也顯少多看其它女人一眼。她的唯一競爭對手是他的工作，這也讓愛麗安娜更相信亞登與她定下來也只不過是件遲早的事。

她坐在他的身邊，注意到他正在閱讀數週前她看過他閱讀的書稿。他向來不會在同樣的書稿上浪費太多的時間，這讓她不知道亞登為什麼要花那麼多時間重新閱讀同一份書稿。米芮安說公司最近簽了一個新作者，而且會需要花很多的時間來編輯完稿。但愛麗安娜恨透了自己在亞登的工作之前總像是隱形了似的，男人通常有她這樣的尤物在前都會忘記工作的。

所以，她抽開了亞登手中的書稿並整個人跨坐在他的腿上，一雙纖臂也跟著環上他的頸項。「我跟那個靈媒約了時間，」她吻上他的唇：「我們下週三早上十點會去她的住處諮詢。」

「我週三要工作。」亞登感覺到一抹厭煩，但很快地便讓他壓下。

「那是她唯一有空的時間，」愛麗安娜持續吻著他，並用胸部磨蹭著他的胸膛。「……而且你答應過會陪我去的。」她的手伸向他的領子並開始解開他的上衣。「亞登，」她的唇留連在他的耳際，而酥胸也因為磨蹭而半赤裸著。「……那或許可以幫助我們更了解彼此。」

亞登一點興趣也沒有。他將手放在愛麗安娜的腰上正準備停止她想要做的事時，這個姿勢卻讓他停頓了一會兒。他注意到自己將艾蒂亞摟在懷裡時的感覺與摟著愛麗安娜有多麼的不同。當他對愛麗安娜一點感覺都沒有的時候，他的身體卻清楚地記得自己觸碰艾蒂亞時的每一個觸感。當初在公園把艾蒂亞拉進懷裡的確是個錯誤的舉動，亞登暗想道：因為從那之後，他反倒像個癮君子似的渴望想要得到更多。

他雖然清楚地知道自己可以如何挑起一個女人的性慾，但他卻顯少對任何人產生慾望。因為不管他跟誰在一起，他都沒有辦法有太多的感受，而他的心又總是渴望著一種他不知道是什麼的東西。在他成長的過程裡，他內心的空虛與孤單感從來沒有被填滿過，但自從他遇見她以後好像一切都變了……

他閉上眼睛並允許自己的感官回憶起他與艾蒂亞相處的每一刻，想像著她正是此刻跨坐在自己身上以及擁在懷裡的人。他立刻注意到自己的身體有了什麼不一樣的反應，以及這樣的念頭幾乎前所未有般地激起了他的性慾。他原本準備將愛麗安娜推開的手反倒將她摟得更緊，而她的影像早已被另一個他的身體渴望的女人所取代。他的手施了力地將她緊緊地固定在原地，另一隻手則是推高她的裙子並野蠻地扯開她的底褲。就在愛麗安娜的手解放他的慾望之際紮紮實實地填入了她的體內。

「喔——亞登。」愛麗安娜弓了身子呻吟道，允許他的需求狂野地將她推向慾望的高峰。他從來沒有如此急迫地要過她，也沒有這麼渴望過她的身體。愛麗安娜緊緊地環著他並將自己的身子完完全全地交給了他。他野蠻地在她的體內釋放更讓她深信自己正是他的命中註定。唯有在亞登占有她身子的時候，愛麗安娜才有自信他是完全屬於她的。在年底以前，她這麼告訴自己：她一定會讓亞登娶她。

***　　***　　***

「……妳知道這個月的滿月會激發出妳內心最深層的慾望，而因果的拉扯將會讓人難以抗拒嗎？」安代子看著艾蒂亞為她泡茶時興奮地說道。

「不，我不知道。」艾蒂亞笑道。有時候她真的懷疑安代子到底都是從哪裡得到這些訊息的。「但謝謝妳的資訊。」她遞給安代子一杯熱茶並在她對面的餐桌位置坐下。

「我這陣子對月亮占星超有興趣的，」安代子從包包裡拿出一本書並隨手翻了幾頁。

「不一樣的月亮會以不一樣的方式影響到我們的身、心、靈，進而會改變我們所做的決定……這也是為什麼我開始研究以及追蹤月亮的動向……」

艾蒂亞一直以來都知道行星的運轉與位置會對人們產生某種程度的影響，她只是向來都不是個專家，而且也絕對不會像安代子一樣的狂熱。「所以，」艾蒂亞啜了一口熱茶：「這會兒妳來找我又是為了什麼？」安代子總是不斷地在發掘新的東西，一般都是有了什麼新發現才會來找她……

「喔！」像是突然記起她為什麼來這裡的原因，安代子放下那本跟月亮有關的書以後，又從包包裡拿出了一樣東西。她用雙手將那個神祕的東西壓在胸前，並一臉「猜猜是什麼」的微笑：「猜猜看我最近對什麼有興趣？」

「驚喜我吧，」艾蒂亞笑道：「妳的問題應該改成『妳對什麼東西沒有興趣』吧？那麼我猜中的機率可能會比較高一些。」

安代子顯然沒有辦法隱藏驚喜太久，她打開手掌並展現了手裡藏著的東西：「塔羅牌！」她宣布道：「我覺得它好不可思議喔，所以我已經研究了好一陣子了。讓我在妳身上試試。」

「為什麼又是我？」艾蒂亞笑道：「為什麼我永遠是妳的白老鼠？」

「因為妳是我的好朋友啊！」她請求道：「而且也是唯一可以印證我做得好不好的人。來啦，艾蒂，讓我試試幫妳算命啦。我想要知道塔羅牌用在一個靈媒身上到底準不準啦……」

正如艾蒂亞所知道的，她似乎永遠對安代子狠不下心。「好吧，」她嘆了一口氣後再次讓步：「但我不想要再聽到任何不好的事。」

「塔羅牌沒有辦法告訴妳，妳是怎麼被殺死的啦。」安代子開著玩笑，也順便將手裡的牌遞給了艾蒂亞。「我需要請妳洗牌，並將它切成三個等分的牌。」她要求道。

「我們現在要算什麼？」艾蒂亞望向安代子問道。

「過去、現在、未來。」安代子解釋道。「我還是個初學者，也只知道最基本的。所以請妳深吸一口氣後仔細地想想這三個問題，然後專心地洗牌，再把它們分成三個等分的牌給我。」

「妳知道自己在幹嘛嗎？」艾蒂亞接過牌後開玩笑道。

「不是很清楚。」安代子至少很誠實。「但我們很快就會知道了。」

艾蒂亞揚著笑容，照著安代子的指示做。她洗了牌，將它們切成三個等分，然後回頭望向安代子：「然後呢？」

安代子將牌從左邊到右邊翻開，依序顯示三支劍、命運之輪與戀人。

「然後呢？」艾蒂亞揚高了眉頭等著解牌。只見莉莉亞拿出了一本書，試著搜尋牌卡的意義。

「這個，」她指著三支劍的卡：「是妳的過去。而這個，」她的手指指向命運之輪：「是妳的現在。而戀人則是妳的未來。」

「妳知道它們對我來說一點意義也沒有吧？」艾蒂亞笑道。她從來沒有學過塔羅牌。對她來說，那就只是一堆有圖案的牌卡罷了。

「呃，妳的過去……」安代子翻到有註解的那頁說：「心痛、孤獨、真實的悲慟或是猶似永無止盡的哀傷……」

「天啊，聽起來糟透了！」艾蒂亞蹙起眉頭調侃道：「還有可能比那個更糟的過去嗎？」

「嗯，妳的確有個很糟的童年。」安代子皺了眉也是一臉的困惑：「但我不知道所謂的『過去』可以回到多遠以前。」像是在質疑塔羅牌的結果似的，安代子又翻到命運之輪的註解：「……它代表著命運、不預期的事件以及進行式。因果的命運之輪已經開始啟動。這代表著妳正朝著改變的方向前進，而且是要冒更大的風險與投資以及採取下一步的時代了。」

安代子抓著頭，實在搞不懂它的意義是什麼。但不知道為什麼，艾蒂亞似乎感應到塔羅牌想要告訴她什麼似的，她臉上的笑容也跟著慢慢地褪去……

「而戀人是妳的未來。人們喜歡這張牌，」安代子在翻到那張卡的意義時嘴裡喃喃自語著：「羅曼史、連結、吸引力與完美的平衡。這是一段充滿熱情與認真的愛情。它同時代表著婚姻以及合作關係。」安代子滿臉疑惑地抬頭望向艾蒂亞：「妳覺得這是在說妳和傑森嗎？至少，我們有一張牌是對的，是不是？妳和傑森都快要結婚了。戀人同時代表著結合……」

這一刻，稍早在艾蒂亞臉上的笑容都已經消逝殆盡。與其試著去了解牌卡的意義，艾蒂亞更感覺到它們試著想要告訴她什麼訊息。而她唯一可以想到的是她最不應該想到的那個人……

安代子還在鑽研她自己的牌卡解讀，以至於她完全沒有意識到艾蒂亞臉上表情的異樣。「妳覺得我解讀得怎麼樣？」

艾蒂亞在安代子望向她以前趕緊換個表情。由於安代子時準時不準的直覺，讓艾蒂亞只能希望這次是她不準的一次。「真的是糟透了，因為那些牌一點都不合理。」艾蒂亞說謊道，感覺內心對安代子有一股莫名的愧疚感。但是她不希望任何人知道有關亞登的事。這一切都已經錯得夠多了，她不應該再讓它繼續錯下去……試著舒緩自己的心情，她假裝了一個笑容，期望安代子不會察覺到她試圖隱藏在心裡的祕密。「我覺得妳是最糟的塔羅牌占卜

# 第十三章

亞登的凝視像是可以透視她並直搗她靈魂般地讓她感到十分的坐立不安。

艾蒂亞還在因為安代子的塔羅牌而煩惱，一心希望那全都是因為自己想太多的緣故。她不知道自己究竟做了什麼而啟動了命運之輪，又可以怎麼做來改變它。但這一串因為埃及所受的苦，老早在遇見亞登以前就開始了，也就是說，今天不管他有沒有進入到她的生命當中，她都會得到把書寫出來的結果，因為她清楚地知道自己如果不這麼做，她幾乎讓那些日以繼夜又完全沒有邏輯的影像與感官給逼瘋。只不過為什麼是現在呢？艾蒂亞已經自問這個問題不下千次，也不了解因果為什麼要這麼玩弄她。如果她早在幾年前就認識亞登的話，那麼一切是否又會不一樣？她會允許自己的心所感覺地那樣愛上他嗎？他們彼此之間是否還會有同樣的吸引力？隨著他們兩個相處的時間愈久，她愈可以感覺他們彼此間的拉力也跟著變強。她愈是抗拒，她就似乎愈會被他吸引。因果是一種維持平衡的能量，艾蒂亞記得自己在書裡頭寫過類似的話。她開始在想自己的抗拒是否反而製造出相對的反作用力，以讓她比預期的更不可自拔地沉淪在對他的情感裡？此刻當亞登坐在她的面前，艾蒂亞再也不知道自己最害怕的究竟是什麼，是傷害傑森，還是讓自己變得軟弱、無助到必須整個人向命運屈服？……

亞登的眼睛直直地鎖在艾蒂亞身上，而他的感官似乎只要跟她在一起就從來沒有讓他有任何喘息的機會。他的一生中從來沒有失控的感覺，但每一件跟她有關的事彷彿都遠超過他可以掌控的局面。他甚至無法解釋自己感覺到什麼，更沒有辦法控制自己的感覺。當他將愛麗安娜摟在懷裡時，他整個腦子想到的卻全都是此刻坐在他身前的女人。*她到底對我做了什麼？*亞登問了這個問題不下千次，*而我又是哪裡出了問題？*在他幾乎不認識眼前這個女人的同時，他又怎麼可能淪陷得如此地快速？這一點都不像他！他認識愛麗安娜超過一年的時間，但他對她的感覺卻遠不及身前這個他認識不到一個月的女人。這難道就是因果輪迴對人們所造成的影響嗎？他不禁好奇。這就是人們宣稱自己完全無法掌控的命運嗎？這要是以前的亞登絕對會輕易地忽略這樣的感覺，但在他跟她一起分享過所謂的共頻之後，他卻完全沒有辦法這麼做。這真的就是布蘭特口中「對的」感覺嗎？這就是人們一直在尋找的「命中註定」嗎？亞登雖然跟艾蒂亞一樣不喜歡在人生中失控的感覺，但他發現自己更討厭抗拒內心真實的感覺。

布蘭特允許自己的身體與心去感受他所遇到的女人，並相信那個女人是他的命中註定。不管那是不是真的，他們至少都給了彼此機會去發掘那樣的結果。所以亞登不能理解為什麼他與艾蒂亞卻必須去反抗他們所感受到的每一件事，硬是要拉開彼此的距離，甚至不願意給彼此一個嘗試的機會。要是他們真的是彼此的命中註定呢？要是她真的像是布蘭特之前所說的，是那個他會後悔錯過的人呢？

亞登一直到現在都還不相信自己是阿卡那騰的轉世，但是此刻的他根本不在乎自己的前世是誰，他只想要成為她的阿卡那騰。以前的他或許會宣稱她有個超級荒唐的想像力，但那又要如何解釋他在他們還沒有遇見彼此時，就已經不斷出現的夢境與影像？儘管亞登真的想要合理化一切，但卻發現愈是鑽研的結果只是讓他更加地去接受那些不能接受以及不可置信的事……

雖然所謂的「共頻」對任何人來說都應該是荒唐無理的事，但亞登卻意識到自己是真的喜歡這樣的感覺。亞登在遇見艾蒂亞之前，總相信自己是一個無感的人。雖然他沒有辦法看到每一件她所看到的事，又甚至是聽到她所聽得到的每一句話，但是他卻能夠透過共頻感受到她經歷了什麼，並感應到她所感覺的每一個感官。這讓亞登的生命中第一次有活過來的感覺，就好像他終於有了感知的能力似的。但更重要的是，自從艾蒂亞出現之後，他再也感覺不到……孤獨。

他知道自己對她的感覺已經不再是單純的好奇，而是更私人的。他再也不想要幫助她離開自己，反倒是想把她拉得更近。雖然他還是得壓抑自己對她的情感，但是他比任何人都知道他的慾望早在他第一次見到她的那天開始，就已經倍數成長了許多。他不禁質疑他們如果都沒有任何情感上的束縛的話，那麼他們是否會像布蘭特遇見他的命中註定一般瘋狂又熱情地愛上對方？這一切是否會跟此刻完全不一樣……

「我不認為這是一個好主意，」亞登的慾望流過艾蒂亞的身體並讓她莫名地感到口乾舌燥：「我真的看不到我在這裡的目的。我的英文沒有好到可以幫助你編輯。」

「沒錯，妳的確不行。」亞登彎了嘴角並望向眼前仍需要大量編輯的書稿。他並不是真的需要她來幫忙他編輯，他只是單純地享受她的陪伴，而「幫忙編輯」只不過是個叫她過來的藉口罷了。「但是妳在這兒可以幫助我更了解妳一點。」

「你不需要更了解我，」艾蒂亞咕噥道：「那是你最不想要做的事。」

「如我之前所說，」他還是揚著那抹微笑：「我可以為我自己做那樣的決定。」

「你顯然不知道怎麼為自己做最好的決定。」艾蒂亞低頭牢騷道。

亞登並沒有評語，但一道淺笑卻從他的喉間流出。「這個共振頻率……」他全神貫注地望著艾蒂亞，似乎開始享受他們彼此間不需要言語就可以共享的感覺：「為什麼我有些時候可以感覺妳的身旁有東西，但大部分的時候卻沒有？」

艾蒂亞遲疑了一會兒，似乎在斟酌著自己的回答，但很快地便意識到那只是在浪費時間，因為他總是可以知道她是不是在說謊。所以她在嘆了一口氣後便決定坦白：「大部分的時候我都會把頻率關起來，好讓我活得像個正常人一樣。每當我防禦心下降的時候自然就會感受得更多。」

「所以，當妳在公園散步的時候，是什麼打破了妳的防禦心？」他好奇道，但顯然也不需要等艾蒂亞開口，他便已經得到他想要的答案。他臉上的笑容因此而擴大了幾分。知道自己不是唯一受苦的人至少讓他覺得好過一點。他絲絨般的聲音顯得愉悅，猶如奶油般細膩：「我很高興自己總是出現在妳的腦海裡。」

「你根本就不應該出現在我的生命裡頭。」

「妳真的這麼認為嗎？」亞登顯然沒有這樣的感覺：「我要是從來沒有遇見妳的話，那我很可能永遠不會相信任何妳寫在書裡的事。」

「相信了並不會讓你的人生變得更好。」艾蒂亞暗忖道。

「是不會。但卻可以讓我開始相信那些無法解釋的存在。」亞登揚高了一個眉頭，顯然很清楚地知道該如何展現他的魅力：「這對我來說很重要。因為在還沒有認識妳以前，我一直都認為自己是無感的，我對什麼事都沒有興趣。」

「但是在認識我之後，我們卻必須分享不是屬於自己的感覺，而且還要不斷地抵抗將我們拉近彼此的拉力。」艾蒂亞問道：「這樣的日子又怎麼可能讓你的生活變得更好？」

「我還不能說它會讓我的生活變得更好，但的確是讓它變得更有趣一點。雖然這種共頻的感覺真的會讓人感到困擾，」亞登坦誠道。他意識到在完全不能欺騙彼此的情況下，分享自己的想法似乎也變得簡單許多。「但我不介意分享妳的感覺。那對我來說很自然，也很理所當然，我甚至開始喜歡這樣的便利。或許我們應該要做的，是停止去抗拒這股將我們拉近彼此的力量，並且單純地學會去接受它。」

艾蒂亞蹙起眉頭，不知道他是如何得到這樣的結論。「我甚至不是你的菜。」

「妳又怎麼知道什麼是我的菜？」他挑釁道：「既然我都很肯定自己絕對是妳的菜，難道妳不認為妳是我的菜只不過是件理所當然的事嗎？」

艾蒂亞沒有回答他的問題。因為她曾經在遠處見過他的女朋友一面，以至於她清楚地知道自己永遠也不可能會是他的菜。

雖然她什麼話也沒有說，但一抹淺笑卻早已從他的喉間流出。這一整個共頻感覺已讓他變得十分地上癮。他喜歡它所帶給他的自由，以及自己再也沒有偽裝的必要。亞登向來就不是一個多話的人，但是只要艾蒂亞在身旁的時候，他就感覺自己有好多的話想要問她……

「如果妳要寫一本羅曼史小說的話，」亞登揚著他性感的笑容，感覺到自己的內心想要誘惑艾蒂亞的邪惡動機……「難道我們不正是人們所謂的『靈魂伴侶』或是『命中註定』嗎？如果真的是這樣的話，那麼為什麼我們要反抗靈魂早已鋪陳好的命運呢？」

艾蒂亞不知道該回答什麼，但卻感覺自己好像無處可逃似的。坐在亞登的面前，即便她不開口也只會慢慢地顯露出她藏在內心最深處的祕密。「我必須走了。」她決定離開。因為只要跟他相處的每一個時刻，都只會更加地放大自己對他的感覺，而那是此刻的她最不想要的……

她零亂地收拾起桌上的東西並將它們全都塞進自己的包包裡。正當她急著想要離開會議室的時候，亞登早已在她還沒觸及到門的時候握住了她的手腕。他其實不明白自己為什麼要留住她，但知道自己厭恨透了她想要離開他的感覺。「這對我來說是同樣危險的事，」他感覺自己的慾望因為握著她的手而加溫：「但我並沒有選擇逃避。所以或許妳也不應該逃跑。」

艾蒂亞的確愛剎了他們之間的連結，但卻恨透了自己的道德感總是不斷地受到她的感覺挑釁與威脅。她的父親是個對愛情不忠的人，而她也因為這樣而恨了他大半輩子的時間。她不希望自己步上父親的後塵而成為一個她最厭惡的人。此外，傑森曾經陪她走過人生的風風雨雨，他們的情感應該是真實的。若是現在只是因為亞登是她前世的愛人，而她體內的女人依舊對他有著強烈的反應就選擇開傑森的話，那麼不管是對她自己還是傑森都是一件非常不公平的事……

「我必須離開。」她再說了一遍，順手扯開自己的手。她再也不知道該怎麼做，但只能順從她的理智要求她必須現在離開。

當艾蒂亞低著頭急著走向電梯時，米芮安剛好與她擦身而過。注意到艾蒂亞表現得有點異常，米芮安一到會議室很快地便瞇起眼瞪向亞登質問道：「你做了什麼？」

「為什麼我總是做錯事的那個？」

「因為你先前已有不良紀錄。」米芮安將手中的檔案夾甩在他的胸口上。「這已經不是你第一次氣走作者了。你的嘴巴很壞，而且又不懂得潤飾你的話。艾蒂亞的人很好，你竟然連她都有辦法氣走？你必須停止氣走我們的作者！」

亞登沒有接口，因為他寧願米芮安這麼以為，而不是真正了解他與艾蒂亞之間究竟發生了什麼。他拿起了米芮安甩在他胸口的檔案夾並困惑地看著它：「這是什麼？」

「那是要去參加洛杉磯舉辦的娛樂博覽會的所有資料。我已經幫你訂了機票和住宿，等你到達的時候會有專車接送你到飯店。這是你的行程表、住宿資訊以及會議入場券，還有一些有關於我們的作者以及有潛力可以改編為電影劇本的書籍介紹。我同時趁你人在那裡的時候安排了幾場會議。你應該都可以在檔案夾裡找到所有你需要的資料。要不然的話，你知道哪裡找得到我。所以，好好地拿你那張漂亮的臉蛋去幫我們的作者簽幾張電影合約，行嗎？」

「等等，」就在米芮安正準備離開的時候，亞登叫住了她。他停頓了一會兒後這才開口：「多幫我訂一間房間與機票。這趟出差我會帶艾蒂亞跟我一起去。」

＊＊＊　　＊＊＊　　＊＊＊

「因為性生活真的很棒而愛上一個人會不會是一件很瘋狂的事？」

「會。真的是挺瘋狂的。」艾蒂亞在電話的另一端翻了白眼繼續道：「要不然妳還要怎麼愛上一個人？如果性生活很糟糕的話，那表示未來的妳將會需要很多的『自愛』時間。」

「艾蒂！」莉莉亞在電話另一端叫了聲。知道莉莉亞很容易臉紅，艾蒂亞已經可以想像她現在的臉鐵定紅得跟蕃茄沒兩樣。「妳知道我說的意思。」

「我知道，也不知道。」艾蒂亞笑道。「但說真的，莉莉亞。我知道妳已經很久沒有跟男人上床了，而且我也很高興妳的新男友顯然是個性愛大神。但是妳可不可以不要再跟我討論妳的性生活了？我是真的很害怕在腦海裡看到你們兩個沒穿衣服的樣子，因為我會再也不知道要怎麼跟妳或他做朋友。」

「我很抱歉。」莉莉亞道歉道：「但我是真的情不自禁嘛。我真的想要找人分享。」

「跟誰都可以，就是不要是我。」艾蒂亞建議道。「但我會很樂於聽到關於妳和他的事，只要不是……性愛相關的。」

這話說的比做的還簡單，莉莉亞似乎只要想到那個男人就跟性愛脫離不了關係，就連想出一個話題都顯得有點困難。

「真的還假的？」這會兒換艾蒂亞表現得很誇張。「妳真的是忍不住想要炫耀妳有一個多麼幸福的性生活，是不是？」

「才不是呢！」那才不是她的本意：「我們只是……花了很多的時間在床上。」

「好吧，那至少我很高興你們在身體上是契合的。」艾蒂亞嘲笑道。顯然當人們太久沒有做愛的時候，他們會因為禁慾太久而忘了節制。「安代子好像說過，這個月的滿月會帶出我們靈魂最深層的慾望的樣子……你們兩個顯然等不到滿月。我想，當她說『最深層的』慾望其實指的是『最原始的』飢渴吧……」

「妳把我們說得像是動物一樣。」莉莉亞笑道。

「如果你們大部分的時間都花在床上的話，那麼你們跟動物真的沒兩樣。」

她們彼此調侃了對方一會兒，直到莉莉亞突然問道：「艾蒂，其實我有一點害怕。」莉莉亞花了一會兒時間才接口：「當我愈陷愈深的時候，我就愈害怕自己會變得無法自拔。要是他並沒有像我這麼喜歡他怎麼辦？要是他只是想要玩玩怎麼辦……？」

*但那不正是所有女人擔心的事嗎？*「但至少妳會沒有遺憾啊。」艾蒂亞嘆道。「愛情從來就不是誰愛得多誰愛得少，而是沒有遺憾地享受著每一個當下的感受。如果他只是在玩妳，我會把他揍得頭破血流，而妳會在一旁哭得傷心欲絕。但是到最後，妳還是會很高興他曾經帶給妳完美的性生活，而我還是會繼續當個在妳身邊陪妳哭的朋友。」

「謝謝妳，艾蒂。」莉莉亞微笑道。艾蒂亞總是知道該如何安慰她，像是她免費的諮詢師似的。像是突然想到什麼似的，她問道：「對了，妳最近還有在接諮詢嗎？我以為妳一直說妳要停掉它。」

「嗯，妳剛剛顯然已經成了我這些日子的第一個客戶。」艾蒂亞嘲笑道：「我有，但已經不像以前那樣。我只有在星期三的時候見一兩個客戶。」

「妳的等候單一定很長，因為妳以前那麼忙。」

「我不在乎。」艾蒂亞咕噥道：「人們不需要透過靈媒來幫忙整理他們的人生。而且我現在手裡頭有好多項目在進行，我實在沒有時間與耐心去聆聽客戶們一個一個抱怨他們拒絕去改變的人生。此外，我現在大部分的時間只接客戶介紹的案子，要是沒有人介紹的話根本就沒有辦法找到我。所以，我已經不像以前那麼忙了。」

「萬一有緊急的事呢？像是有時間緊迫性的。」

「那我的感官會讓我為他們製造出時間。」她像是想到什麼東西似的，艾蒂亞說：「事實上，我明天接了一個客戶一直要求我的案子，而原本預約的客戶竟然就在她打電話給我的幾分鐘前才剛取消。不過我聽說明天的客戶是個很火辣的模特兒。妳可以想像像她這樣的人在抱怨她們人生遇到的問題嗎？」

「不，我完全無法想像。」莉莉亞笑道：「但我會很想要知道，像她們這樣的人會有什麼樣的問題……」

***　***　***

你一定是在開我的玩笑吧？

艾蒂亞睜大了眼睛，不敢置信地看著亞登站在她的門後。她此時正等待著她十點的客戶，但她萬萬也沒有想到會看到亞登出現在她的家門口。

亞登顯然跟她一樣的驚訝。但一抹笑容很快地便浮上他的嘴角，他似乎比任何人更享受這種愉悅的驚喜。他安靜的站在愛麗安娜身後，眼睛則帶著一抹性感的弧線直直地鎖在艾蒂亞身上。稍早的時候，他幾乎後悔自己答應愛麗安娜要來找一位靈媒，但那樣的不悅在見到艾蒂亞之後全都一掃而空。他從來沒有預期艾蒂亞正是他要來找的靈媒。因為如果他早知道的話，那麼他或許會省下許多試著說服自己不要跟愛麗安娜一起同行的精力。

「艾・蒂・亞？」愛麗安娜似乎不知道該如何正確地說出她的名字。由於西西不斷地說這個靈媒有多厲害，讓愛麗安娜期望看到一個更老的女人。

「我是。」艾蒂亞的視線從亞登轉到愛麗安娜身上。「妳一定是愛麗安娜。」艾蒂亞並不預期她正是亞登的女朋友。與艾蒂亞一百七十公分的身高相比，愛麗安娜至少有一百七十五公分左右。她有張漂亮的臉以及標準的模特兒削瘦身材，艾蒂亞可以輕易地看得出來她根本是所有男人心目中的夢想情人。

「對不起，我期望看到一個更老的女人。」愛麗安娜皺眉：「……因為我的朋友說妳真的很厲害。」

艾蒂亞揚高了一個眉頭：「所以對妳來說，『厲害』與『老』應該是成等號的？」

她幾乎可以在一講完後便聽到亞登喉間一抹低笑。無論她有多麼想要讓自己保持專業，艾蒂亞根本不認為自己有辦法為他們兩個諮詢，而且絕對不是亞登，更不可能是在她的家裡。

艾蒂亞很快地審視了一下站在她身前的愛麗安娜，她沒有花很多的時間便大概知道愛麗安娜為什麼要來這裡找她……愛麗安娜在找一個艾蒂亞給不起的答案，以及一個她無法給予的承諾。

「我不能諮詢妳。」艾蒂亞決定道。但更重要的，她並不想要讓亞登知道更多有關她的事，或是發掘更多他不需要知道的訊息。

「為什麼？」愛麗安娜一臉的困惑：「我明明跟妳約了時間。」

「我知道，」艾蒂亞感覺到有點抱歉，因為她幾乎從未拒絕過已經上門的客戶。「但我真的不是妳要找的靈媒。」當亞登的視線一直鎖在她身上，而他的臉上又一直掛著那抹性感的笑容，她唯一想做的就是把門關起來。「我沒有辦法給妳，妳想要從我身上聽到的答案。」她特別不想要再回到那個她想盡辦法要忘掉的過去。

「但是，」愛麗安娜蹙起眉頭，她甚至都還沒有說出她的問題……「如果妳甚至不想要見我的話，那妳又怎麼知道我要問妳什麼問題？」

艾蒂亞望向亞登，指出她是真的知道愛麗安娜想要問她什麼。「我沒有辦法告訴妳他是妳的命中註定，也沒有辦法承諾一個妳想要的未來，特別是當他連自己的心都控制不了的時候。」艾蒂亞於是望向愛麗安娜，試著去了解她與亞登之間的關聯。一抹影像於是浮上來取代了她的臉——塔都希芭，狂野又美麗的米坦尼公主。她原本是阿門厚德三世的妻子，而後改嫁給阿卡那騰。她與阿卡那騰的歷史早已奠定了她將永遠望著他的背影，並會不斷地遭受他冷漠的基礎……艾蒂亞現在更加確定自己一點都不想要諮詢愛麗安娜，而且絕對不想要在亞登面前被拉回去那段他們共享的記憶裡面。

「我真的非常的好奇，」亞登的聲音突然地從愛麗安娜背後傳來。他半彎著眼以及語氣愉悅地開口，清楚地知道為什麼艾蒂亞不想要諮詢他們。然而她愈是逃避就愈是讓他想要了解她更多……「我真的想要與妳進行這一次的諮詢。」

愛麗安娜回頭望了亞登一眼，並驚訝他會說出這樣的話。因為當她稍早提醒他今天的諮詢時，他甚至看起來十分的不悅與煩燥。「拜託，」愛麗安娜再度轉頭望向艾蒂亞。雖然艾蒂亞直接回答她未出口的問題的確讓她感到有點錯愕，但那只讓愛麗安娜想要了解更多……「我男朋友的時間很難空出來，他必須撥挪工作時間才可以跟我一起來，我們可以一起來做諮詢並不是一件容易的事。如果妳可以接受我們的案件的話，我願意支付雙倍的報酬。」

「我真的不是妳要找的靈媒。」艾蒂亞道歉道。特別是如果愛麗安娜發現她是誰，以及她與亞登之間的關係的話，艾蒂亞不認為愛麗安娜會想要繼續待在這裡。

「拜託，」愛麗安娜再度請求道：「我只是想要知道我們要如何改善我們的關係……」

「我很抱歉，」艾蒂亞不想要再說得更多。「請去找別人吧。」她於是望了亞登最後一眼，在他還未能從她身上感受到更多以前便很快地將門帶上。她從來沒有在現場拒絕過任何已經找上門的客戶，但她猜想凡事都會有第一次。

知道亞登有辦法感覺以及感受她的一切，艾蒂亞拒絕回到那個她想要忘記一切的時代。她拒絕喚醒她體內盡力想要壓抑的女人。要和他一起工作已經是一件很難的事了，她完全不想要透過諮詢再回到那個前世。如果愛麗安娜一直想要挖掘她與亞登之間的關係，那麼艾蒂亞很可能會被強迫回到那個過去，並無法自拔地在他的面前崩潰。那是她清楚地知道永遠不應該發生的事……

# 第十四章

「真是個怪胎！」愛麗安娜在離開艾蒂亞的家時咕噥道。她從來沒有被任何人拒絕過，而且絕對不是被一個靈媒拒絕。「我們都已經到了她家門口了，還願意支付雙倍報酬，她竟然還是拒絕我們？」儘管她有點不高興，艾蒂亞說的話還是多少讓她感到有點煩燥。那個靈媒怎麼會知道她想問亞登是不是她的真命天子？她那句「我沒有辦法承諾一個妳想要的未來，特別是當他連自己的心都控制不了」又是什麼意思？亞登是她見過最有自主能力的人，那麼她又是如何在沒有跟他講話的情況下做出那樣的結論？即便愛麗安娜不想要相信她，但她知道艾蒂亞所說的話的確沒錯，那就是她完全無法掌控他的心……

「亞登，」愛麗安娜轉頭望向亞登，期望可以從他身上得到更多的訊息。「她說你沒有辦法掌控你的心是什麼意思？你有這樣的感覺嗎？」

但亞登一直沉浸在自己的思緒裡頭，絲毫沒有注意到愛麗安娜剛剛說的話。他知道艾蒂亞是個靈媒，但他完全不知道她就是他們約好要見面的「那個靈媒」。為什麼宇宙好像不斷地將他們拉近彼此，以及他們的交集遠超過他們當初所能預測的……

即便愛麗安娜站在他的身前他也同樣可以感受到艾蒂亞，並清楚地知道她極力地抗拒再次回到過去。他也知道艾蒂亞並不是不想諮詢愛麗安娜，因為他才是她真正拒絕的對象。她並不想要讓自己回到他們兩人交集的前世，去感受以及透露更多她無法掌控的訊息……

「亞登！」愛麗安娜因為亞登總是心不在焉而噘嘴。「你到底有沒有在聽啊？我在跟你說話呢！」

亞登回了神並望向愛麗安娜，但他的腦子卻明顯還停留在別處。他花了好一會兒的時間才終於說道：「對不起，」他道歉了聲：「我突然想起我還有一些工作要處理，我必須先走了。」隨著他落句，他開始轉身跑開。獨留愛麗安娜一個人站在街道上。為了安撫他內心的種種疑問，他有些事情必須自己去釐清……

***　　***　　***

當門鈴再度響起的時候，艾蒂亞已經冷靜了自己的思緒正準備走向廚房。知道愛麗安娜可能會有什麼樣的個性，艾蒂亞只能想像她鐵定是回頭想要來跟她理論。我應該不要理她才對……艾蒂亞原本準備裝聾作啞，但是門鈴聲卻一副不準備罷休的樣子，這讓艾蒂亞覺得自己有必要跟她好好地說清楚。

「我說過我不會接妳的……」

艾蒂亞原本期望在開門後會看到一臉怒氣沖天的愛麗安娜，但在她門縫稍開，還來不及把自己的話說完以前，一隻腳便卡住了門口，緊接著一隻手好像知道她會立刻把門帶上似地用力推開了門。艾蒂亞並沒有看到愛麗安娜，反倒是看見亞登站在她的眼前。

艾蒂亞不知道該做何反應，即便她反射性地想要將門給關上，但是亞登的力道還是大過於她。他毫不費力地讓自己進了門，隨後便把門關在身後。

「你在幹什麼？」艾蒂亞有點失措：「你或許是我的編輯，但是你沒有任何權力可以像這樣強行進入我家。」

亞登揚起了一抹性感的微笑，他的眼睛直鎖在她的臉上。「我只是需要來為我自己確認一點事。」

「什麼……」

在艾蒂亞還來不及從他的身上得到答案以前，他便跨步走向了她，並以雙手捧住她的臉，帶著滿溢的情感吻住了她。艾蒂亞不知道該如何反應。她睜大了雙眼並反射性地想將他推開，卻發現他的吻早已喚醒了她體內的女人。

阿卡，我至死都會永遠地愛你……

淚水盈上她的眼眶，而她的身體想要擁有比一個吻更多的回應。那雙原本應該是將他推開的手，輕易地便選擇在他的懷悝放棄。她感覺她體內的女人渴望他的吻，並迫切地想要被他觸碰。因為自從他們在幾世紀前離別以後，她就一直等待著他再次進入到她的生命裡頭，一世又一世地等待著……他用著他們彼此都熟悉的情感，刻意的想要喚醒她前世對他的眷戀。

艾蒂亞不知道時間過了多久。但當她聽到他的低語時，她感覺自己早已在他的懷裡失去了所有的力量：「跟我想的一樣，」他在她的唇邊低語，留戀著她的唇所帶給他的悸動：「……妳跟我有一樣的感覺。」

「請你……」淚水落下她的臉頰，艾蒂亞清楚地知道她一直以來都在違背著自己的心。她一直都知道自己的心要什麼，只不過那不是她的理智可以說服自己去追求的事。「……不要再對我做這種事。」

即便自己正是那個讓她難過的人，但她的淚水還是會莫名地讓他感到揪心……「妳說的沒錯，」他嘆了一口氣：「我的確沒有辦法控制我的心。」他於是將她摟在懷裡，並期望這一刻可以成為永恆。「我不知道如何停止自己對妳的感覺，也不認為我想要停止這樣的感覺。」

「我不能，」不管她的心有多麼的想要：「這對傑森或是你的女朋友來說都不公平……」

他的心一個緊。亞登透過艾蒂亞的出現，已經清楚地意識到自己根本不在乎愛麗安娜，但是他同時也知道自己擅自為艾蒂亞決定她的關係是件非常不公平的事。不管他們的身體有多麼渴望彼此，亞登都可以感覺得到她對她的未婚夫的情感以及罪惡感是真實的……「如果妳真的不希望我碰妳，那麼我再也不會對妳做出這樣的事。」他甚至不確定自己是否可以真正地執行這樣的承諾，只能夠強迫自己儘可能地去嘗試……但天知道他有多麼喜歡將她擁在懷裡的感覺。這一觸即發的情感只讓他在吻了她之後變得更加的一發不可收拾。「但我再也不能承諾去幫助妳解除妳跟我之間的連結。我一點也不想要妳找到方法，因為我更希望妳選擇我，而不是離開我。我完全不想要妳放棄我們共同分享的感覺。我願意等妳……」他輕撫著她的臉頰並為她拭去臉上的淚水：「等到妳準備好的時候。在我還不能讓妳變成我的女人之前，我願意接受任何可以跟妳在一起的關係與機會……只要可以將妳留在我的身邊。」

「為什麼？」艾蒂亞不懂，但卻感覺得到他所體驗的每一個情緒。「我既不是那法媞，而你也不是阿卡那騰。這輩子的我們可以自由地選擇我們可以愛誰，也沒有必要在一起。」

「沒錯，我們的確沒有在一起的必要。」亞登同意道，但他質疑艾蒂亞怎麼可以無知到看不見如此顯而易見的事實。「但我選擇了妳。我還是不相信輪迴轉世，也不在乎我們前世是誰。我唯一在乎的是我的身體依舊渴望你，我的靈魂顯然還放不下你，而我的慾望只想要把你占為己有。」

「那是因為你的感覺還是受到你前世的肌肉記憶所影響……」即便艾蒂亞的身體跟他有一樣的感覺，但是她堅信那絕對不是愛……

「或許吧，」他的喉間一聲淺笑，他將她摟得更緊，並意識到自己有多麼眷戀這種理所當然的熟悉感，彷彿她本來就應該屬於他的懷裡似的。亞登從來不知道自己可以對一個女人擁有如此強烈的感覺……「但我很高興自己終於找到妳，並且可以再次找回自己的感受。我不像妳一樣了解輪迴，但如果這輩子還是讓我遇到了妳，並且可以強烈地感受到妳，我寧願相信自己依舊是妳的命中註定，就如同妳是我的一樣。我不在乎自己究竟是不是阿卡那騰，我只想要以亞登的身分跟妳在一起。」他雖然不想要放她走，但是他的確承諾會給她一點空間……所以，他深吸了一口氣，用盡了所有的意識力之後，才終於強迫自己退一步離開她一點。只不過他的手還是不想放開她，而他的身體只想將她擁得更緊。一直到這一刻，他才第一次感覺到讓一個女人離開竟是如此困難的一件事。而唯一讓他感到安慰的是她與他有著相同的感覺……

「不管前世或今生，」亞登揚了嘴角望進她的眼睛，而他的眼裡有種數千年來所殘留下來的深情：「妳都是我非常喜歡的那款女人。我鐵定是希望妳能夠再度進入到我的生命裡頭，好讓我再次學會感受。我沒有辦法解釋自己對妳的感覺為什麼如此的強烈，但是我肯定是在妳還沒有出現在我的生命以前，就已經一次又一次地在夢裡為妳沉淪了。」

艾蒂亞不知道該說什麼，因為淚水早已模糊了她的視線，但是她清楚地知道自己對他也有相同的感受。

亞登揚起一抹苦笑，他曾經以為兩個相愛的人不能在一起是種非常八股的劇情，但此刻的他卻因為兩個可以強烈感受到彼此的人卻不能相愛而感覺到格外的諷刺。或許他們在上一輩子的愛情來的太容易又太隨手可得，以至於他們這輩子都必須受到這樣的折磨。也或許是因為上輩子他太早失去她，以至於這輩子他希望能夠與她白頭偕老。儘管亞登不斷地宣稱自己並不相信輪迴，但是他卻發現自己再也不知道什麼是真的，什麼是假的了。他的所有感官似乎在不知不覺中已經與他體內的男人合而為一。「雖然我在這輩子裡不是個王，但我還是非常希望妳可以成為我的王后。好好地考慮一下我們吧，艾蒂亞。」他望進她的眼睛，他的手以阿卡那騰會觸碰那法媞媞的方式輕撫著她的臂膀：「只要妳準備好的時候，我隨時都會在這裡。」

「我不能……」艾蒂亞止住他的手。他的觸碰只會讓她的理智更加的瓦解。

亞登停頓了一會兒，似乎在掙扎了許久之後才終於抽回自己的手……「如果妳真的不希望的話，那我不會再碰妳，」他再說了一次：「只不過下次若是由妳主動的話，那我很可能會無法停止我自己。」

他想要吻她，並再度將她擁入懷裡占為己有。如果他現在不離開的話，亞登感覺自己很可能永遠都走不了。所以他握緊了拳頭試著壓抑內心所有的情緒，在看了艾蒂亞最後一眼後便轉身開門離開，獨留艾蒂亞一個人面對著關閉的大門楞在原地。

艾蒂亞跌坐至地面，身體不斷地顫抖著。也是一直等到他走了之後，她才開始感覺到自己有多麼的脆弱與困惑。她不知道為什麼事情會走到今天這個地步，但是卻清楚地知道她的身體從第一次見到他的時候就一直渴望著他的觸碰。而他剛剛的吻也已經迅速地喚醒了她這些日子以來急欲壓抑的種種感官，她再也不知道自己從這一刻開始，是否可以再回到以前那樣裝作若無其事的樣子。**我現在究竟該怎麼辦？**艾蒂亞感覺那是她已經知道，但卻沒有勇氣去追求真相的答案。

***　　***　　***

「我真的要去嗎？」

艾蒂亞望著米芮安特地送到她家裡給她的檔案夾，感覺內心既猶豫又不情願的百感交集。姑且不要談她向來不喜歡任何社交場合，如今光是想像自己得要跟亞登一起旅行……知道自己已經在這極其傾滑的情慾裡站不穩腳了，她感覺自己更不應該玩這場她根本玩不起的火。

「這是一個很好的機會，艾蒂亞。」米芮安再次向她確認道。亞登稍早要求她把這次去洛杉磯的機票與行程表送到艾蒂亞家，而米芮安唯一可以想到亞登之所以不想要自己拿給她，是因為他不久前才氣跑過艾蒂亞。因此，她極度懷疑這也是艾蒂亞之所以看起來十分不情願的原因。「這是每年的大事。它讓妳有機會認識一些導演與製片，那會讓妳在未來更有機會將妳的作品發展成電影或是電視影集。我們在過去曾經帶其它的作者參加過幾次，幾乎每次的效果都非常的成功。特別是如果亞登願意推薦妳的話，那麼妳就會有更多的發展機會。亞登知道自己在做什麼，而業界也十分相信他的推薦。如果他主動提議這一次要讓妳隨行的話，那表示妳的故事有很好的發展機會。」米芮安帶著驕傲的口吻，好像是終於得到亞登的認同似的，即便他當初總是把重心放在艾蒂亞的英文是第二語言，而拒絕閱讀她的故事。這會兒亞登不但自願要成為艾蒂亞的編輯，又想要帶她去參加這次的博覽會，那都只是更加地證明了他同意艾蒂亞有開發的潛能。

「但是……」艾蒂亞不知道該說什麼。特別是在她與亞登那天發生的事情之後，她真的不認為這會是一個很好的主意。

「艾蒂，」傑森走到她的身後並透過她的肩頭望向檔案夾：「這是一個非常難得的機會。」他拿過了她手裡的檔案夾並翻了一遍：「我真的認為妳應該去才對。」

「可是……」艾蒂亞不認為傑森如果在知道真相後也會有同樣的感覺。她只能隨便想個藉口：「書都還沒有出版。」

「有很多書在還沒有出版之前就已經先被拍成電影的，」傑森聳肩道：「不管哪一個先，這難道不是妳一直夢想要的嗎？」

沒錯，艾蒂亞這麼告訴自己：但不是當亞登是附加條件的時候。

彷彿知道艾蒂亞在擔心什麼，米芮安接口道：「妳不用擔心亞登。他是個混蛋，妳不要理他就好了。他向來有把作者氣走的惡名，而妳絕對不是第一個被他氣到的人。」米芮安試著針對那天發生的事情安撫艾蒂亞。「但如果他建議要帶著妳一起去參加這次的活動，那表示他其實是認同妳的作品，只是他不想要說出口，又或者是有時候會對你格外嚴格一點。此外，你們兩個會有自己的房間。要是妳真的受不了他，妳永遠可以關起門把他隔離在外並打通電話給我。我會幫你教訓他。」

「是的，艾蒂。妳真的應該去。」傑森鼓勵道：「這是一輩子只有一次的機會。我很確定有許多的作家都夢想能有這樣的機會，去好萊塢展示他們的作品。」

在正常的情況底下，艾蒂亞也同樣會覺得欣喜若狂，但是……她望向米芮安，試著尋找一些精神上的支援：「妳也會跟我們一起去嗎？」

米芮亞扮個鬼臉：「可惜的是，我這一次不會與你們同行。總得要有人在亞登離開的時候幫他管理公司吧。」

「我……」

米芮安試著讀取艾蒂亞眼裡的擔憂：「艾蒂亞，不用擔心。如果妳在那裡有任何的顧慮，妳隨時可以打電話給我。我會試著從這裡處理好一切的事情。亞登在工作的時候絕對不會找妳麻煩的。妳沒有什麼好擔心的，他會好好照顧妳的。」

「哈哈……」傑森拍著艾蒂亞的頭，試著撫去她所有的擔心。「像他有那麼火辣的女友，誰還會有時間與心思工作啊？」他還記得許久前在餐廳見過他的女朋友。

「那你絕對不敢相信，」米芮安抬頭對傑森笑道：「亞登在工作的時候像個機器似的。就算他的女朋友全身脫光光地站在他的面前，他連眼睛都不會眨一下。」

「不會吧……」傑森笑道，以乎在想像自己如果與亞登的角色替換的話會有什麼樣的反應。

傑森與米芮安很快地便笑在一起，但艾蒂亞卻完全沒有辦法與他們有相同的感覺。

好好地考慮一下我們吧，艾蒂亞。我願意等到妳準備好的時候。

艾蒂亞回憶起亞登對她說的話，並感覺到一抹罪惡感緊跟著浮上心頭。他似乎總是知道該說什麼話可以讓她的心頭整個糾結起來。跟亞登一起出差……艾蒂亞不知道她對自己是否有足夠的自信可以抵抗他的誘惑。看著傑森與米芮安彼此開著玩笑，艾蒂亞只聽到自己的心裡說：如果他們知道的話……

***　***　***

「等妳到那裡的時候打個電話給我……」傑森在安檢門外給艾蒂亞落了一個吻說道。

「你確定你不要我待在這裡嗎？」艾蒂亞再問了一次，臉上浮現了些許的擔憂。她一直到現在都還在找讓自己留下來的藉口……「我真的沒有必要去……」

「別傻了，」傑森像小孩似地拍拍她的頭。「這是妳的夢想。勇敢地去讓它發生吧。別擔心我了，我會好好地照顧自己的。」

「我……」艾蒂亞不是真的知道她要傑森做些什麼，但她需要一個讓她遠離亞登的理由……

艾蒂亞巡望了一下整個機場，很慶幸自己從到達機場後就沒有見到亞登的影子。或許他決定要放過她，又或許他找到一個可以遠離她的方法……不知道為什麼，這樣的想法竟讓她的心裡浮上一抹失落感……

「去吧，」傑森將她更推向安檢門口說道。「妳快遲到了。妳還要經過安檢呢。」

艾蒂亞望向身後的大門並深吸了一口氣。她在進入安檢門口之前再度傾身給傑森一個吻。**或許我眞的是想太多了……**艾蒂亞試著這麼告訴自己，試著將一切交給宇宙來決定，在洛杉磯應該不會發生什麼事的……

當艾蒂亞通過了安全檢測時，她看見亞登傾身靠在不遠處的一根柱子上等她。艾蒂亞遲疑了一會兒之後，這才緩緩地走向了他。無論如何，她遲早都要面對他。雖然答案已經很明顯，但她還是問道：「你為什麼在這裡？」

亞登抬頭看她，眼裡有滿滿的情緒：「……等妳。」

「為什麼在這裡等？」她指安檢出口。

「我不認為妳想要讓妳的未婚夫誤會。」

事實上，艾蒂亞很感激他的設想周全。因為要是在機場大廳就跟傑森一起遇到亞登的話，她可能會不知道該如何反應。「你為什麼要我跟著你一起去？」那是她不能理解的事。「我們第一本書都還沒有編輯完，而且它們甚至都還沒有出版。我在這樣的場合裡對你來說是沒用的。」

「早點建立人脈都是好的。」亞登就事論事地回答。「如果人們認識妳，他們晚點就會比較願意去閱讀妳的故事。無論妳的書是否還有很多需要編輯的地方，妳的故事的確有發展的潛能。」

「但你並不需要帶著我。」她質問道。

「沒錯，我的確不需要帶著妳。」他坦白道，知道自己沒有什麼事瞞得了她。「但如我所說，在我還不能讓妳變成我的女人之前，我願意接受任何可以跟妳在一起的關係與機會……只要可以將妳留在我的身邊。」

「我不認為這是一個好的主意……」

知道艾蒂亞在擔心什麼，亞登只是沉默了一會兒後說道：「如果妳不想要我靠近的話，我不會再碰妳。我會給妳我承諾妳的空間，讓妳自己選擇。我已經告訴過妳，我會等到妳準備好的時候。」

像是害怕讓他透視她的靈魂深處，艾蒂亞撇開臉避開他的眼睛。她一點都不懷疑亞登是個說到做到的人，她只是不確定自己有那樣的意識力可以抗拒與他五天的共處。不知道為什麼，她覺得這趟旅行將會把她的情感帶進一個困難的考驗之中。這個月的滿月真的會帶出她內心最深層的渴望，並讓他們淪陷在因果的拉力下而無法自拔嗎？

雖然亞登沒有碰她，但是他們共頻早已透露了他們內心深處沒有說出口的話……

# 第十五章

洛杉磯，美國

「這是艾蒂亞，我的公司新簽約的作家……」

他們一到達加洲就直接前往活動現場。像是在履行他的承諾似的，亞登特意與她保持一點距離，並且很專業地將她介紹給其他人。雖然艾蒂亞很清楚地知道，他需要花多少的力氣來抑制自己想要碰她的慾望，但她是真心地感謝他確切地履行自己對她的承諾。這也讓她更加地深信他的行為同樣可以幫助她克制自己的渴望。

姑且不管她個人混亂的感覺，艾蒂亞發現這裡真的是到處充滿驚喜。她從來沒有去過類似這樣的地方。裡頭有許多著名的導演、製片以及演員，讓艾蒂亞開始相信她或許真的有機會在好萊塢發展自己的故事。

亞登把她介紹給很多人，多到艾蒂亞根本記不住每一個人的名字。亞登似乎也有注意到這一點，所以他總是在對話開始以前先呼叫對方的名字，好讓她有機會可以記住他們的名字。他還會不時地確認她一切都好，更甚至是在感覺到她開始覺得不舒服的時候自動請求離開。

艾蒂亞因為講太多話而感到口渴，她悄悄地環望了下四周想知道自己可以在哪裡拿杯飲料，即便亞登還在跟對方說話，但是他似乎還是注意到艾蒂亞的動作。他於是藉故讓兩人離開，並走到一處較為安靜的地方……「待在這兒，」她聽到亞登輕聲地說：「我馬上回來。」

雖然艾蒂亞從來不喜歡一個人被留在這種社交場合，但她點頭。因為她清楚地知道亞登一定明白她的感受，因為從他們一到會場之後，他就沒有丟下她一個人過。

「我馬上回來。」像是為了安撫她似的，他又說了一次。艾蒂亞於是揚了嘴角點頭。她必須承認自己不開口就有人了解她在想什麼是件多麼方便的事，因為往往是即便她說出自己的想法，對方也常常聽不懂她到底在說什麼。

看著他走去為自己拿杯飲料，艾蒂亞深吸了一口氣後又回頭巡望了下整個會場。這個地方大得像是個貿易中心一樣。她向來都以為娛樂業界喜歡比較小型的私人聚會，也從不預期它會如此的商業化，這讓她覺得自己真的是開了眼界。她緊接著又看到一處較為隱匿的角落有扇敞開的大窗戶，這讓她臨時決定去那裡吸收一些新鮮空氣。她的內在總是不時地渴望一些獨處的時間與空間……因為那扇窗並沒有離她的所在位置太遠，所以她相信就算亞登待會兒回來，應該也可以找得到她。要不然他們或許可以好好地測試一下他們的共頻到底包不包含心電感應……但不管怎麼樣，生活在二十一世紀的科技時代裡，亞登要是真找不到她大概會打電話給她。艾蒂亞對自己的玩笑揚了嘴角後便開始走向那扇窗。

艾蒂亞站在敞開的大窗戶前並用力地深吸了幾口氣。雖然她的腦子裡還有很多的事需要釐清，而她與亞登之間的關係也遠比她當初預期的還要來得複雜，但是她真的很感謝亞登能夠給她一個機會，帶她來這裡見見世面。因為不管她的未來到底在哪裡，艾蒂亞都很感謝自己有機會可以讓夢想成真，並且讓這些日子以來的痛苦有所回報。雖然她還是搞不清自己與亞登之間的關係，但是現在的她至少可以先暫時將重心放在工作之上，並以這樣的模式與他繼續相處下去……

一隻手這個時候落在她的肩膀上，艾蒂亞感覺身後有人逐漸朝她靠近。這是阿卡那騰習慣觸碰那法媞媞的方式，讓艾蒂亞理所當然地以為那個人是亞登。但直到那個人將整個身體貼附在她的身後，並將她整個人緊緊地受限在他與窗臺之間，艾蒂亞這才意識到身後的人根本不是亞登。那個人不斷地用他的堅挺磨擦著她的下背，而那隻原本落在她肩上的手也已經肆無忌憚地探向她的胸部。

「我已經觀察妳好一會兒了，」那聲音裡有種讓她十分厭惡的貪婪語調。而那個男人在她耳畔的低語更是讓她感到下腹作嘔：「妳在床上的功夫一定很厲害，才會讓亞登那麼賣力地為妳工作。」他用手粗魯地搓揉了下她的胸部：「這是一個妳必須陪睡才能往上爬的行業。亞登只能幫妳出書，而我可以將妳的故事拍成電影。」他緊握著她的胸部並舔了下她的耳朵：「只要妳肯跟我上床，我肯定會讓妳成為巨星……」

「放開我——」艾蒂亞壓低了音量吼道，試著扯開他一直在她胸部上遊移的手，但那隻手卻一直強迫性地探進她的衣服裡面。他的另一隻手將她鎖在他與窗櫺間的距離裡，而身體則是紮紮實實地覆蓋住她。他緊貼著她的身體完完全全地展現了自己對她的慾望。藉由他在她身上移動的手來看，他應該是個體型較胖的人……艾蒂亞想到書裡頭的阿門厚德三世，那股同樣的噁心感不斷地在她的胃裡頭翻滾。

「少來了，」那聲音傾向她並吻上她的頸：「妳和我都知道妳選擇了這麼隱匿的角落，不就是想看看有誰會上勾？別再假裝清純了……」

「放．開．我——」艾蒂亞在喉間低吼道。她雖然可以大叫引起所有人的注意，但是她同時又不想要讓亞登在這種公共場合丟臉，特別是當他那麼努力地推薦她之後。那男人不斷地用他的堅挺磨擦著她的屁股，原本握住她的手更是大膽地開始探向她的裙襬。艾蒂亞恨透自己在必要的時候竟然一點力氣也沒有。她雖然試著想要透過窗臺伸直自己的手臂推開他，但卻發現自己竟然連動都不能動。

「妳是我喜歡的那種女人，」他的手探進了她的衣服裡並直直地摸進她的胸罩裡：「妳——」

在他還來不及說更多以前，一股力量將他整個人從艾蒂亞身上拉開，而一個拳頭二話不說地便紮紮實實地揍上他的臉。那個拳頭的用力之大讓那個男人立刻跌坐至地面，也讓艾蒂亞終於有些喘息的空間。她急忙地轉過身子，衣衫襤褸的她都還沒有機會反應，便看見亞登緊握著懸在空中的拳頭，正準備傾身再度將那個男人拎起來。

艾蒂亞急忙衝上前阻止他製造更大的騷動。雖然她也想狠狠地揍那個男人，但是她不希望亞登因為她的關係而損壞自己在業界的聲譽。

「我們走吧。」艾蒂亞哀求道。她從來不知道亞登的出現幾乎釋放她稍早所有積壓的憤怒與沮喪。淚水不自覺地盈上她的眼眶，她開始意識到剛才那個男人對待她的方式，讓她不自覺地回想起童年時那種舉無輕重、脆弱又絕望的感覺，那全都是她兒時恨透自己的每一件事。意識到亞登憤怒到根本不準備放過眼前的男人，艾蒂亞只能握住他的手再度哀求道：「拜託，我們走吧——」她感覺情緒如暴風般地上來，但是她一點都不想在眾人面前崩潰。

像是感覺到她正在體驗的情緒，亞登轉頭望向艾蒂亞。雖然他根本不想放手，但在掙扎了許久後還是決定照著艾蒂亞的要求做。他放下自己的拳頭並狠狠地瞪向跌坐在地上的男人：「如果你再靠近她一步，」他嘶聲低吼道：「我會殺了你。」

亞登隨後便轉身脫下自己的外套，並套在艾蒂亞的肩膀上以擄掩她的衣衫襤褸，緊接著便握住她的手，如暴風般地朝著會場出口的方向走了出去。

***　　***　　***

亞登不知道他在生誰的氣，但感覺他最氣的人其實還是自己。

他覺得自己明明知道艾蒂亞在這樣的場合裡有多麼的不自在，就更不應該丟下她一個人才對。他感覺保護她不受到傷害是他的責任。當亞登拿著飲料回來卻沒有看到艾蒂亞留在原地時，他在恍惚間感覺到阿卡那騰歸來後卻找不到那法媞媞一樣的焦慮。也讓他終於知道失去自己十分珍惜的東西會是什麼樣的感覺⋯⋯

他在會場裡四處找她，也發現自己的焦慮隨著看不見她的身影而不斷地俱增。當他好不容易找到她的時候，他很訝異竟然有人會在這樣的公共場合騷擾她，但最叫他生氣的是她竟然為了保護他的名譽而沒有試著向任何人求救！

亞登恨不得揍死那個男人。要不是因為感受到艾蒂亞所經歷的感受，他肯定會在那個時候好好地揍死那個男人並將他送交給警方。那或許會於事無補，但至少足以發洩他心頭的憤怒。

在回房的路上他一直感受著她內心的哀傷，恨透了自己甚至無法將她擁入懷裡安慰她，並為自己的疏失向她道歉。他不知道此刻的他究竟要怎麼做才能夠安慰她，並恨透了自己說過不會再碰她那個笨又可笑的承諾。所有的血液都衝向他的腦子，而他卻沒有辦法可以停止怒火在他的體內沸騰。雖然他從來沒有過這樣的感覺，但此刻他唯一想做的是，等他將艾蒂亞送回房間以後，再回頭去找那個男人算帳。

艾蒂亞可以感覺到他那幾近爆發邊緣的憤怒。她甚至可以感覺到他想要回頭找那個男人算帳的動機……亞登自從他們離開會場之後就沒有開口說過一句話。他覺得她會經歷這一切全都是他的錯。而艾蒂亞在離開會場後的身體像是經歷創傷後的反應似的，她感覺到一種害怕又恐懼的情緒貫穿她的全身，讓她忍不住全身顫抖也止不住臉上的眼淚。她其實並沒有那麼氣那個男人，但更氣自己所感覺到的軟弱與無助，就好像再度被拉回到她的童年一樣。雖然亞登一直覺得自己沒有辦法安撫她，但是他一直緊緊握著她的手卻早已給了她一種歸屬感，並抹去了她從小就一直感覺到的孤獨感。從來都沒有人像亞登一樣的保護她，也從人來沒有人可以感受到她究竟經歷了些什麼……

雖然他們彼此之間並沒有任何的言語，但是因為共振的頻率讓她知道亞登一定可以知道她的感受，只不過現在的他因為過度憤怒而遮掩了自己的感官罷了。她想要讓他知道她真的沒事，也想要像他一樣地安撫他的憤怒。她只是不知道自己應該怎麼做才對……

亞登一直把艾蒂亞送到她的房門口前都沒有放開過她的手，也沒有開口說過一句話。但艾蒂亞可以清楚地看得出來他還在壓抑著內心的憤怒。他掙扎了好一會兒才終於開口：「我很抱歉發生那樣的事情。」他放開了她的手，試著不讓自己的憤怒傳送到她的身上。怒火讓他的腦子一片混亂，他甚至不知道自己可以做什麼來消氣。「我……」在搜尋了腦裡的詞彙好一會兒之後，他終於放棄：「……早點休息。我發誓這樣的事情不會再發生。」或許他應該先回到自己的房間，他暗想道。也或許他需要一點威士忌，先讓自己冷靜下來再回頭找那個男人算帳。

看著亞登把所有的憤怒都硬吞了下來，還有他想要一個人釐清所有事情的樣子都讓艾蒂亞覺得格外難受。望著亞登轉身朝著自己對面的房間走去，她唯一想做的就是幫助他撫去所有的憤怒……

就在他剛把門打開之際，艾蒂亞的身體早已比她的理智更早做出反應。她握住了他的手並使他轉身，二話不說地便將自己送進他的懷裡，並踮起腳尖吻上他的唇，期望能抹去他體內所有的不悅。而這樣的舉動也的確奏效。因為他的憤怒像是火遇到水般地瞬間澆熄，而身上的所有緊繃感也頓時整個放鬆了下來。他的身體因為震驚與錯愕而整個僵在原地。那個吻消除的不只是他的憤怒，同時也包括她的恐懼。艾蒂亞這也才意識到，這裡才應該是真正屬於她的地方……

但是那樣的感覺並沒有維持多久，艾蒂亞的理智很快地就捉到了自己的舉動。她將自己從他的懷裡推開，頓時感到極度的尷尬與害臊：「我……很抱歉……」這完全不是她計劃中的事。她只是想要找個可以安撫他憤怒的方法，但是艾蒂亞從來沒有想過她會這麼想都不想地就把自己送進他的懷裡。

她轉身想逃，但是他的手很快地便捉住了她的手，並將她整個人再度拉回到他的懷抱當中。在她還來不及開口以前，他再度傾身鎖住了她的唇，釋放了他一直以來積壓的所有情緒。「我並不覺得抱歉，」他說道，順手環緊了手臂的力量，並將她緊緊地鎖在懷裡。他很高興她將自己送進了他的懷裡，也感謝她打破了他那愚蠢至極的承諾而讓他鬆了一口氣：

「但我的確警告過妳，這一次我可能無法阻止我自己……」

他一點也不準備放她走。他將她擁在懷裡順勢地往後退了幾步，順手便關上他的房門。他順勢地扯掉她身上的衣服，而他的吻也從來沒有離開過她。他像是對她的身體瞭如指掌，清楚地知道該如何讓她的身體渴望他。

「亞登……」

她的最後一絲理智還在跟她抗鬥，但他很快地便吻走了一切。他太想要將她占為己有，根本不想要給她任何可以從他身邊逃開的機會。亞登將她整個人抱了起來並將她放在身後的床上。他扯開自己的衣服並技巧性地挑逗著她身體每一處敏感地帶。他愛剎她在懷裡的觸感，更迫不及待地想要讓她成為他的女人。

艾蒂亞弓起身子，渴望得到更多。她的思緒早已被慾望所淹覆，再也沒有任何的理智來幫助她做出正確的決定。她的手臂將他拉近了自己，而身體早已做好接受他的準備。一直以來壓抑的情感在瞬間爆發，他們的身子迫切地想要感受到對方。就在亞登挺身填進她的體內之際，兩人都像是在瞬間得到滿足似地長嘆了口氣。而那抹一直滯留在她心頭的空虛感也隨著他的律動逐漸地被填滿。

在慾望顛覆高潮之際，亞登伸長了頸子釋放出一道滿足的呻吟，他從來沒有在一個女人體內感受到此刻的感覺。他將自己深深地埋在她的體內，清楚地知道這才是屬於他們彼此的地方，也是他們的慾望最渴望的地方……

***　***　***

艾蒂亞在黑暗中睜開自己的眼睛，因為躺在一張不屬於自己的床而感到滿滿的羞愧與罪惡感。我到底做了什麼？她自問：我終究還是背叛了傑森對我的信任，而跟一個我不應該靠近的男人上了床。

她感覺亞登的胸膛緊緊地貼附著自己的背，而他的手臂沉重地垂放在她的腰際。他們像是天造地設般的完美地貼附著彼此。但是艾蒂亞知道自己不應該眷戀著這樣的感覺。她根本不應該出現在這裡。她不知道自己的腦子稍早的時候究竟在想些什麼，但相信自己如果一開始沒有吻亞登的話……那麼現在這一切都不會發生。

她的羞愧感滿到讓她想要偷偷地溜回到自己的房間，並假裝這一切從來沒有發生過。雖然她的身體依舊眷戀在他懷裡的感覺，但是艾蒂亞覺得自己應該要做對的事才對。正當她想要離開的時候，那隻垂放在她腰際的手卻施力將她摟得更緊，並將她牢牢地鎖在原地。

「留下來，」亞登顯然已經清醒，他的聲音在她身後輕柔地開口……「……我不希望妳走。」

即便那也是她的內心想要的……「我……不能。」她回答道。艾蒂亞不能說服自己這麼對待傑森，更不能允許自己再犯同樣的錯誤。她已經錯得太離譜了。

但他的手臂卻一點也不準備讓她走。亞登更加地靠近她並在她的耳際深情地請求道，清楚地知道該如何讓她讓步。「……只要當我們還在這裡的時候。讓我假裝妳是我的女人，等我們回去之後，我會讓妳回到他的身邊。」

即便她的理智告訴自己不應該，但她卻沒有辦法欺騙自己的身體與感官。她的心與身體都渴望著他，也清楚地知道這才是屬於她的地方。這種強烈的情感她根本沒有辦法騙過亞登，也知道他可以完全地感受她的一切。淚水盈上她的眼眶，她感覺：「……這已經錯得太多了。」

她於是感覺到亞登撐起自己的身子並將她轉身面向他。他的手輕觸她的臉並輕柔地拭去她臉上的淚水，他清楚地知道她的淚水讓他同樣的難受。「當我們這麼強烈地感受彼此卻不能相愛才是錯的事。」他傾身吻上了她的唇，試著撫去她內心的所有恐懼。「我們必須違心而行才是錯的事。允許我在這短暫的時間裡好好地愛妳吧，我的王后。」他傾身吻上她的唇，並讓她感受到他滿滿的真心，用另一隻手熟練地喚醒她所有的感官，清楚地知道該如何讓她渴望他。「如果我們這輩子不能在一起，那麼至少在我們回到彼此的生活以前，讓我好好地愛妳。」

在黑暗中，所有的感官與遠久的記憶全都合而為一，而身前的亞登也幻化成那個她曾經愛過又等了上百個世紀的男人。在情慾的撥動之下，艾蒂亞再也不知道自己是誰了……

***　***　***

這或許就是偷情的感覺吧……

雖然艾蒂亞一再地告訴自己不應該這麼靠近亞登，但她愈是告訴自己不應該卻反而讓她淪陷得愈深。愈是刻意逃避的事就愈會一直持續糾纏。她想道，或許她的抗拒反而創造了更強大的反作用力而讓她再也無法抵抗他的吸引力。

讓她心動的是他不經意的小動作。在發生了昨天的事情以後，他整天都將她留在自己的身邊，不讓她離開自己的視線。雖然在工作上他還是十分的專業，根本沒有人注意到他們之間有任何的差異，但是他不經意地會用指尖擦過她的手，又或者是在介紹她的時候將手輕放在她身後，都讓她強烈地感覺自己是屬於他的。共振的頻率讓他們即便沒有開口也可以輕易地感受到彼此。

「我愛上這共振的頻率，」他遞給她一杯飲料，手指刻意地輕撫過她的手。如此簡單的動作對她來說卻代表著深遠的意義。他絲絨般的聲音既低沉又帶著一絲的挑逗，讓她不自覺地想起了前一夜兩人共享的夜晚。他傾身在她的耳畔低語：「讓我加倍地感受到前所未有的感覺……」

艾蒂亞紅了臉，清楚地知道他一定知道她此刻的感覺。這也是她從來沒有的體驗，只要跟他在一起就讓她感到格外分明的連結感。他可以透過視線就激起她的渴望，透過輕柔的觸碰便可以挑起她的慾望。艾蒂亞懷疑自己一旦回去以後，是否可以再回到以前的生活，害怕這短暫的幾天會讓她如上癮般地無法回頭。她抬頭望向亞登，從他的眼裡可以看見他與她有著相同的感受。

「……妳希望我在這裡待多久都可以。」他以一抹性感的微笑回答了她沒有出口的問題。

這種共頻的感覺真的是種優缺點共存的事。艾蒂亞輕啜了一口飲料，感覺血液在她的皮脂下燥熱。此刻的她甚至再也不知道自己該怎麼做又或是想做什麼……

「亞登！」

一道叫聲打破他們兩人的思緒。他們抬頭朝著聲音的方向望去，便看見布蘭特拉著莉莉亞的手朝他們的方向走來。

「艾蒂！」莉莉亞很驚訝看見她。

「莉莉亞！」艾蒂亞顯然也不預期在洛杉磯會見到莉莉亞。

亞登退後了一步並轉身望向布蘭特，稍微拉開了他與艾蒂亞之間的距離以避免嫌疑後問道：「你為什麼在這裡？」

「我為什麼在這裡？」布蘭特揚高了眉頭並很快地望了下四周：「你知道我在這行工作，對吧？你在這裡做什麼？」

「跟你為什麼在這裡是同樣的原因。」亞登笑道。他於是望向莉莉亞，似乎等待著布蘭特介紹她。

「嗯，這是我的女朋友，莉莉亞。而這是我的朋友，亞登。那個我曾經跟妳提過的『出版社朋友』。」布蘭特很快地介紹了莉莉亞與亞登，緊接著便轉向艾蒂亞自我介紹道：「我是布蘭特，而妳是？」

「艾蒂亞。」亞登替她回答：「那個你堅持叫我閱讀她書稿的作家。」他於是望向艾蒂亞，並看見她已經和莉莉亞互相寒暄了起來。「看來她們顯然認識對方。」

「艾蒂！」莉莉亞很高興在這裡看到艾蒂亞，她一靠近之後就立刻捉住了她的手：「妳在這裡做什麼？」

「Well，跟妳一樣的問題。」艾蒂亞問道：「妳在這裡做什麼？」

「呃，」莉莉亞覺得有點尷尬地用眼睛望向站在一旁的布蘭特：「我跟他一起來的。他就是我跟妳提到的那個人。」

「所以，」艾蒂亞抬高了眉頭望向布蘭特，這才注意到他的確有雙帶笑的眼睛：「你就是那個我認為根本不可能存在、神祕又超級厲害的性愛大神？」

「艾蒂！」

莉莉亞的臉紅得像蕃茄似的，反倒是布蘭特立刻一抹低笑：「很高興知道我對她來說是個性愛大神。」他握緊了捉著莉莉亞的手，眼裡滿是暗示地望向莉莉亞。

能量向來不會說謊，艾蒂亞可以看見他們之間的能量是如何互動並緊緊地交纏著彼此。如果有人可以像她一樣看得到能量的話，她懷疑他們是否也會從她和亞登身上看到相同的能量。無論如何，艾蒂亞都很高興看到他們倆個共享的感覺是如此的真實，或許他們真的是彼此的命中註定。只不過思及至此，艾蒂亞也不禁懷疑亞登是否是她的真命天子？她想到前一夜的纏綿，記起自己的身體如何完美地貼附著他的身體，並總是渴望從他的身上得到更多……

「妳的臉為什麼那麼紅？」

莉莉亞的問題打斷艾蒂亞的思緒，而她意識到自己的臉因為想起與亞登的一夜纏綿而燥熱。她感覺自己像是被捉到偷吃似的，很快地便低頭啜了口手裡的飲料以濕潤乾燥的喉嚨，並隨後在莉莉亞面前搖搖手裡的杯子說道：「……酒精。」雖然那只是單純的無酒精氣泡飲料，但莉莉亞顯然相信了她的謊言。唯有當亞登喉間溢出一抹淺笑時，她知道他一定是捉到她的腦子裡在想什麼。她低下頭並再多啜了幾口飲料，試著掩飾自己一臉的尷尬。

「妳酒量超差的。」莉莉亞笑道並試著阻止艾蒂亞喝得更多。「如果妳現在就開始喝酒的話，那麼妳絕對沒有辦法撐到晚上的。」

「我會『好好地』照顧她的。」亞登暗示道。

但只有艾蒂亞知道他這話是什麼意思，那只讓她的臉更加地燥熱。

所幸的是，根本沒有人知道他們之間發生了什麼。艾蒂亞很快地便聽到布蘭特開玩笑道：「我反倒覺得酒精可以讓人比較可以忍受跟亞登一起工作。」布蘭特結論道：「這個傢伙是個工作狂，他是出了名會虐待他的作者們。」

艾蒂亞回了一抹尷尬的笑容，感謝沒有人知道她的腦子裡在想什麼。當然，除了站在她身旁的亞登以外。

「我們晚點應該一起吃飯。」布蘭特很快地建議道。由於莉莉亞在這裡誰也不認識，所以他覺得如果可以跟艾蒂亞共進晚餐應該是個很好的主意。「以前都是我拉著亞登出國，要這麼在別的國家遇見他還真不是一件太常發生的事。只不過我得先去處理一些工作，但接下來的時間應該都有空。讓我們暫時決定……五點如何？我知道這附近有間很好的餐廳。我可以現在打電話去預訂位子，然後晚點在那裡跟你們碰面？」

亞登猶豫了一會兒決定道：「當然。你把地址傳給我，然後我們晚點在那裡跟你碰面。」

就在亞登同意的時候，布蘭特早已經在他的手機裡搜尋餐廳資訊並簡訊給他：「……傳給你了。」他在訊息送出去之前說道：「我們到時候見。」

布蘭特帶著微笑點頭之後便牽起莉莉亞的手離開。莉莉亞轉頭對艾蒂亞表示「晚點見」，然後便開心地允許布蘭特牽著她的手離去。艾蒂亞是真的為莉莉亞感到高興，她從認識她以來從來沒有見她像此刻這麼幸福過。

「請叫你的朋友不要傷我朋友的心，」艾蒂亞在感覺亞登靠近她時要求道。

她於是感覺到亞登的手輕柔地，以一種不會讓人懷疑的方式放在她的下背。他低沉的聲音落在她的頭上，帶著一絲的戲謔：「……如果我也可以要求妳不要傷我的心的話。」

在這一刻，他們都知道要從彼此身上要求這件事已經太晚了。他們的早已經陷得太深，幾乎是註定會有心碎的結果了。

# 第十六章

「……我得求亞登讀妳的書稿，好讓我可以打電話約莉莉亞出來見面。妳相信他竟然抱怨編輯妳的書太費工，所以連看都不想看嗎？幸運的是，米芮安很喜歡妳的故事，而且老早就催他把書稿給看完。事實證明妳的故事一定寫得不錯才會讓米芮安一直催他，因為米芮安對於好的故事總是有獨特的眼光……」

「你沒有必要分享我抱怨的那一部分。」亞登咕噥道：「沒有任何作家想要聽到別人在抱怨自己的作品……」

「那麼或許你應該停止抱怨。」布蘭特戲謔道：「那麼我自然而然就沒有任何可以分享的故事……」

亞登與布蘭特顯然是很久的朋友。因為艾蒂亞從來沒有見過亞登在任何人面前如此的放鬆過。她同時也很慶幸布蘭特是個多話的人，藉此可以緩和她和亞登現有的尷尬關係。

他們在一家高級的義大利餐廳裡，不但食物美味之外，就連氣氛都非常讓人感到十分的放鬆。輕柔的爵士樂做為背景音樂，每個服務生也都很友善，從她們坐下來到現在，餐廳一直是坐滿了人。布蘭特的確懂得他的食物，因為艾蒂亞不但很喜歡這裡，食物的美味也讓她絕對還會想要再回來。

「你們認識對方很久了嗎？」莉莉亞好奇地問道。

「久到知道他一旦工作的時候就會變成一個混蛋。」布蘭特開玩笑道：「我們從大學就認識到現在。他只要走過的地方都會吸引任何女人的注意，但是他這個人卻冷得像冰一樣。完完全全地浪費了他的長相。」布蘭特翻了白眼，就好像他會比亞登更懂得善用那張臉似的。「女人向來不是他名單上的榜首。如果他要工作的話，他會在半夜趕一個性感尤物回家。要不是我了解他的話，我會嚴重懷疑他可能是個同性戀……」

艾蒂亞差點讓水給嗆到，因為她清楚地知道那是完全不可能的事……她清了清喉嚨，想要替亞登辯解：「……他要是有那麼性感的女朋友，又怎麼可能會是同性戀？」

「那很可能是他的偽裝啊，」布蘭特笑著聳肩道：「亞登從來不會要求任何人過夜，他寧願自己一個人睡，也不想跟任何人分享他的床。不管是再火辣的女人，他都會趕她們回家，但這很可能跟他從來沒有愛過任何人有關。這要是我的話，我寧願日夜早晚都跟我愛的人耗在床上……」說到這，他朝莉莉亞使了個眼色。這讓莉莉亞瞬間紅了臉。

但布蘭特的話卻讓艾蒂亞想到亞登前一晚對她說的話。

留下來，我不想要讓妳走……

她紅了臉，知道亞登也想到同樣的事。艾蒂亞注意到他的眼神落在自己的身上，再次確認他是真的希望她能夠留下來。或許是意識到自己是他唯一要求過夜的女人，這讓艾蒂亞再度低頭啜了口酒以掩飾她漸紅的雙頰。

「你必須停止讓我聽起來像個混蛋，」亞登帶著笑容轉頭對布蘭特警告道，他的膝蓋在桌下輕觸著艾蒂亞。「我還要經營我的公司，你可別把我新簽的作者給嚇跑了。」

「隨便啦，」布蘭特顯然一點也不在意。他向艾蒂亞傾身，像是要對她公布什麼世紀大祕密似的低語：「妳知道有一次我們去了巴黎的羅浮宮，這個傢伙做了什麼嗎？我們遇到兩個非常火辣的法國女郎，而他是我們之中法文講得比較好的那個……他照理說應該要幫助我們跟那兩個女人搭訕的，但他卻丟下我們，回頭去找一個坐在長板凳上哭泣的女人！」

「我很確定沒有人要聽那個故事……」亞登不認為有人會對那樣的故事有興趣，但是他很快地便查覺到艾蒂亞的異樣。

「……什麼長板凳上的女人？」艾蒂亞蹙起了眉頭。雖然她不該多想才對，但卻在布蘭特提及的同時，一抹奇怪的感覺似乎將她帶回到那段她忘不了的記憶裡頭。巴黎羅浮宮，還有將近三十分鐘，她至今都還沒有任何解釋的心痛與淚水……

布蘭特聳肩：「我不知道。」他從來沒有注意過那個坐在長板凳上的女人。「我們在羅浮宮博物館的時候，有個女人坐在一張長板凳上哭。天知道她在哭什麼？反正那個時候還有博物館警衛站在她的附近。每天都有很多女人在哭，而亞登從來都不會對任何女人眨第二次眼睛。但是他那天卻選擇把兩名火辣的法國女郎丟給我，回頭去找那個他連面都沒有見過的女人……」

「那麼他……」艾蒂亞望向亞登，他顯然可以從她的身上知道她就是那名在長板凳上哭泣的女人……她不確定自己究竟是不是他所見到的那個長板凳女人，但是她感覺自己的聲音有點顫抖：「找到她了嗎？」她原以為這一切的發生全都是因為她把書寫出來的緣故，艾蒂亞一直到這一刻才發現所有的一切很可能老早在她第一次擁有埃及影像與感官的時候就已經發生了。

我終於找到妳了……

艾蒂亞記得那天在羅浮宮裡導致她心痛又哭個不停的句子。她那個時候以為這個句子是不知道那個鬼想要她傳達的訊息。但此刻的她卻不禁懷疑，那有可能是他的靈魂導師因為他們前世的關係，又不小心共處一室所對她產生的呼喚嗎？

「當然沒有，」布蘭特沒有注意到他們彼此間的異樣又繼續道：「等到他回去的時候，那個女人都已經離開了。只不過在那之後亞登的腦子就一直忘不了那個影像。甚至當我們去年到慕尼黑的時候，他還在討論那個長板凳上的女人……」

「……去年在慕尼黑？」她再度滿臉疑惑地望向布蘭特，但很快地又望向亞登問道：「你也在慕尼黑？」她幾乎很肯定亞登在慕尼黑的時候也遇見過她。為什麼艾蒂亞感覺宇宙老早就試圖把他們拉在一起，但是他們卻總是錯過對方？

「是的，慕尼黑。」布蘭特回想道。「我硬拉著亞登到慕尼黑，好讓他不要像個工作狂似地一直工作。他在那裡的時候去了一間小型展覽館，然後又撞見一個坐在長板凳上的女人。只不過這個女人有男朋友，但是亞登卻不能停止想她，而且回來還一直跟我提到多年前他在巴黎見到的那個女人。別說她們兩個根本不是同一個人，他甚至連人家的臉都沒有見到。雖然他對許多女人來說都是個十足十的混蛋，但他顯然對坐在長板凳上哭泣的女人有特殊的喜好……」

「坐在長板凳上的女人有什麼特別的意義嗎？」莉莉亞對這個故事感到十分的好奇。

「這個問題問得很好，」布蘭特望向亞登，試著回想他曾經說過的話：「好像是終於讓他有感覺什麼的……如果妳認識亞登的話，就會知道他是一個既冷血又無感的混蛋，要讓他有感覺可不是一件簡單的事。但是坐在長板凳上的女人好像可以啟動他的感官，讓他整個人活起來了一樣。就好像那個坐在長板凳上的女人握著什麼鑰匙，可以讓他的生命變得完整似的……」

「那聽起來好浪漫喔。」莉莉亞像作夢似地嘆了口氣。「那不正是靈魂伴侶或是命中註定應該有的感覺嗎？要是他當初有去找她們的話，那麼或許其中一個可以改變他現在的人生。」

「或許吧，只不過他誰也沒遇到，所以沒有任何人改變得了他的人生。」布蘭特笑道：「所以，他的下半生很可能都要繼續當個冷血又無感的混蛋。」

亞登舉杯致謝布蘭特剛剛為他新冠的抬頭。雖然只是短短幾分鐘的時間，但是他人生中一直無法釐清的疑惑似乎在頓時間全部變得豁然開朗……那些長板凳上的女人從來就不是「她們」，而是「她」。而那個「她」此時正活生生地坐在他的面前。自從她進入到他的生命以後，她的確改變了他的人生，也著實掌控著足以讓他的生命變得完整的鑰匙……他的唇彎了道美麗的弧線，而他的手在桌下伸向了艾蒂亞顫抖的手。他從來沒有像此刻這麼感謝共頻的存在。知道艾蒂亞一定能夠感受到他的想法，他在桌下握緊住她的手：*一直以來都是妳，我的王后。從一開始就只有妳能夠讓我有所感覺……*

＊＊＊　　＊＊＊　　＊＊＊

「好吧……告訴我，發生了什麼事？」

他們決定在飯後各自與自己的朋友獨處一段時間。莉莉亞此刻坐在艾蒂亞的床上，一副等著要質問她的樣子。在晚餐進行到稍晚的時候，她開始注意到亞登與艾蒂亞之間的微妙異樣，由於她不想要當著所有人的面前質問他們，所以只好等到自己跟艾蒂亞獨處了之後，這才把她壓抑了一整個晚上的好奇心統統挖了出來。

艾蒂亞為她們兩人各倒了一杯水之後，便走回來遞了一杯給莉莉亞。「妳在指什麼？」她說謊道，一副根本不知道莉莉亞在說什麼的樣子。她喝盡了杯中的水並試圖掩飾藏在眼裡的罪惡感。

「別騙我了，艾蒂。」莉莉亞堅持道：「我認識妳那麼久了。我看得出來妳跟他之間有些不對勁的地方。快點告訴我到底發生了什麼事啦。」

艾蒂亞在莉莉亞身旁坐了下來，不是很清楚自己究竟應該透露多少。但事實是，這一路走來，當她經歷那些沒有人可以理解，而她自己也沒有辦法解釋的埃及畫面與觸感時，莉莉亞大部分的時候總是在她的身旁陪著她。她從來沒有懷疑過她所說的話，而且不管她遇到了什麼事也總是支持著她……

「我……」艾蒂亞猶豫了許久的時間才終於坦白道：「遇到阿卡那騰了。」

「真的，假的？」莉莉亞睜大了眼睛驚呼道。她們還一度以為阿卡那騰這輩子絕對不會出現在她的生命當中。「什麼時候？怎麼遇到的？還有他是誰？」在莉莉亞還來不及問更多的問題以前，她似乎從艾蒂亞的眼裡得到了答案。而那樣的發現也只讓她更加的震驚……

「不會吧？他是……亞登？」

艾蒂亞點點頭。

「喔，我的天啊，艾蒂！」莉莉亞呼喊道：「妳什麼時候發現他是？」

「早在他成為我的出版社以前。」艾蒂亞記起第一次在咖啡廳遇見他的時候。但在今天的晚餐過後，艾蒂亞發現自己很可能早在她知道以前就已經遇見過他。

「為什麼妳沒有告訴我？」

「我不知道要告訴妳什麼，」她坦白道：「我自己都無法理解。我和他之間的關係遠比我想像中的還要來得……複雜。」

「他有像妳書裡面寫的那樣感受得到妳嗎？」莉莉亞試著回想艾蒂亞用的詞。「……共頻？我的意思是說……他可以感覺到妳所感受到的一切嗎？」莉莉亞向來好奇那樣的互動在情感裡面該是如何運作的。

艾蒂亞嘆了一口氣後點頭：「不幸的是，可以。」

「我的天啊，艾蒂。那妳到底在等什……？」話才剛出口，莉莉亞就已經知道問題是什麼……「喔，」她說道：「……傑森。」

艾蒂亞緊抿著唇，清楚地知道那正是她的腦子裡所擔心的事。她雖然還有很多的話想要與莉莉亞分享，但是卻不知道該從何開始……「我……」她沒有辦法向莉莉亞坦承自己的內疚。

莉莉亞看著她，在評估了一會兒艾蒂亞的表情之後，她又是一聲驚呼。「喔，我的天啊，妳已經跟他上床了？」

艾蒂亞不知道自己為什麼這麼容易讓人閱讀。她急忙傾身去遮住莉莉亞的嘴巴，希望可以藉此降低她的音量。因為這是她最不想要向全世界宣布的事……「我說真的，」她說道：「我並不想要讓全世界每一個人都知道這件事。」

在莉莉亞稍微鎮定了自己的情緒後，她這才拉開艾蒂亞的手並滿臉擔憂地望著她。「那妳接下來要怎麼辦？」知道艾蒂亞是什麼樣的個性，莉莉亞很清楚這對她來說鐵定是個很困難的決定，以及她現在的心裡對傑森肯定是滿滿的罪惡感。雖然她與布蘭特可以隨心所欲地任由自己的感覺去發展他們的關係，但是她不認為艾蒂亞與亞登也有相同的特權。

「我不知道，」艾蒂亞坦白道：「我……我們……決定在我們回去以前在一起。」

「喔，艾蒂。」莉莉亞可以清楚地看見她眼裡的痛苦，這讓她不禁同情起艾蒂亞的處境……「妳應該照著自己心的感覺走才對。」

「但我不確定自己現在的心是最好尋求答案的地方……」清楚自己對亞登的感覺有多麼的強烈，她不用想就已經知道自己的心會選擇誰。

看著艾蒂亞掙扎的模樣，莉莉亞決定起身用雙臂緊緊地抱住了她。「一切都會沒事的，艾蒂。」莉莉亞安慰道：「愛情總是會自己找到出路的。」

它真的會嗎？艾蒂亞再也不是那麼肯定……她只感覺那股力量持續不斷地將她拉進了一道自己再也無法回頭的深淵裡頭……

＊＊＊　　＊＊＊　　＊＊＊

「所以……你和艾蒂亞是怎麼一回事？」

布蘭特喝了一口啤酒並挑高眉頭望向亞登。他在情場上的歷練足以讓他觀察到亞登與艾蒂亞之間的不單純。特別是亞登看著她的眼神，以及艾蒂亞刻意閃避不看他的動作，都只讓他們一整個晚上下來顯得更加可疑。只不過亞登從來不會在一段關係還在進行時就扯進另外一個女人。

「我不懂你在說什麼。」亞登假裝胡塗地說了句。

「亞登，」布蘭特傾身並給了亞登一抹「少騙我」的眼神。「我從來沒有看過你像今天在看艾蒂亞一樣地看過任何的女人。雖然你們兩個試著在我們面前表現一副什麼事都沒有發生的樣子，但是我想……你戀愛了。」布蘭特從來不認為亞登有可能會遇到一個可以讓他感受到愛的女人。

亞登保持著沉默。他喝著手中的啤酒並陷入沉思當中。一直花了許久的時間他才終於坦白：「我想我是。」

布蘭特簡直不敢置信地呼了一口氣。雖然他這麼以為，但是從亞登的嘴裡親口聽到他的證實還是讓人覺得不可思議。他躺回了沙發，試著消化亞登剛剛所說的話，以及回想他在晚餐時所感覺到的一切，一直花了好一會兒的時間才終於接口：「所以，我猜她就是那個你曾經提過，已經有未婚夫的女人？」

「沒錯。」

「那你接下來要怎麼辦？」雖然布蘭特的確建議過亞登要忠於自己的心，但是他同時知道女人往往很難為了另一個男人而離開她們習慣的關係。

「我不知道。」亞登再灌了幾口啤酒。「我曾經承諾在她準備好之前都會給她空間，所以我不知道自己還可以做什麼。但是她已經同意當我們在這裡的時候會跟我在一起。」

「再三天？」布蘭特顯然覺得那樣的時間太短了。「那你們回去之後呢？」

「我想一切都會回到正常……」

「對你來說什麼是正常？」布蘭特質疑道：「除了工作以外，你的腦子裡完全裝不下任何人的日子？一個無感的生活？還是你完全恨透的人生？」雖然亞登是個聰明人，但他的無感讓他在情感世界裡幾乎是個完全的生手。雖然布蘭特不怎麼喜歡愛麗安娜，也不知道亞登為什麼要跟她在一起，但是亞登顯然一點都不愛她。沒錯，愛麗安娜的確是個漂亮的女人，但布蘭特也很清楚那向來就不是讓亞登想要維持一段關係的重點。要不是因為愛麗安娜對他來說很方便，就是因為他單純地懶得改變現況。也因為從來沒有人可以讓亞登有任何的感覺，所以他老早就放棄了尋找真愛。如果這是每個人一生一次遇見靈魂伴侶的機會，那麼布蘭特不能理解亞登究竟還在等待什麼？

布蘭特總是可以用簡單的比喻讓答案變得顯而易見。亞登知道布蘭特想說什麼，但卻也只能給他一個答案：「她不想要傷害她未婚夫的心。」

「所以她願意妥協她下半輩子的人生？」

「我雖然不希望她這麼做。」他坦白道：「但是我曾經承諾過要給她空間。」

「亞登，」布蘭特傾了身望向亞登。此刻坐在他面前的亞登顯然不是他所認識的那一個……「……你變了。我從來沒有見過你像現在這樣遊移不定的樣子。我很訝異這個世界上有任何女人可以讓你有現在這樣的感覺。但如果她是那個對的人，我真的不認為你應該讓她溜走。」

「我不準備讓她溜走，」亞登很肯定道：「我願意等到她準備好的時候。」

「但你願意等多久？」他質疑道：「當你知道她跟別的男人在一起的時候，真的可以裝做若無其事嗎？你難道不想要將她擁在懷裡？將她留在你的身邊？你難道不想要在每個清醒或是睡覺的時間都可以跟她在一起？」

「我不想要把她逼跑。」

布蘭特從來不認為愛情可以嚇走任何人……「她愛你嗎？」

亞登想了一會兒，而他能夠形容這個現狀的最好方法就是：「我想她的身體戀眷我，但是她的腦子卻告訴她不要靠近我。」

「喔，忘了腦子吧。」布蘭特翻了白眼：「腦子在談戀愛的時候根本一點用處也沒有。我覺得你需要盡力地發揮你那神奇的魔法，用接下來的三天贏得她的心。別讓她有機會去用到腦，那麼她才有機會對你完全上癮到生活不能夠沒有你。」

「就像你對莉莉亞做的那樣？」亞登擴大了幾分笑容：「成為一名性愛大神？」

「嘿，」布蘭特抗議道，但臉上顯然因為自己新冠的頭銜而顯現幾分的驕傲。「至少我會用任何方法把我愛的人留在身邊。」

亞登思考著布蘭特所說的話，但是他唯一可以給他的結論卻是：「我真的認為愛麗安娜將會恨透你給我這樣的建議！」

「反正她從來就沒有喜歡過我。」布蘭特嘖聲道。「但你卻會愛死我在今天給你這樣的建議，而把我當成一輩子的朋友。」

「也很有可能會把你當成恨一輩子的朋友。」他調侃道。他之所以喜歡布蘭特的原因是因為他從來不跟他兜圈子說話。

「亞登，」布蘭特嘆了一口氣。「真愛不是那麼容易遇到的，而且絕對更不可能是個可以讓『你』有感覺的人。我很高興自己遇到了莉莉亞，我也很抱歉你的處境遠比我的還要來得複雜許多。但是如果她對你來說真的是那個對的人，我真的希望你有勇氣可以去追求自己的幸福，而不要讓它從手裡溜走。」

***　　　***　　　***

艾蒂亞在莉莉亞與布蘭特離開沒多久之後便聽到敲門聲。她很慶幸自己終於有個可以傾訴心事的對象，艾蒂亞暗想道。要不然她一直以來都得要把所有的事藏在心裡，讓她再也不知道自己究竟可以負荷多少，又可以隱藏這個祕密多久？她起身走去開了房門，原本以為莉莉亞鐵定是忘了什麼東西才折返，但是在開門後，她更訝異看到亞登站在門後。時間已經有點晚了，她原以為他已經累得睡著了。布蘭特說亞登喜歡一個人睡，這讓艾蒂亞不禁懷疑自己前一晚在他的房裡過夜，是不是反倒讓他沒有辦法好好地休息。

看見艾蒂亞楞在原地，亞登揚起一抹性感的微笑並走向了她，順勢地讓房門在他的身後關上。他以手背輕撫著她的手臂，愛剎她肌膚滑順的觸感。「我想妳了……」亞登從來沒有對任何一個他曾經約過會的女人說過這樣的話，也從來不知道他會有此刻這樣的感覺，但是他是真的想她了。雖然他們兩人的房間只是隔了一條走道，但是卻讓他因為相隔太遠而感到坐立不安。他臉上的淺笑擴大了幾分，光是此刻這麼摸著她就讓他稍早急躁的心情平息了許多……「布蘭特浪費了太多我寧願與妳相處的時間。」

「亞登……」艾蒂亞不知道自己該怎麼說什麼：「布蘭特說你比較喜歡一個人睡。」

「在還沒有遇到妳之前，這樣的話的確是真的。」他坦白道：「但在遇到妳之後，我不確定我想要一個人睡。」

「亞登，我……」

艾蒂亞感覺自己有好多的話想要告訴亞登，她想跟亞登談談布蘭特在餐桌上所提到的那些事件，巴黎的羅浮宮以及慕尼黑的展覽館……她懷疑自己很可能正是他們在討論的那個「長板凳上的女人」。只不過亞登似乎已經知道她想要說些什麼。他只是將她一把拉進自己的懷裡，並傾身吻上她的唇。他的吻是如此的柔軟與溫柔，像是會探進她的靈魂深處似的。

「原來一直以來都是妳。」他愛剎了將艾蒂亞擁在懷裡的感覺，更高興知道一直以來只有艾蒂亞才是唯一一個讓他有感覺的人……「我的身體只對妳有感覺，而我的靈魂總是一直在尋找妳。艾蒂亞，我很高興自己終於找到妳了。」

艾蒂亞沒有告訴亞登那正是自己在巴黎羅浮宮裡聽到的句子。隨著他在她的耳畔低語，亞登的聲音與那道她在羅浮宮內聽到的聲音似乎開始合而為一。

淚水盈上她的眼眶，只不過那再也不是因為她的恐懼，而是她一直以來的等待終於得到滿足。亞登似乎有種魔力可以填滿她從小內心就一直感覺得到的那抹空虛，並讓她感覺到一種前所未有的完整。

亞登將她擁在懷裡並傾盡所有的愛意吻著她。當她在他的懷裡時，他幾乎與艾蒂亞擁有完全一樣的感受。他感覺到前所未有的完全與完整，那是一種他從來不認為存在的感覺。他褪去她的衣服並將她輕柔地放在床上，他的眼裡滿滿的溫柔與愛是艾蒂亞從不認為自己這一輩子值得擁有的。淚水在亞登占有她時落下了她的臉頰，艾蒂亞聽見自己的內心在祈禱：請延長每一刻讓它成爲我的永恆吧，因爲我終於找到屬於我的地方……

「我一直都會在這裡，艾蒂亞。」亞登填滿她的體內並滿足地開口：「我將我的全部永遠交付給妳。」

對妳來說，我的名字是貢獻。亞登終於了解了這句話的意義，我將自己完完全全地貢獻給妳，我的王后……

# 第十七章

「或許我們什麼都不知道會是件比較好的事。」布蘭特在早餐的時候望著亞登與艾蒂亞凝視著對方時說道。他們之間的連結強烈到讓人很難忽視。他們已經這麼看著彼此一整個早上了，就好像布蘭特與莉莉亞完全不存在似的。「你們兩個在我們不知道的時候至少還會假裝一下。現在你們兩個看起來像是恨不得讓全世界的人知道你們昨晚做了一整夜的愛似的，而且搞不好待會兒早餐過後還想要一整天耗在床上……」

雖然布蘭特聽起來像是在抱怨，但他的雙眼卻是彎的。他的笑容似乎從來沒有離開他的臉上過，因為他是由衷地替亞登感到高興。他從來沒有看過亞登戀愛過，更不用說是如此地為一個女人瘋狂過。

而莉莉亞雖然替艾蒂亞感到高興，但也同時替她感到擔憂。因為單就她對艾蒂亞的了解，除了知道這段戀情的短暫之外，她更清楚如此強烈地情感在艾蒂亞必須回去面對傑森之後，只會讓她感到更加的痛苦。

亞登與艾蒂亞都沒有接口，只是彼此帶著微笑。但他們凝望對方的眼神像是可以看進彼此靈魂深處似的。亞登緊緊地握住艾蒂亞的手，彷彿永遠不會放她走。

「說真的，你們兩個！」布蘭特翻了白眼：「去開個房間吧。我要是再繼續盯著你們兩個鐵定連早餐也別想吃了。如果你們兩個再繼續這樣下去，相信全世界都會很快地發現你們在偷情。」

布蘭特說的話終於得到艾蒂亞的注意，她試著拉回自己的手並道歉道：「……我很抱歉。」但也同時發現亞登根本不準備放開她的手。

「我一點也不覺得抱歉。」亞登還是盈著臉上的那抹微笑，愛刹他們彼此共享的連結。他的視線還停留在艾蒂亞身上，但他的話卻是對布蘭特說的：「他可以盡情地抱怨，但是我可以跟妳相處的時間卻是很有限。」

他們都知道亞登這話是真的，因為他們只同意在洛杉磯的時候允許這樣的關係發生。也因此讓他們更想要珍惜跟彼此相處的每一刻。

「我真的很不想要戳破你們兩個人的泡泡，」布蘭特感覺自己像是這裡頭唯一看得到未來的人似的。「但我是真的不能理解為什麼兩個相愛的人卻沒有辦法在一起。所以與其藉由這趟旅行享受這種不倫的戀情，我反倒覺得你們兩個都應該好好地面對自己現有的問題，並好好地思考一下自己的未來究竟要什麼，以及你們願意讓自己妥協到什麼樣的程度……」

「亞登！」

一道叫聲讓艾蒂亞反射性地抽回自己的手。只見沒有多久的時間，一個女人便出現在他們的餐桌旁並親密地將兩條細長的手臂垂掛在亞登的頸邊。他們丟給彼此一抹了解的眼神，但亞登臉上的笑容幾乎在愛麗安娜到達之後便完全地消失。

「我到處在找你。」愛麗安娜傾身在他的臉頰上輕啄個吻：「為什麼你不告訴我你要來洛杉磯？我可以早幾天下來陪你。」她從身後緊緊地環住了亞登，像是在向眾人宣布他是屬於她的一樣。

「妳在這裡做什麼？」亞登拉開她環在胸前的雙臂不耐地問道。

「當然是來找你的啊。」愛麗安娜一副理所當然的態度說道，彷彿跟在他的身邊本來就是她的工作似的。「艾芮安說你來洛杉磯參加娛樂會展，所以我覺得自己應該下來陪你才對。」事實上，愛麗安娜向來喜歡跟亞登一起出現在公共場合，特別是參加任何娛樂界活動的時候。

她花了一會兒時間才注意到布蘭特也在同桌：「嗨，布蘭特。」她輕描淡寫地打了聲招呼，然後她的眼睛很快地又睨向了一旁的莉莉亞和艾蒂亞。「……她們是？」她的語氣裡有一抹明顯的驕傲感，愛麗安娜以一種「她們並不屬於這裡，也絕不該在同一張桌子」的態度看著她們。

「這位，」布蘭特拉起莉莉亞放在桌上的手介紹道：「是我的女朋友，莉莉亞。而那位，」布蘭特望向艾蒂亞，並很快地在腦子裡搜尋合適的詞彙：「是艾蒂亞。她是亞登公司的新簽作家。」

「哼，最好是。」愛麗安娜一抹假笑地嘖了聲，甚至不屑向莉莉亞和艾蒂亞介紹自己。「我猜她大概是你眾多女朋友的其中之一吧？你從來沒有跟任何人定下來過。」

愛麗安娜的評語讓亞登與布蘭特同時蹙起了眉頭。布蘭特握緊了莉莉亞的手，但他的眼神卻意有所指地望向亞登：「我希望我也可以對亞登說出同樣的話。」

「亞登除了他的工作以外根本看不到其它的女人。」這句話的真實也是為什麼愛麗安娜有辦法隱藏自己的不安全感的主要原因。「而且他有我這個女友就夠他忙了……」話雖這麼說，但是愛麗安娜卻一點也沒有發現每當亞登身旁有其它女人的時候，她的占有慾變得有多麼的明顯。

艾蒂亞因為愛麗安娜的出現而感到十分的不自在，總覺得她與亞登之間的關係隨時會被發現似的……「對不起，」她想要盡其可能地離她遠一點，並回到自己的房間躲起來。她試圖從椅子上起身告退……「我必須先走了……」

「等一下。」

正當艾蒂亞準備起身的時候，愛麗安娜卻叫住了她並直直地盯著她看了好一會兒。「我見過妳……」她喃喃自語地試著記起自己對艾蒂亞的熟悉感，一直花了好一會兒才終於指出：「……妳就是那個拒絕諮詢我的靈媒。」她轉向亞登並以厭惡的語氣質問：「她在這裡做什麼？」

「她是我新簽約的作家……」亞登感覺自己的耐性已經被磨至了邊緣。

「一個靈媒懂得寫什麼書？」

亞登從來沒有看過愛麗安娜這個樣子。雖然他一直知道她是個內在沒有什麼安全感的人，但是她從來不會如此地在眾人面前失態。她的態度就好像艾蒂亞啟動了她的什麼不安全感，竟讓她變得有點面目猙獰。感覺自己讓愛麗安娜搞得有點心煩，亞登從椅子上站起來，試著用自己的身體隔開愛麗安娜與艾蒂亞之間的距離。因為感受得到艾蒂亞此刻的心情，他不希望她去接收更多愛麗安娜沒有必要的批評。「妳必須立刻停止妳的無理取鬧。」他命令道，盯著愛麗安娜的眼神既嚴厲又篤定：「我們在討論工作。這裡不是妳該出現的地方。」

「跟一個靈媒可以談什麼工作？」愛麗安娜嘖聲道。「你難道忘了她對我們有多麼沒有禮貌嗎？要是她都那樣拒絕我們的話，你又為什麼要簽她？難不成她是整個人倒貼給你還是怎麼樣？要不然她為什麼不能替我算命？」愛麗安娜帶著指控地瞪向艾蒂亞：「她這麼千里迢迢地追著你到洛杉磯來，難道不就是為了上你的床……」

「夠了！」亞登揚高了語調，因為她的無理取鬧而完全磨光了耐性。他開始懷疑自己為什麼可以跟她在一起這麼久的時間，以及為什麼她的這些舉動以前從來沒有煩過他……亞登從來沒有對她抬高過自己的音量，這也是他第一次在眾人面前失控。「她是我公司的新作者，妳學會尊重一點！」

「亞登……」愛麗安娜簡直不敢相信亞登竟然在大庭廣眾下吼她，更驚訝亞登竟然為了一個女人罵她。她傾身向他，試著尋求一點同情：「是她先對我們沒有禮貌的。」

但亞登卻再也不想要聽到她開口，因為她所說的每一句話都只讓他感到更加的煩燥。

「請妳離開！」他命令道。「我在工作的時候不需要妳在這裡！」

「我不要，」愛麗安娜噘嘴道：「我哪裡也不去！我特地跑這麼遠來找你……」

「那我們離開好了。」布蘭特決定打斷他們的對話，因為他已經看得出來這個對話不會有任何的結果。女人一旦嫉妒心當頭根本是沒有辦法講理的，所以他決定先將亞登掛心的艾蒂亞帶走，讓他一個人好好地處理愛麗安娜的無理取鬧。布蘭特拉著莉莉亞的手從椅子上起身，並丟給亞登一抹「交給我」的神情。他緊接著用另一隻手臂環住艾蒂亞說：「艾蒂，妳跟我一起走。我想我們最好留下他們小倆口自己去處理他們的家務事。」

艾蒂亞不知道該說什麼，但她很感謝布蘭特成了她逃避愛麗安娜的庇護港，那給她一點空間可以隱藏此刻急欲湧上心頭的所有情緒。她老早就對自己與亞登之間所發生的事感到滿滿的罪惡感，她不想要在眾人面前崩潰，並讓人發現她究竟做了什麼不可告人的事。

「我晚點傳簡訊給你。」布蘭特望了亞登一眼，並朝著他眼裡的道謝點了頭。他於是將兩個女人摟在懷裡並離開餐廳，留下亞登與愛麗安娜去解決他們遲早要面對的問題。

***　　***　　***

「亞登，我很抱歉……」

愛麗安娜緊跟著亞登的腳步走回他的房間，滿心焦急地請求著他的原諒。在他們交往的這段時間裡，亞登從來沒有像今天這樣的反應激烈過，就連她刻意與其它男神打情罵俏的時候也沒有。雖然他有時候會對她有點冷漠，但是他卻從來沒有對她發火過。這是愛麗安娜第一次意識到他是真的生氣了。愛麗安娜雖然一直都知道亞登是個工作狂，但她不認為他會為一個小小的早餐會議生她的氣。愛麗安娜從來不認為人們在早餐的時候會談什麼重要的事，特別是當布蘭特也在場的時候。

「拜託，我都已經道歉了，你還要我怎麼樣？」她是真的不知道為什麼亞登要如此地小題大作。「她明明才是那個先對我們無禮的人，」愛麗安娜辯解道，一點也不覺得自己犯了什麼錯。「我只不過是因為上次她那樣對待我們之後，對她有點反感，所以我才會有點失控嘛。我不知道你的公司已經跟她簽了合約。我的意思是……她只不過是個靈媒，她可以出版什麼作品啊？更何況她應該跟娛樂產業一點也扯不上關係才對……」

「夠了！」亞登迫切地渴望一些寧靜。愛麗安娜所說的每一個字都只讓他更加的光火。以前的亞登從來沒有意識到愛麗安娜是如此地讓人討厭，又或者說他從來沒有在乎她到去注意到她令人討厭的地方。「在我還沒有失控以前不要再開口多說一句話！」雖然亞登從來不會對任何女人施暴，但此刻的他卻感覺自己必須使盡了所有的力量才可以不揍她一拳。

愛麗安娜楞了一會兒，她從來沒有見過亞登像現在一樣，就連她都看得出來他正盡全力地不要傷害到她。但他愈是生她的氣就讓她愈覺得有安慰他的必要。而她唯一想得到方法就是與他做愛來幫助他消氣。「讓我補償你吧，」她將手伸向他的胸口，試著安撫彼此間的疙瘩。

但亞登卻捉住她的手並一併阻止她所有的動作。「不要碰我。」他在喉間低吼道。他的眼睛緊鎖著愛麗安娜，而語氣是嚴厲與堅定的：「我不欣賞妳對布蘭特的女朋友一點都不尊重的態度。妳沒有任何的資格可以去破壞他選擇的情感，又或者去評論一段不屬於妳的關係。」

「我怎麼會知道？」愛麗安娜表現得像是她才是被誤會的那一個。「布蘭特老是在換女朋友，我根本沒有辦法記住他所有女朋友的名字。誰會知道他這一次是認真的？」

「既然什麼都不知道就把嘴巴給閉上。」亞登嘖聲。「那不是妳可以隨意批評的事。」

愛麗安娜咬了下唇噘嘴：「到底有什麼大不了的？」她咕噥道：「我下次見到他的時候再道歉就好了嘛。」

看著愛麗安娜一點都不感覺到抱歉的樣子，亞登只感到更加的厭惡。「而且妳沒有任何的資格可以批評我的作家。不管他們是誰，是什麼，你都沒有任何說話的資格。身為我的女朋友並沒有賦予妳管理我公司的權力。」

「但是……」愛麗安娜嘟著嘴坦白道：「我不喜歡她。」那個靈媒身上有種讓她非常討厭的特質。「你真的要跟她一起工作嗎？如果你的公司真的有跟她簽合約，那麼你大可以找別人跟她一起合作，為什麼要親自帶著她？我不了解為什麼她要跟你一起來這裡，而且我也不喜歡她看著你的樣子。」愛麗安娜相信她的女人直覺：「像她那樣的女人總是會想盡辦法地上你的床……」

「住口！」亞登斥喝了聲，開始質疑自己究竟有多麼的無感才可以忍受愛麗安娜這麼久的時間……「像她那樣的女人有個已經論及婚嫁的未婚夫。」現在亞登可以清楚地看到究竟是什麼原因阻止他與愛麗安娜定下來。她或許有張漂亮的臉蛋，但是她永遠不可能成為他想要終老一生的女人。

愛麗安娜張著嘴楞在原地，她的不安全感讓她不相信艾蒂亞在這裡除了勾引亞登之外還有別的原因。她總覺得所有的女人都想要上亞登的床，而她得要花上很多的功夫才有辦法將亞登留在自己的身邊。她要盡其所能地才可以確保他是屬於她的……「呃……就因為她有個未婚夫，那並不表示她不會被你吸引，搞不好騙到你之後，她就……」

「滾。」

亞登再也無法忍受了。他捉著愛麗安娜的手並硬將她整個人拖至門口，幾乎是用丟的將她甩到門後。

「亞登……」

「別！」亞登不知道他要愛麗安娜停止什麼，他只是不想要再聽到她的聲音。「我現在沒有辦法跟妳說話。」亞登深吸了一口氣，試著阻止自己失控。「回去。」他命令道。「……我回到溫哥華以前都不想再見到妳。」隨著他落句，他用力地甩上門將愛麗安娜鎖在門後。

一直等到愛麗安娜的聲音完全地消失在門後，亞登這才將頭靠在門後，並且順勢地吐出一直積壓在他胸口中的沮喪。他究竟要多麼遲頓與無感才會允許這件事錯得如此的離譜？他要多麼的盲目才看不到如此顯而易見的事？

亞登再也無法忍受愛麗安娜的影子在自己的腦海裡出現，此刻的他唯一關心的是艾蒂亞必須體驗這一切的感受。他需要現在見到她，以確保她真的沒事……他現在唯一在乎的是自己可以做什麼以彌補她這一切，他好不容易將她拉近的距離，不希望因為愛麗安娜的出現而再度回到原點。他長嘆了一口氣後自問：在自己已經體驗過一切的美好之後，又怎麼可能說服自己去妥協與愛麗安娜定下來的未來呢？

***　　***　　***

即便聽到敲門聲，艾蒂亞還是遲遲不知道自己究竟該不該開門。稍早的時候，就算她隔著門也還聽得到亞登與愛麗安娜爭吵的聲音，她知道自己正是導致他們吵架的原因。無論她有多麼地同情他的處境，她同時明白自己也不想要傷害傑森。她的猶疑不定似乎讓許多人都必須跟著她一起受苦。

站在緊閉的門後，艾蒂亞的腦子裡閃過了許多的自責與指控。她不應該與亞登上床，也不應該答應在洛杉磯的時候與他在一起，更不應該破壞他與愛麗安娜之間的關係。除此之外，她最不應該的是背叛傑森對她的信任……她的理智不斷地細數著所有她不應該犯的錯。這只讓她更覺得自己不應該為了一個她根本無法抗拒的男人開門。

「請妳，開門……」艾蒂亞聽見亞登站在門後說道，他的聲音裡是滿滿的哀求：「讓我看看妳……」

「我不能……」艾蒂亞不知道自己到底想說什麼，但深深地覺得現在的她應該選擇做對的事才對……為什麼他們會允許自己一錯再錯？她自問。他們又怎麼能允許彼此繼續走上這條只會讓他們沉淪的不歸路？

「……妳不是我人生中的錯誤。」亞登透過門回了答她未出口的話。「而是我的人生中唯一對的選擇。我寧願跟妳一起沉淪也不想要再繼續這種如行屍走肉般的生活。」亞登想要讓艾蒂亞知道自己在還沒有遇見她以前是過著什麼樣的日子，那麼她或許就可以理解為什麼他會再次選擇跟她在一起，因為她是唯一一個可以讓他對生命感覺到動力的女人。「拜託，」他再次哀求道：「讓我見見妳……」

艾蒂亞沒有開口。因為感覺得到他的心痛，所以她清楚地知道自己很可能也會做出相同的抉擇。但她又該如何為自己辯解呢？她自問。她又要如何原諒自己所做的一切？即便她的腦子知道自己不應該，但是她無法克制自己的心想要見他的渴望，更不知道該如何去壓抑內心對他的情感。艾蒂亞一直花了許久的時間才終於開了門，但是在見到亞登時，她的臉上早已覆蓋滿了淚水。

「我不認為我們應該……」

在艾蒂亞還來不及說更多以前，亞登早已上前一步將她整個人拉進了懷裡。他緊緊地摟著她並如生命泉源般地吸吮著她身上的氣息。從早上就一直滯留在他胸口的空洞感在觸及她的當下就立刻被填滿。他貪婪地想要擁有她的一切，以及每一刻可以與她相處的時間。他從來不知道自己對任何女人可以擁有如此強烈的情感，也從來不認為那是一件可能的事，但此時此刻的他卻清楚地知道：「我愛妳。」這是他再清楚不過的感覺，因為只要她在身邊就讓他感覺到前所未有的完整。他知道他們屬於彼此，而這也是真正屬於他的地方。他將頭擱置在她的頭上，並低喃著哀求：「跟我在一起吧，我的愛。……待在我身邊。」

「我……」即便那也是她的心所嚮往的，但是她真的不認為自己應該再惡化這個現況。

他的吻落在她的唇上，順勢地撫去她腦子裡所有的擔憂。他將自己的心完全地交付到她的手上，期望她也能夠有相同的反應。

這也是艾蒂亞發現自己的內心真正害怕的是什麼，她害怕那種完全臣服於他人並失去控制的感覺。只不過現在擔心這個豈不是已經太晚了？她自問。她要如何抗拒他對她的要求？如果她都已經是他的人了，又要如何去抵抗內心對他的感覺？她早在很久以前就已經將自己完完全全地交付給他，並臣服於他了……

像是聽見她沒有說出口的話，亞登起身望進她的眼睛。他將她擁在自己的懷裡，並用手輕撫著她的臉。「我不想要把接下來跟妳相處的時間浪費在工作之上。」他說道：「讓我們在必須分開以前都在一起吧。」

此刻，這是他們能夠順從自己的心最好的方法了……

# 第十八章

亞登退了飯店的房間，並在靠海的地方訂了一間獨立的小別墅。這棟別墅座落在地理位置較高的地方，以至於一望無盡的海景可以全部盡收眼裡，而且四周都被高大的灌木環繞著以阻隔任何多事的鄰居的目光。加州的陽光似乎有種可以讓天空更高、海更藍的魔法。而這棟別墅的隱密性更是莫名地解放了艾蒂亞一直防備的心，就好像他們再也不是他們，而他們正置身在一處他們是誰一點都不重要的地方。

艾蒂亞站在陽臺上，望著眼前的海。雖然她的理智清楚地知道自己不應該答應亞登來到這裡，但此刻這些顧慮似乎一點都不重要了。這是她第一次真正地感覺到自由與完整……

一隻手落在她的肩膀上，並慢慢地滑下她的手臂直至碰觸到她的手背。那隻手環上她的腰際並將她的背拉向一片結實的胸膛。艾蒂亞不用回頭也知道他是誰，因為現在她的生命中似乎只有一個人是重要的。

「我希望這是我們的永遠。」他在她的頭上輕語道。

「我以為我們早已經從過去中學到經驗，」艾蒂亞笑道：「不要隨便承諾永遠。」特別是在埃及的記憶以後，所謂的永遠似乎不是只侷限在一輩子裡。

知道艾蒂亞指的是什麼，亞登揚起了一抹笑容。「我很肯定阿卡那騰從來都不後悔他對那法媞媞所做過的承諾，」他輕笑道：「我會說他唯一的遺憾是沒有辦法實現他的承諾。」

這樣的話從一個宣稱不相信輪迴轉世的人口中說出來顯得格外的好笑。她將頭靠在他的胸口上，愛極了被他呵護在懷中感覺。特別是他抱著她的方式總讓她有種回到家的感覺。

「要是我不知道的話，」艾蒂亞笑道：「我會說你是一個非常著迷我的故事的瘋狂讀者。」

「我的確對妳非常的著迷。」他不再隱藏自己的感覺，也不想要這麼做。「只要能夠跟妳在一起，妳要我成為誰都可以。我想要成為妳的阿卡那騰。」

你不需要成為阿卡那騰，艾蒂亞在內心暗想道，因為你已經是他。她揚了嘴角：「這不像是一個嫌我英文書寫能力不好，更甚至不想要閱讀我的書的人會說的話。」

「嗯，妳的英文書寫能力的確有待加強，」亞登環緊了繞在她腰間的手臂並誠實地說道：「但是故事的確很吸引人，我不會做任何的改變。」

「我猜由阿卡那騰自己親手來編寫這個故事是件十分合情合理的事。」艾蒂亞笑道。

「那是當然，」他傾身在她的頸上落個吻：「當然不能沒有我的王后在一旁協助我。」能夠自由自在地暢談前世今生，又不需要擔心彼此的想法與批判是件讓人感到很舒心的事。特別是在艾蒂亞大半輩子的時間裡，人們總是不斷地質疑她所體驗到的每一件事。但是亞登對她的無條件信任給了她一種自由的感覺，讓她覺得再也不需要偽裝自己，抑或是為了讓自己融入人群而試圖表現出正常人的樣子……

「你似乎相信我在書裡寫的每一件事都是真的。」她轉過身望向他的眼睛，並意識到自己有多麼喜歡他總是掛在眼角的笑意。他似乎只對她笑，這也讓她感覺到自己對他的特別與重要。

「我沒有質疑妳的理由，」他將她摟得更近。他的手眷戀在她柔軟的肌膚上：「我不認為妳有辦法騙我。」

「這的確是共頻的缺點。」她笑道。

「也是優點。」他補充道。「在遇見妳之前，我完全不可能相信『共頻』這件事。但是在遇見妳之後，我卻永遠要不夠這樣的感覺。我愛上了自己無法欺騙妳，也不能在妳面前偽裝自己的事實。妳或許覺得這是一種缺點，但我認為它給了我一種可以坦然成為自己的自由。艾蒂亞，是妳解放了我。」他的眼裡是難以言述的愛意。「為此，我無法表達自己對妳的感激。」

此刻與亞登在一起的感覺，艾蒂亞意識到這正是她一直以來夢想得到的一切。她也好希望這一刻能夠成為她真實的永恆。但不管她有什麼樣的感覺，正因為知道這只會是他們的短暫，反倒讓她的心頭一直旋著一道抹不去的淡淡哀傷。

「我們現在不要想那些吧，」亞登感覺到她的擔憂並傾身吻上她的額際。他將她緊緊地環在自己的臂彎裡，希望她能夠感受到他的心跳。「接下來的兩天就只有我和妳，讓我們把所有世界都暫時丟在腦後吧。我們可以成為任何我們選擇以及想要成為的人。」

**亞登說的沒錯。**艾蒂亞想道。**我們只剩下兩天。**她伸手將雙臂環上他的腰際，允許自己聆聽他的心跳，並讓他溫暖的胸膛撫去她所有的擔憂。第一次，她輕聲低喃地坦承：「……我想要感受你的愛。」

即便沒有開口，亞登也可以清楚地聽到她的心意。他擴大了臉上的微笑並再度傾身鎖上了她的唇：「我會隨時為妳服務，我的王后。」

艾蒂亞從來不認為這是可能的事。但這是她人生中第一次，她感覺自己的夢想終於成真……

「再為我解釋清楚一點……」

***　　　***　　　***

當他們來到小別墅附近的一家小型法式酒吧用餐時，亞登問道。他們在小別墅裡耗了大部分的時間，自然也錯過了每一餐。等到兩人都肚子餓的時候，這已經是附近唯一一家開很晚而且還供餐的餐廳。艾蒂亞從來不認為自己可以跟任何人在床上耗上那麼久的時間，她的身體還因為之前的纏綿而痠痛著，皮膚也還因為體內的燥熱而溢著淡淡的紅暈。要不是飢餓占據了他們，而他們覺得應該離開屋子冷靜一下的話，艾蒂亞懷疑他們到最後會不會把所有的時間都耗在小別墅裡。

她喜歡亞登找到的這間法式小酒吧。裡頭有著非常傳統的歐式裝潢並帶著一絲絲中古妓院的氣息，讓整個餐廳有種非常嬌嬈的情色感。它的小桌子讓情侶們可以以非常近的距離靠近彼此，而桌子間的間隔又足以讓每對情侶都保有他們的隱私與親密感，像是一個刻意讓情侶們調情的酒吧。它的燈光昏暗而且又有浪漫的法國音樂做為背景陪襯，讓入口的食物更顯加分。餐廳裡那種性感的氛圍似乎讓在場的情侶們更容易進入狀況，艾蒂亞可以看見情侶們的手從來沒有離開過對方，而且總是不時地親吻著彼此。艾蒂亞同時注意到所有的桌子都覆蓋著過長的桌布，似乎是刻意地隱藏桌子裡底下的祕密。這個地方感覺像是特地為戀人們設計的，既浪漫又同時充滿著情慾……

艾蒂亞與亞登坐在酒吧的角落邊，兩旁有及地的紅色絲絨布簾垂吊著，讓這個位置更顯一絲的隱祕。艾蒂亞很高興餐廳的燈光昏暗，可以輕易地掩飾她臉上的暈紅……

艾蒂亞必須承認自己真的很享受跟亞登在一起的時間。因為不單單只是他們身體上的契合，她感覺自己似乎可以跟他談論任何的事。他是真心地好奇並了解她到底想要說什麼，那給了她一種前所未有的自由感。

艾蒂亞嚐了一口她剛點的魚，這才意識到自己有多麼的飢餓。要不是她是真的餓了，就是這裡的食物真的美味得令人難以抗拒。艾蒂亞等不及將它全部吃光……

亞登揚著他的微笑看著她。大部分他約會過的女人總是會在他的面前假裝自己的胃口很小的模樣，但如今看著艾蒂亞毫無掩飾的吃飯方式竟讓他感覺到一種莫名的滿足與暢快感。

「抱歉，」意識到自己的注意力全被食物奪走，艾蒂亞道歉道並繼續回答他的問題：「當你回到過去去療癒一個傷口，你現今的一部分也會跟著被療癒。也因為你的現在被療癒了，因此你的未來也會同樣受到影響而產生另一個新的可能。」

「所以，那表示過去、現在和未來可以在同時影響到彼此？」

「基本上是。」艾蒂亞解釋道。她向來喜歡具有挑戰性的問題。只要人們知道她在說什麼的話，那麼她會很高興回答他們任何的問題……然而回答亞登的問題對艾蒂亞來說似乎是再自然不過的事，因為不管她說什麼，他似乎都可以馬上理解似的。這讓她想起阿卡那騰在遙遠的古埃及時代，總是不厭其煩地回答那法媞媞的每一個問題，彷彿所謂的「因果」總是會找到自己回來的路似的……「所以，如果要最大化未來的種種可能的話，人們應該要先回到過去開始療癒他們假裝遺忘的傷痛……」

亞登微笑著，他從來沒有看過這一面的艾蒂亞，並好奇她是否還有他所不知道的面向。他欣賞她說話的樣子，在同時也能夠感受著她的腦子很快地架構所有的思緒，並試著以他可以理解的方式解釋給他聽。亞登從來沒有與任何人有過這樣的對話，也從來不認為這是任何人可以回答他的問題。雖然艾蒂亞算是一個不多話的人，但她似乎有辦法與任何人討論任何事。他不只享受她的身體所帶給他的歡愉，更欣賞她的腦子所能滿足他的知識……他從來不知道這樣的發現竟可以讓他覺得她既誘人又性感……

「你可以回溯到多遠去療癒你的過去？」他對她有無數的問題。感覺只要跟她在一起的時候，他想要尋找的答案幾乎都可以得到回應。

「遠到你的靈魂允許的範圍內，」艾蒂亞揚了一抹苦笑。當大部分的人可以追溯到他們最早的童年，她卻一躍就回溯到了三千多年以前。

「妳不喜歡當靈媒？」感應到她身上傳遞給他的感覺，亞登挑了眉問道。

「不是很喜歡，」她坦白道。「那是我一輩子擺脫不了的能力。」

「為什麼妳會想要擺脫它？」他可以想像應該有很多人會恨不得有這樣的能力才對。

「那是因為他們從來不需要因為與眾不同而被霸凌，而且還要不斷地感受或是看到那些我根本不需要知道的訊息。」艾蒂亞光是想到那些日子就不自覺滿肚子的牢騷。「我討厭與眾不同。」艾蒂亞很清楚自己的與眾不同從來沒有被任何人接受過。

「妳的確很與眾不同。」亞登的視線沒有離開過她，而臉上性感的微笑也不自覺地擴大了幾分。「但我覺得那是非常吸引人的特質。」他的手輕撫著她的手臂，意識到她的腦子就如同她的身體一樣地讓他感到興奮。他想起了跟她共處的時刻，並開始清楚地知道自己為什麼會被她吸引……「我發現自己可以跟妳討論任何事是一件非常性感又讓人難以抗拒的事。」那也是他從來不認為可能的事。

艾蒂亞紅了臉。亞登的讚美讓她的皮脂下再度傳來一股燥熱。他似乎從未對她隱藏過任何的感覺，而那顯然還是她需要學習的地方。

「我們顯然無法隱瞞對方什麼。」一抹淺笑溢出他的喉間：「有沒有說出口都不會有任何的改變。雖然我到現在還是覺得這是一件十分不可思議的事，但我是真的很感激它所帶給我的自由。」亞登向來不是一個多話的人，但知道她總是可以感覺到他所有未出口的話，只讓他更能夠自在地在她面前表達自己。而那種自由的感覺只讓他對她產生更多的渴望。他的手順著她的手臂曲線慢慢地滑向她的大腿，感覺指尖撫過的各種觸感勾起了她在他懷裡的感覺。他愛上她為他羞澀的臉，微笑與生氣的表情，更甚至是呻吟的聲音……她的身上有種他永遠要不夠的特質，讓他對她更加地愛不釋手。他不禁好奇，這難道就是人們在戀愛時所體驗的感覺嗎？情人眼裡出西施……這莫非就是阿卡那騰對那法媞媞的感覺嗎？總是要不夠她！即便亞登再怎麼不相信輪迴轉世，與艾蒂亞的相處似乎已經改變了一切……

「你必須停止想到……我們。」艾蒂亞尷尬地壓低了音量試著提醒他。雖然亞登一句話也沒有說，但是她卻可以清楚地感覺到他腦子裡的情慾。他對她的想法只會更加速她血液竄流，她只擔心那樣的感覺遲早會擦槍走火。

亞登擴大了微笑。意識到艾蒂指的是什麼，他傾身輕咬了她的耳垂並以誘人的口吻輕語。「要不然呢？」那隻原本輕撫她腿側的手開始挑逗地探向她的裙子內。他記起了自己在他們出門之前要了她，以至於此刻的他可以毫無阻礙地感受著她。

「亞登，」艾蒂亞壓低著聲音，像是害怕被捉到似的。她將手壓在亞登肆虐的手上，但似乎沒有辦法阻止他探向她的敏感地帶。

「我愛剎妳為我臉紅的樣子，」他在她的耳畔以性感的語調以及無數的吻低語著。修長的手指則是毫無顧忌地探向她的私處，清楚地知道該如何挑起她的慾望。「以及妳隨時準備接受我的身體……」他無時不刻、隨處隨地的想要她。即便在他荷爾蒙爆發的青少年時期，亞登也從來不曾如此渴望一個人過。

「亞登，」艾蒂亞只能將自己的臉埋在他的臂膀上，不知道該怎麼做。她既沒有辦法阻止他，也不想要他停止。他似乎總是知道該如何讓她更想要他。「我們不應該……」

「不應該？」他的手指找到她的私處並技巧地玩弄著她的敏感部位。亞登雖然挑逗過很多的女人，但卻從來沒有得過他與艾蒂亞在一起的滿足感。以往的他因為無感而無法從任何女人身上得到什麼，如今卻彷彿可以從艾蒂亞身上得到加倍的感覺。他愛剎這種對彼此的身體瞭如指掌的便利感。「妳的身體似乎不這麼認為……」他輕咬著她的耳垂，而指尖則是不停地挑逗著她的陰蒂。他邪魅的聲音低得只有她聽得見……「妳好濕……」

艾蒂亞無法阻止他的挑逗，只覺得全身因為陣陣的酥麻而感到無力。「這不公平……」她抱怨道。他們出門是為了休息，而不是繼續挑逗對方的情慾……「我們……啊……」艾蒂亞在亞登的手指探進她的體內時忍不住呻吟出聲。但她很快地咬住了下唇以阻止自己製造出更多的聲音引來旁人的好奇。在他手指的侵入下，她顯得十分無力與不知所措。

「妳最好現在吻我，」他讓自己的手指又更深入了幾分，伴隨著邪惡的律動，以低沉又性感的語調，任由氣息輕撫過她的嘴邊：「在我還沒有讓妳哭出聲以前……」

知道他並不準備放了她，艾蒂亞也只能照他的話做。她傾身向前吻住了他，任由他的手開始在她的體下加快速度，急速地將她推向慾望的高峰。知道她什麼時候會高潮，他用力地吻住了她以封住她所有的聲音，吸吮著他所愛的每一個氣息。對他人來說，他們只是像其它人一樣是對熱戀中的情侶，但唯有艾蒂亞知道他的手還深深地埋在她的體內，感受著她的全部。

「該死的。」艾蒂亞在高潮之後聽到亞登的喉間一聲低咒。她傾身貼附在他的手臂上，並壓低著頭試著掩飾自己過度激烈的喘息。她緊接著聽到亞登急忙呼叫了服務生買單，當他自以為可以全權地掌控她的身體時，他似乎忘了自己可以同時感受到她所體驗的一切。

根本等不及服務生來買單，亞登掏了幾張百元鈔放在桌上後便急忙拉著艾蒂亞離開餐館。艾蒂亞還來不及從高潮中平復，便清楚地感受到亞登的慾望早已在爆發邊緣。他甚至沒有辦法忍耐到兩人回到小別墅裡，便一把將她拉進了街邊的一條暗巷裡。他只是將她推在牆上便等不及將自己填進她的體內，以平撫在他體內急欲爆發的慾火。他急速地將她推向另一個高潮，並在她的體內完完全全地釋放了自己。他從來沒有像現在這樣失控過，至少從來沒有像現在這樣放縱自己的情慾過。

亞登傾身向前並在她的耳畔激烈地喘息著。「妳是個既危險又叫人上癮的女人。」他在她的耳邊滿足地嘆了一口，並任由自己深深地埋在她的體內。他從來沒有如此想要一個人到無法控制自己的程度。

他愛剎她的一切，也讓他開始懷疑兩天的時間對他來說是否足夠。與她相處的時間愈多，他愈不相信自己可以像當初承諾的一樣對她放手。他以為自己可以等，並願意接受任何可以跟她在一起的關係。但是現在的他再也不相信自己想要接受「她的男人」以外的關係了……

「我想，」他喜歡她緊緊包覆著他，並將自己完全交付給他的感覺。他只剩下一天的時間可以跟她在一起，而他想要她的每一分鐘，更甚至是整個未來都是屬於他的……「我們明天最好別想出門，在家點披薩就可以了。」

***　***　***

「……這裡挺好玩的，我認識很多人……」

艾蒂亞一個人在陽臺打電話給傑森，試著讓自己離亞登遠一點，那麼她才不會因為太尷尬而不知道該如何跟傑森對話。因為無論她與亞登現在是什麼樣的關係，傑森到最後還是她要嫁的那個人。

亞登傾身靠在落地窗旁望著她的背影。她只穿著他的襯衫，並前傾著身靠著欄杆在講電話。透過陽光的折射，隱約地勾劃出她的身體曲線並誘惑著他的感官。亞登從來沒有像現在這樣被一個女人吸引過。彷彿只要愈是了解她，他就愈不能想像自己沒有她的日子……

這原本應該是段短暫的地下戀情，亞登暗想道。但此刻的他卻再也不確定自己希望它只是他生命中的一個短暫片刻。他開始渴望永遠，一種阿卡那騰渴望從那法娛娛身上得到的永遠。如今就連看著她跟她的未婚夫講話，他的心頭都不由得爬上一抹嫉妒的感覺。那也是他從來沒有體驗過的情緒……他從來不在乎自己約會過的女人在跟誰說話或是調情，但是光是想到艾蒂亞即將嫁給別人竟足以讓他的心整個糾結在一起。

亞登在跟她在一起的時間裡關閉了所有的通訊，因為他不想要在任何時間被任何人打擾。而艾蒂亞則是每天會打一通電話給傑森以避免他產生懷疑。知道他們可以在一起的時間已經到了尾聲，反倒讓他更不想要與另一個男人共享她。雖然他從一開始就知道她是屬於別人的，亞登開始意識到他一點也不喜歡這樣的念頭。

「……我試著打電話給妳，但妳的手機好像關機了。」傑森在電話的另一端說道。

「對不起，」艾蒂亞說謊道。「我關機了。因為我覺得在開會的時候被電話聲打斷顯得非常沒有禮貌。你知道的，我在這裡還算是個新人……」艾蒂亞很慶幸傑森並不像亞登一樣的敏感，要不然她永遠沒有辦法像現在這樣欺騙他。她恨透了對傑森說謊，艾蒂亞暗想道，也恨透了自己現在正在對他做的事。如果她可以控制自己的心的話，那麼這些事根本完全不會發生……艾蒂亞每次在跟傑森講電話時，都會感覺到一抹強烈的罪惡感並懷疑自己什麼時候會被捉到。

亞登突然落在肩頭的手讓艾蒂亞感到有點錯愕。因為亞登通常在她跟傑森通話時不太會靠近她，而這是他第一次在她還在講電話的時候就已經站在她的身後。這讓艾蒂亞突然感到有些尷尬，因為當傑森根本不知道她在說謊的當下，亞登卻清楚地知道她的滿口謊言。

「妳有看見任何好萊塢巨星嗎？」傑森好奇地問道，而亞登的手卻趁機探至她的胸前並順勢地解開襯衫上的幾顆鈕扣。他的吻落在她的頸邊，而另一隻手則探進她的襯衫裡頭並一手握住了她飽滿的胸部，他用指尖玩弄著她的乳頭，直到它們因為他的觸碰而堅挺。

「我……」艾蒂亞顯得有點不知所措，因為她並不預期亞登會有這樣的舉動，更不應該是在他正與傑森通話的時候。她感覺到亞登腦子裡邪惡的想法，反倒忘了傑森剛剛所說的話。「對不起，我有點分心了。」她試著讓自己聽起來正常一點：「你剛剛說什麼？」

「我是說，」傑森又重覆了遍，但是亞登卻在此時又下滑了另一隻手並探向她的腿間。艾蒂亞試著用另一隻手阻止他，但是亞登只是繼續自己的動作並且完全地無視她無聲的抗議。當亞登的手指不斷地逃逗著她對他的慾望時，傑森的聲音也開始變得模糊。「妳是否有遇見任何的大明星？」

艾蒂亞根本完全不能思考，只能感受著亞登對她做的一切，以及他試圖破壞她的防備的動機。「沒有……」她可以感覺當他的手指玩弄著她的私處時一聲低笑，清楚他的故意。「傑森，」艾蒂亞盡其所能地試著讓自己聽起來正常一點，迫不及待地想要在自己被捉到以前掛掉電話：「我必須走了……」

「妳還沒有告訴我妳的班機號碼……」

「我沒有……」當感覺亞登從身後順勢地將自己填進她的體內時，艾蒂亞只能緊咬住了嘴唇，試著不讓自己發出任何的聲音。她伸手緊握著欄杆，試著在傑森還在電話另一端時盡可能地讓自己保持鎮定。「我……」感覺亞登將自己更加地深入了幾分，艾蒂亞只能儘可能地在律動之間開口：「我……真的……該走了。」她不認為自己有辦法再正常地說話。

「艾蒂亞，」傑森似乎也注意到了她的不同：「妳還好嗎？」

但是另一個衝刺再度讓艾蒂亞咬緊了唇。「……我很好。」她擠出幾個字，懷疑自己還可以假裝沒事多久。感覺亞登試圖讓她掛掉電話而刻意地放慢速度，艾蒂亞只能在自己被捉到以前儘快地撒謊道：「我真的該走了。」另一個衝擊讓她又停頓了會兒。她閉上眼睛，不知道亞登為什麼要如此地折磨她。「他們在叫我了，大家都在等我……」艾蒂亞只能從律動間開口：「我會把我的班機資訊……簡訊給你。」

在傑森還來不及說更多以前，艾蒂亞便急著在呻吟聲溢出喉間以前把電話掛掉。

亞登接過她的手機並將它放在一旁，好讓她的手可以捉住身前的檻杆以得到更多的支撐。雖然他只是逗著她玩，但是他清楚地知道自己並不希望她把他們儘剩的時間浪費在另一個男人身上，特別是一個她未來要嫁的人。

「亞登……」艾蒂亞試著抗議，但每一句出口的話都像是在要求更多：「這很不公平……」

他傾了她的身子好讓自己可以從身後更加地深入她。他將她鎖在原地並知道自己可以如何讓她登上慾望的高峰。亞登知道自己這樣的手段並不公平，但是他恨透了她是屬於另一個男人的感覺，而那種嫉妒的感覺幾乎要將他整個人吞食。

時間到的時候他要如何放她走？他不禁自問，又要如何假裝這一切都從來沒有發生過？將自己埋在她的體內，亞登知道自己已經輸了這場仗。他不知道自己為什麼可以在如此短暫的時間裡面對一個女人有如此強烈的感覺，但是他顯然已經沉淪到他無法自拔的地步。如今他只希望在艾蒂亞的理智說服自己離開他以前，能夠喚醒她體內的女人對他的渴望。

成爲我的……他聽到自己的心在她的體內釋放所有的慾望以前說道：永遠地成爲我的女人。

# 第十九章

亞登因為一股突然的恐懼而驚醒。他額上的汗水成珠，心跳加速，彷彿又回到以往從惡夢裡驚醒的感覺一樣。然而他全身的緊繃感在看到躺在他身旁的人之後便瞬間一掃而空，一抹平靜的感覺也跟著填滿他的全身，他從來不知道有人可以單純的存在就足以安撫他慌亂的心。他躺回床上，雙眼靜靜地看著她睡覺的樣子，感受著內心那種難以言述的滿足。他從小就一直覺得自己在找什麼，總是等待著一種連他都不知道是什麼的事情發生，如今望著她躺在自己的身前，亞登感覺自己似乎找到一直以來在尋找的答案。

像是想從他身上得到一些溫暖，艾蒂亞輕吟了聲便自然地朝他的身上靠近。他將她摟得更近一些，喜歡他們肌膚相親的觸感。他傾向前吻上她的頸，任由手心感受著她肌膚的柔順。他喜歡她窩在自己懷裡的感覺，也愛剎他們的身體是如此完美地配合著對方。他喜愛她的每一件事，而唯一讓他不喜歡的是……時間太短了。

他們整整花了兩天在一起，雖然大部分的時間都待在床上，但是他享受與她在一起的每一刻以及他們所分享的每一個對話。感覺他們幾乎可以討論任何的事情，那是亞登從來沒有無法與任何人產生的互動，而且更不可能是個女人。

艾蒂亞在他的臂彎裡挪了挪身子，似乎在輕聲地抗議著肌膚所感受到的寒冷。他喜歡她的呻吟，以及她醒著與睡夢中的模樣……她的每一個聲音都猶如他所聽過最完美的音樂似的。即便她的感官都還在沉睡，但他卻已經全然的甦醒。他的吻眷留在她的頸上，而手則決定去喚醒她的感官。兩天的時間如閃電般的飛逝，而他卻像是永遠要不夠她似的。

「我希望這可以是我們的永遠……」他在她的耳邊呢喃，十分期望這一切都可以成真。

艾蒂亞對他的觸碰開始產生反應，她自然地弓起身子渴望從他的身上得到更多。亞登擴大了嘴角上的笑容，喜歡自己清楚地知道可以如何取悅她，除了知道她何時準備好之外，還可以以雙重的愉悅來滿足她……

「嗯……」艾蒂亞伸長手臂環上他的頸項，每一道她所發出來的聲音都像是在邀請他占有她的呻吟：「……亞登……」

他喜歡她呼喊他的名字。即便在睡夢中，她也從來沒有把他搞錯，總是清楚地知道占有她的男人是誰。

「成為我的女人，」他再次在她耳邊要求，他的氣息搔動著她的感官。與其要求，亞登覺得自己更像是在請求。他雖然不喜歡任何女人在他家過夜，但他卻希望這個女人可以永遠地待在他的床上……更甚者，他想要她的每一刻都屬於他，他想要知道她是專屬於他的女人……

「我是你的……」艾蒂亞的呻吟回答了他未出口的想法。當她的所有感官都清醒時，她的理智卻似乎還在半夢半醒之間。她彷彿不知道自己是誰或是身在何處，但她卻清楚地知道他是誰：「……我一直都是你的女人，我的王。」

亞登擴大了微笑並傾身再度吻上她的唇，而他的手正試著勾起她體內最深的慾望……「就如同我永遠是妳的。」他的聲音如同他的手一樣地挑逗著她：「我的王后。」

感覺到她全身已經做了接受他的準備，以及內心想要被填滿的飢渴，亞登一向自傲的自制力似乎也跟著瓦解。唯有跟她在一起的時候，他似乎變得格外容易失控……

在黑暗中，亞登再也不在乎自己的身分究竟是什麼，抑或是他們的情感是否受到前世的束縛與羈絆。此刻他唯一想要的就是可以跟她在一起，並成為她的一部分。

他將自己填進她的體內，感受著她緊緊地包覆著自己並讓他變得完整。無論是那法媞媞或是艾蒂亞，他都想要她成為他的……他想要這一刻成為永恆，就如同幾世紀以前他想要與那法媞媞共創的永恆一樣。將她擁在自己的懷裡，亞登聽到體內一道聲音表白：我至死之前都會永遠愛妳。

＊＊＊　　＊＊＊　　＊＊＊

「你下次想要像現在這樣消失兩天的話，麻煩請事先通知我一聲。」當亞登在機場貴賓室裡等候他們的班機時，布蘭特則是在電話的另一端抱怨道。他的眼睛鎖在遠處的艾蒂亞身上，知道她正試著告訴傑森不需要到機場來接她，因為他寧願在自己必須放手讓她離開以前，儘可能地把握與她相處的每一分鐘……「……我知道你想要盡可能地和艾蒂亞一起共度你們僅有的時光，但是說真的，亞登，我真的會很感謝你事先通知一下。」

「我不認為那會影響到任何人……」

他發現自己的眼睛會自然地跟隨著艾蒂亞的身影。當他瞄見艾蒂亞轉過身丟給他一抹防禦的眼神時，亞登彎了嘴角，因為他知道她正想到自己前一天被偷襲的事。亞登聳個肩以示回應，暗示自己在休息室裡什麼事也不能做，這才見艾蒂亞似乎鬆了一口氣地再度回頭講電話。

「不是當你前一天才剛罵走你的女朋友，然後隔天就選擇人間蒸發吧。」布蘭特牢騷道。他的聲音也拉回了亞登的注意力。「愛麗安娜這幾天一直奪命連環 Call 我。她大概也同樣地打了電話給米芮安，因為就連米芮安都打電話來找我要人。我了解你不想要接到愛麗安娜的電話，但是連米芮安的電話你也不接？」布蘭特似乎很難相信亞登會做出這樣的事：「以前不管你人在哪裡，她永遠都有辦法找到你！她基本上在幫你經營你的公司！但是你這一次卻連她的電話也不接？這一點都不像你，亞登。人們以前只要一聊到公事就絕對找得到你。」

「我不想要被打擾。」亞登冷靜地說，眼睛試著去評估遠處的艾蒂亞的對話進行得如何。「而且我有更重要的事。」

「很顯然的。」布蘭特嘖聲道。「我覺得你是怕回來之後性生活會一切終止，所以才會忙著在這幾天儲糧吧。」

「這可是我從大師那學到的建議，」亞登開玩笑道。「你不是告訴我要讓她對我上癮，好讓她沒有我會活不下去嗎？」

「那我希望你有優良的表現。」布蘭特笑道：「我恨透了看著你們兩個在玩的這場遊戲。」

「我們沒有在玩遊戲，」亞登說道：「只是我們的現狀遠比我們想像的還要來得複雜許多。」

「隨便啦，」布蘭特不相信愛情應該如此的辛苦。「讓它早點結案，好嗎？看著兩個明明相愛但卻不能在一起的戀人不斷地在搞曖昧真的讓人很難受。」

「我也正在努力中。」亞登回答道，完全知道布蘭特的意思。別說他看的人難受，他置身其中的人才更是難過。

「反正，」布蘭特繼續：「我應該高興你還願意接我的電話。愛麗安娜找不到你，她整個人都快瘋了。我真的不知道她會做出什麼事，但千萬準備好回來的時候可能會看到一個瘋狂的女友來接機。我想她一直去騷擾米芮安要你的班機資訊，她或許會在你不預期的時候出現在機場等你！」

「謝謝你的事先通知，」亞登說道：「我欠你一次。」

「如果你真覺得欠我，」布蘭特要求：「那就不擇手段地把那個女人變成你的，行嗎？看你是要給她下藥，綁架她，監禁她還是讓她成為你的性奴，我一點都不在乎，只要你把她變成你的人就行了。我從來沒有見過你愛上任何人，我真的認為她很可能就是你的命中註定。而且我絕對喜歡她勝過愛麗安娜。」

「你大概是全世界最不能給愛情建議的人。你這些對待你愛的女人的建議聽起來全都很變態。」亞登微笑道。「但相信我，我已經在努力了。」當他看見艾蒂亞正朝他的方向走來，他急忙說道：「好了。該走了。我回去的時候再跟你碰面。」他隨後掛掉了手機並在艾蒂亞靠近他時向她伸手。「一切還好嗎？」他問道，想要知道她與傑森的對話如何。

艾蒂亞看起來有點沮喪地嘆了口氣：「傑森說他會來機場接我。」

「妳有告訴他說我會載妳回家嗎？」

「有，」艾蒂亞點頭。「但他說他已經將近一個禮拜沒有見到我了……」艾蒂亞並不想要細述傑森在電話裡跟她說了些什麼。

亞登沒有說些什麼。他輕撫著她的手臂，記得她在他臂彎裡的觸感。一直花了好一會兒他才說：「……我不想要妳走。」如同布蘭特之前所說，他的確很難想像她回到另一個男人的懷抱。

艾蒂亞也不想要結束，但她卻不知道自己能夠怎麼做。她甚至不知道自己是否可以裝作若無其事的樣子，用一切都沒有發生以前的態度去面對亞登和傑森。「我不知道……」她雖然也想要這一刻成為她的永恆，但她更擔心：「……我們未來要如何共事？」

試著舒緩彼此間的緊張情緒，亞登淺笑道：「我可能會從現在開始要求妳加班，好讓妳永遠不用回到他的身邊。」

艾蒂亞回了一抹尷尬的微笑，因為他們都清楚地知道一旦回到溫哥華之後，他們的生活就再也無法像在洛杉磯一樣的單純。他們只有此刻還可以假裝戀人似地珍惜彼此，因為不管亞登有多麼希望她成為他的女人，他同時知道這是她必須為自己找出答案的過程。

「我承諾過我會等待，」他輕語道：「……等到妳隨時準備好的時候。」

「現在說這些不是太晚了嗎？」她苦笑了聲，因為她知道自己的心早已為他淪陷了。

「我一直會在這裡，我的愛。」他落了抹吻在她的唇上，順勢將她擁進懷裡：「……妳隨時需要我的時候。」

***　***　***

「小姐，妳不能去那裡……」

在商務艙與經濟艙的交隔處出現了一絲躁動，沒有人知道到底發生了什麼事，只不過不消一會兒的時間，便看見愛麗安娜出現在他們座椅旁邊。

「起來！」愛麗安娜瞪視著艾蒂亞，一副理所當然的口氣命令道：「那是我的位置。」

艾蒂亞遲疑了一會兒正準備從座位上起身，但很快地就讓坐在身旁的亞登制止了住。

「妳坐著。」亞登連看都沒有看愛麗安娜一眼地說道，而他的聲音是對著愛麗安娜身旁的空服員說的：「這個座位屬於我身旁的這位小姐，而她……」他意指一旁的愛麗安娜：「才是那個應該要離開的人。」

「亞登！」愛麗安娜簡直不敢相信亞登所說的話，她噘起嘴抱怨道：「她不是你的女朋友！我才是！」

「那樣的頭銜並沒有授予妳不懂得尊重他人的權力。」亞登低斥道。

「要不然你期望我怎麼做？」愛麗安娜不敢相信亞登竟然把所有的過錯全都怪罪到她的身上。她已經找了他整整兩天，但是根本沒有人知道他究竟人在哪裡，就連米芮安也連絡不到他！「我整整兩天沒有你的消息！你不接你的電話，也沒有人知道你去了哪裡？我光是想你過去兩天都跟她耗在一起我就快瘋了……」愛麗安娜瞪向艾蒂亞咆吼道：「現在是怎麼樣？她終於成功地上了你的……」

「夠了！」亞登從他的位子站了起來並眼帶警告地瞪向愛麗安娜。「如果妳再多說一個字或是再繼續這場鬧劇，妳乾脆就把這當作是我們的分手，也是妳最後一次見到我的時候。」

愛麗安娜因為亞登的威脅而楞在原地，因為她可以看得出來亞登眼裡的認真。她從來沒有見過亞登如此憤怒，他似乎只要跟那個女人在一起時就變得特別易怒。他說這會是她最後一次見到他是什麼意思？他說把這當作他們分手又是什麼意思？愛麗安娜睜大了雙眼並聽見自己的聲音顫抖著開口：「……你不是認真的吧……」她望向艾蒂亞並以不屑的聲音開口：「為了她？」

「妳有種試試看。」

亞登的聲音低得只有他們聽得見，但每個字都讓她的背脊發寒。她認識亞登這麼久，從來沒有見過他這個樣子……

「小姐，」幾名空服員圍著愛麗安娜，並試著將她導離商務艙。「請回到妳的座位。我們現在已經準備要起飛了……」

愛麗安娜這次並沒有反抗，任由幾名空服員協助她回到她的座位，讓所有的一切再度回歸到原有的寧靜。亞登確定愛麗安娜不會再回來之後，這才長嘆了一口氣坐回到自己的座位上。反倒是艾蒂亞因為自己所引發的混亂而感到滿滿的罪惡感。

「我很抱歉……」她道歉道。

「不需要道歉。」亞登將他的手放在艾蒂亞手上，試著確認道：「我並不後悔，所以妳也不應該感到罪惡感。」

「但是……」艾蒂亞不知道該說什麼，但總覺得，愛麗安娜才是每個男人都想要的女人。

像是回答她未出口的話，亞登嘆了一口氣後提醒道：「……但妳才是我唯一想要的女人。」

***　　***　　***

「艾蒂！」

艾蒂亞一離開出境大廳便看見傑森在揮手。傑森顯然很高興看到艾蒂亞，所以在一見到她的時候就迫不及待地朝她的方向跑來，並興奮地將她整個人抱了起來。「天啊，我好想妳！」他將她放了下來並當著眾人面給了她一個熱情的吻。

艾蒂亞不知道該如何反應，在亞登面前與傑森親密讓她覺得非常的尷尬。「傑森，別這樣。」她將手放在他的胸口，試著將他推開：「我們在公共場所……」

「我很確定我超級想念我的未婚妻並不是一件非法的事。」他雖然放開了她，但一隻手卻還緊緊地握著她的手，而另一隻手則去接過她的手提行李。才正準備轉身朝停車場的出口走去，便看見亞登也在現場，而他的女友則跟在不遠處的地方，所以他禮貌性地朝亞登點個頭：「喔，謝謝你照顧她。希望她這趟旅行沒有給你帶來太多的麻煩。」

亞登立馬回了一抹專業的笑容以掩飾他內心複雜的情緒。「沒有問題。」他說道：「我很榮幸可以與艾蒂亞一起合作。」他語帶暗示地望向艾蒂亞，知道她清楚他話裡的意思。

「很高興知道一切都進行得順利。」傑森摸摸艾蒂亞的頭。「因為她有時候挺麻煩的。總而言之，謝謝你給了她這次難得的機會並把她安全地帶回家。」他再次朝亞登點了頭，像是不想要擔誤他太多的時間，他拉起了艾蒂亞的手並推著她的手提行李朝著出口的方向走去，隨後半傾身地在她的耳畔低語：「……我等不及把妳接回家了。」

艾蒂亞緊閉了唇並壓低了頭，內心的羞愧感與罪惡感讓她不知道該如何面對傑森。與此同時，她也不想要讓亞登看到她與傑森親密的樣子。她覺得自己的心裡有種兩難的抉擇，讓她無法清楚地知道自己要的究竟是什麼……

望著他們漸漸地消失在自己的視線範圍以外，一抹失落感再度回到亞登的心頭。他臉上的笑容也隨著他們的離去而漸漸地變得蕩然無存。他站在原地，不知道接下來該做些什麼。沒有她在身旁，他甚至不確定自己想要回家。這段旅程雖短，但卻滿足了他一直想要以及夢寐以求的一切。亞登開始對自己的無知感到可笑，他竟然天真地以為等到他們回來之後，一切都可以再回復到以前的模樣。他比任何人都還要清楚地知道自己的人生已經不可能再跟從前一樣了……

「……亞登。」

一直等到傑森與艾蒂亞離開了之後，愛麗安娜這才終於鼓足了勇氣從身後朝他靠近。

「我很抱歉，亞登。」愛麗安娜道歉道，她的聲音裡再也沒有先前在機上所表現的高傲與理所當然的態度。她哭了一整個航程回來，腦子裡都在想亞登是不是真的跟她提出分手？愛麗安娜其實也不知道自己究竟是那根筋出了錯，就連她都清楚地知道自己在過去這幾天的失常與失態。她向來不介意任何人靠近亞登，但是不知道為什麼，艾蒂亞只要一出現在亞登身邊就讓她有種莫名的不安與焦躁感，好像艾蒂亞隨時會把亞登從她身邊搶走似的……她感覺只要艾蒂亞愈是靠近他，那麼她遲早有一天一定會失去他……她伸手觸向他的手，希望得到他的原諒。

「我反應過度了。」她坦承道：「當我找不到你的時候，我真的感覺快瘋了。你不但不接任何的電話，還斷絕了所有的連絡方式，就連米芮安都不知道你人在哪裡。我不知道你到底跟她去了什麼地方，但是我忍不住會想像各種最糟的可能。我知道自己這幾天的行為真的有點失控，而且你很可能還在生我的氣，但當我看到你還跟她在一起的時候，我真的完全控制不了……」她真心希望亞登可以聽到她說的話，因為她這些日子的行為根本一點都不像她……鐵定是那個女巫在她的身上下了什麼符咒，才會讓她在亞登面前如此的失態……

「回去吧，愛麗安娜。」亞登的聲音聽起來十分的疲憊。「我現在不想要討論這件事。我們都需要休息一下並且好好地冷靜一段時間。」

「亞登……」

「回去，愛麗安娜。」亞登又說了一次：「我現在想要一個人靜一靜。」

隨著他落句，他開始舉步走向了出口，獨留愛麗安娜一個人站在身後。他現在只想要一個人獨處，這樣才沒有人會注意到他正為了自己所愛的女人必須跟別的男人回家而感到自哀自憐……

看你是要給她下藥，綁架她，監禁她還是讓她成爲你的性奴，我不一點都不在乎，只要你把她變成你的人就行了……

亞登記起了布蘭特在電話裡的建議。他在不久前才覺得那是聽起來非常變態的主意，但現在他卻開始認真地考慮自己是不是真的該不擇手段地讓艾蒂亞成為他的女人……

# 第二十章

「下次你想要上演失蹤人口的時候，我真的會很感激你事先通知我一聲，免得我一直在這裡擔心要不要去跟當地警察報案。」米芮安在走進亞登的辦公室時咕噥道，顯然一點也不喜歡亞登臨時決定失蹤又斷絕所有通訊的決定。

「下次妳要給任何人我的航班資訊以前，我也會很感謝妳事先通知我一聲。」

「可別說我沒有這麼做。」米芮安抗議道：「但是你根本找不到人！你的電話關機，又不回電郵，甚至連一通簡訊也沒有！怎麼了？你難不成忘了帶你的充電器嗎？還是你的所有通訊配件全都被人偷了？你從來沒有像現在這樣完全連絡不到人！還有，天啊，」米芮安皺了臉：「這兩天愛麗安娜可是每三分鐘打電話來找你耶！你要我怎麼做？她有去機場接機嗎？」

「她跟我上同一架班機堵我。」亞登嘖聲道：「整個商務艙就她一個人大吵大鬧的。我倒是很驚訝到現在還沒有人上傳她在機上發瘋的影片。」

「Ouch，」米芮安只能想像那會是怎麼樣的一個狀況。她皺起眉頭並質問道：「你到底對她做了什麼讓她變得如此的瘋狂？我從來沒有看過她像現在這樣發了瘋似的。」

亞登不知道該從何開始，也一直花了好一會兒時間才終於開口：「她特地飛到洛杉磯去找我，然後剛好遇到我跟布蘭特、他的女朋友以及艾蒂亞在吃早餐。她先是在當場侮辱了布蘭特的女友，然後又暗示艾蒂亞是個想要上我的床的妓女才會跟著我一起去洛杉磯。我受不了她的無理取鬧，所以我當場請她離開。」

「天啊，她聽起來像個瘋婆子似的。」米芮安整個臉都皺了起來。要不是愛麗安娜這兩天一直奪命連環 Call 她的話，她根本很難想像愛麗安娜會是個如此瘋狂的女人。「我想……應該是所有顏質太高的人被拒絕都會有這樣的反應吧？」她還以為像愛麗安娜這種老是吸引他人目光的女人，都會因為太過驕傲而不會在人前失態。

亞登不準備批評，更不想要回憶那些已經發生的事。特別是他的心情自從回來之後就沒有好過，他寧願把所有不好的記憶全都留在身後。

認識亞登的人都知道他是個十足十的工作狂，所以當他在工作的時候根本沒有人敢招惹他。特別是身為他的女朋友，米芮安以為愛娜安娜應該會更有分寸才對。所以她倒是驚訝聽到愛麗安娜不但打斷他的早餐會議，竟然還像是一個沒有安全感的女友似的，在眾人面前上演八點檔。「不過說真的，亞登。」米芮安為了擔心隔牆有耳，所以刻意地關上門並以較輕柔的語氣開口：「你這兩天到底去哪裡了？你沒有去參加任何我幫你安排的會議，也不回覆任何的電子郵件。不但連個電話都不接，就連一通簡訊也沒有。還有，你一個人消失也就算了，我竟然連艾蒂亞也找不到。飯店說你在星期五的時候就兩間房都退了。你應該慶幸我沒有告訴愛麗安娜這件事。」她只能想像愛麗安娜要是知道這樣的消息會有什麼樣的反應……米芮安跟亞登在一起工作那麼久，她一眼就看得出來亞登自從回來之後就變得不一樣了……「你們兩個到底怎麼了？」

光是想到艾蒂亞就讓他不自覺地微揚了嘴角。他並不準備回答米芮安的問題，但是他的表情卻說明了一切。

「天啊，亞登。」米芮安簡直不敢置信地睜大了眼：「你到底怎麼了？你從來不會在工作裡亂搞的！」

「我知道。」就連亞登自己都非常地清楚：「但只要我跟她在一起的時候，我就不能控制自己。」

米芮安翻了白眼，因為這樣的話聽起來像是一般男人的藉口，特別是當他們不用腦子思考的時候，只不過她從來沒有想過亞登會跟其它的男人一樣。「你知道她有個未婚夫，對吧？為什麼要去招惹她呢？她太單純了，根本玩不起你的遊戲，更不用說她還是我們新簽約的作者。你這麼一攪和，是期望我們未來要怎麼和她一起合作？」

「我並沒有在招惹她，」亞登坦白道：「我再認真不過了。」

雖然米芮安曾經看過亞登跟無數的女人交往過，但是見到他如此認真的表情倒還是第一次。試著不繼續鑽研亞登的私事，米芮安停頓了一會兒後才終於嘆了一口氣問道：「你要我接手她的案子嗎？我不認為你們兩個應該再繼續一起工作……」

「不要。」亞登很肯定地回答。花了好一會兒的時間才坦白道：「……那是我唯一可以跟她在一起的時間。」

米芮安在仔細研究亞登的表情後仍然感到不可置信：「你真的不是在開玩笑……」

「我不會開玩笑。」他就事論事地回答。

即便米芮安知道那是真的，她也只能夠想像這樣的關係對於亞登以及艾蒂亞來說會是什麼樣的感覺……「亞登，你不是一個吃飯不擦嘴的男人。把事情搞得這麼複雜更是一點都不像你的作風。那你現在要怎麼辦？」

「我不知道……」他玩弄著手裡的筆，任由思緒陷入沉思之中：「我告訴她我會等她。」

「等什麼？」她抬高了音量：「直到她為了你跟她的未婚夫分手？」米芮安簡直不敢相信亞登竟然會對艾蒂亞有如此的期待！「亞登，如果你甚至不能向任何人承諾的話，那對任何女人來說都是非常過分的要求。」

「我已經全部陷進去了。」亞登清楚地知道這已經是條他沒有辦法回頭的路。他不只願意給她所有的承諾，更已經準備好付出他的全部……

＊＊＊　　＊＊＊　　＊＊＊

「亞登，艾蒂亞來了。」

亞登在米芮安把艾蒂亞帶進他辦公室時從桌上抬起頭。自從他們從洛杉磯回來之後，雖然也只有短短的幾天沒有見到面，但那對他來說卻宛如隔世般的長久。他原本以為自己應該耐得住性子才對，但是他發現自己晚上根本睡不著覺，因為他無法不去想像她躺在傑森懷裡的樣子。他沒有辦法裝作若無其事，因為他所有的情緒幾乎快讓嫉妒所吞噬，想像力成了最讓他生不如死的折磨。也因為這樣，所以他不斷地讓自己超時地工作，試圖藉此來抹去腦中所有的影像。但是不管他再怎麼工作，他還是無法抹去那種她並不屬於他的絕望感。只要他稍有喘息的時候，他全身的肌肉像是上癮般地想要感受她在懷裡的感覺，以及渴望將她變成自己的女人……亞登向來以為自己是個十分有自制力的人，但在發現自己幾乎在崩潰邊緣的情況之下，只好迫不得已地假借編輯之名請她進公司工作。他向來看不起那些沒有自制力而讓自己成為癮君子的人，但如今看見艾蒂亞站在自己的面前，他才清楚地知道自己的身體有多麼地渴望她，竟也在不知不覺中成了一個名副其實的癮君子……

亞登停止了手中的所有工作並從椅子站起身，他的眼睛直直地鎖在艾蒂亞身上從來沒有離開過。「讓我們單獨談談。」他對米芮安說的話雖然出奇的冷靜，但身體卻是要花上極大的力量才可以壓抑住想要將艾蒂亞一把擁入懷裡的渴望。

像是讀出了他內心的想法，米芮安並沒有再多說什麼，因為亞登在過去幾天瘋狂工作的樣子早已到了慘不忍睹的局面。她不知道他究竟幾天沒睡了，因為他向來英俊的臉上再也掩不掉一臉的倦容。唯有剛剛她將艾蒂亞帶進來的時候，她才終於在亞登的眼裡看到一絲的生氣。雖然亞登曾經向她坦白說自己已經陷了進去，但米芮安從來沒有想過亞登會陷得這麼深。她識趣地轉身將所有的百葉窗閤上，並在出門時順手將辦公室門給鎖上。光是看著亞登臉上的表情，她就很確定他一點也不想要被任何人打擾。

亞登幾乎很慶幸米芮安可以讀取他的心思，因為看見艾蒂亞站在自己的面前，他才知道自己根本完全沒有辦法思考。他不知道自己到底想要做什麼，只感覺過去這幾天所感覺到的種種情緒全都在爆發邊緣般一觸即發。

「亞登……」

艾蒂亞甚至不確定自己應該出現在這裡。雖然他們早說好這段感情在離開洛杉磯的時候就應該結束，但是在那之後她的身體卻一直渴望他的碰觸。她遠比自己可以想像地更想他，無論是她的身體，理智還是她的心……她感覺自己像是個毒品上癮的人需要毒品似的渴望著他，即便她知道這是不對的，但是她卻完全不知道該如何克制自己的慾望，如何不想要更多……

在她還來不及開口說更多以前，亞登已經跨步地來到她的面前，並一把將她整個人拉進了懷裡。他傾身用吻鎖住了她的唇，傾注了過去幾天所累積的所有思念，但卻發現單單的吻根本無法平息他的體內所感受到的痛苦，反倒像是野火燎原般地激起了他體內所有的慾望。他不但想要更多，更加速了他的迫不及待。他這才意識到自己已經在心裡積壓了太多的情緒，如果他再找不到方法發洩的話，只怕自己真的會瘋掉。

他將她推向牆角並急著想要解放彼此。他完全無視她的抗議並急著想要感受她，以知道她與自己有同樣的感受……

「亞登……」這是讓艾蒂亞感到陌生的粗暴。雖然她覺得自己不應該，但是她更清楚自己的身體就像亞登一樣，渴望從他身上得到更多，想要感覺他填滿自己的體內……「不要……」她覺得自己好像口是心非般地試圖在一絲的喘息中提醒道：「我們在你的辦公室裡……」她在亞登的觸碰下根本完全沒有辦法正常思考，也知道自己的理性幾乎已經快蕩然無存了……

亞登從來沒有這麼迫切地想要一樣東西到他完全不在乎的程度。他沒有辦法很快地褪去她的衣服，在發現她穿著牛仔褲時更是反射性地低咒了聲。他翻過她的身子將她整個人壓在牆上，只是單手粗魯地扯下她的褲子至大腿處，便急著挺身從身後占有了她。艾蒂亞得要咬住自己的唇才可以阻止自己不要尖叫出聲，而亞登卻似乎一點也不在乎整個世界知道她是屬於他的……

也唯在當自己在她的體內時他才感覺到一抹解脫感。感受著她緊緊地包覆著他只是更加地提醒了他，這才是屬於他的地方。他緊接著低身咬了她的肩膀以懲罰她對他所做的一切，但更想要的是在她的身上留下屬於他的印記。他現在了解為什麼女人們總是喜歡在他的身上留下某種印記，因為他現在有著相同的渴望，想要向全世界宣告她是屬於他的。

他用雙臂將她固定在原地，讓她的雙臂緊緊地貼附在牆上。他粗暴又使力地將自己一次又一次地推進她的體內，快速地讓兩人顛覆慾望的高峰。他傾身吻住她的唇以阻止她失聲而叫，而一直以來累積在胸口的沮喪感，也終於在他解放自己時得到了釋放。

艾蒂亞傾身靠著牆以支撐自己，任由亞登深深地將自己埋在她的體內。她不知道自己應該怎麼做，但知道這樣的情慾正是他們此刻的身體最需要的。亞登雖然從來沒有這樣對待過她，但也正是最原始的渴望帶出了他們對彼此最真實的反應。亞登的手還是環在她的腰間，讓她保持著可以緊緊包覆自己的姿勢。他們彼此喘息著，似乎一點也不想從性愛的高潮中放開對方。她感覺到亞登環緊手臂並將她更往他的胸口摟緊，而痛苦的語調帶著一絲的沙啞：「……我好想妳。我不認為我可以再繼續這樣下去。我想要妳成為我的女人，我『需要』妳成為我的女人。」他將頭靠在她的頭上。「留下來陪我，」他再度請求道：「讓這成為我們的永遠。我不能再忍受自己去想像任何一個男人擁抱著妳並讓妳成為他的女人。」

淚水盈上她的眼眶，艾蒂亞雖然感受得到他的痛苦但卻不知道自己究竟該怎麼做。她傷害到太多的人，就連她的心都跟著碎了。感覺亞登深深地埋在自己的體內，艾蒂亞清楚地知道這才是屬於她的地方。但是她沒有勇氣敢跟傑森坦白自己的背叛，更不想傷他的心。她感覺自己對亞登陷得愈深，她就愈難告訴傑森真相。

艾蒂亞含著眼淚傾身靠著牆，聽見自己的心裡默默地對亞登說：我愛你……

雖然只是一秒的時間，她感覺亞登似乎已經聽見她未出口的話。他轉過她的臉並望進她的眼睛，似乎想從她的眼裡印證他剛剛所得到的感受似的。他緊接著如釋重負般地嘆了口氣，傾身用著她熟悉的方式，全心全意地吻上她的唇輕語：「……我也愛妳。」

＊＊＊　　＊＊＊　　＊＊＊

「艾蒂，妳還好嗎？自從妳回來之後就一直怪怪的。」

傑森在艾蒂亞深思時略帶擔憂地問道。她假裝了一個微笑，撇開臉試著避開傑森的眼神，以隱藏她內心的罪惡感。「我沒事……」她說謊道，不知道傑森是否可以感覺得到她的生命中已經有其它的男人存在。她的身體還記得亞登的碰觸，而肩膀上也還殘留著他幾天前所留下來的印記，身上他所留下的咬痕至今依舊如火般地燒進了她的體內，像是不停地在提醒著他的存在，以及宣誓著她是屬於他的女人。

艾蒂亞不知道自己究竟該如何跟傑森開口，又要如何對他坦白一切。

「妳看起來怪怪的……」傑森摸著她的額頭以測量她的體溫。艾蒂亞最近似乎因為身體不適而不願意與他有任何的親密關係。「或許我應該幫妳打個電話給醫生……」

「傑森，」艾蒂亞拉下他的手並再次說謊道：「我沒事。所以沒有必要去看醫生。」

「那麼或許妳應該打電話給出版社，暫時休息一陣子不要去出版社了。」他想道：「我覺得妳最近工作得太辛苦了，從洛杉磯回來之後又常常加班。」艾蒂亞幾乎每天都會去出版社，而且有時候還會加班到很晚。「或許妳因為操勞過度，只是需要休息一陣子？我很確定他們一定可以諒解的。」

「真的……」她低下了眼瞼以掩飾內心的罪惡感。她懷疑自己有辦法像現在這樣在亞登面前說謊……「沒事。正因為去洛杉磯認識了不少人，所以出版社想要打鐵趁熱地在年底以前讓書出版，所以這陣子才需要辛苦一點加班。」但她清楚地知道那只不過是個藉口罷了，事實是她早已完全地允許自己沉浸在情慾裡面而不能自拔了。她真心地覺得傑森發現她的出軌只不過是件遲早的事罷了……

「那麼，到底發生了什麼事？」雖然傑森並沒有像亞登一樣敏感的感官，但他絕對有一般男人的直覺。

「那是……」艾蒂亞雖然不想要一直對傑森說謊，但也無法對他說實話。「我覺得這所有的一切都讓人有點措手不及。我覺得每一件事都發生得太快。我只是不知道要如何一次消化這一切……」

像是她這些日子以來失常的舉動終於得到合理的解釋似的，傑森揚了嘴角並伸手摸了她的頭安撫道：「我知道這一切都發生得很快，真的會讓人有點措手不及更甚至是無法消化，但是我很確定一切都會沒事的。米芮安說亞登是業界裡最好的，而他似乎也很積極地想要把妳的故事推廣到娛樂影視，更甚至帶你到洛杉磯去認識所有的導演與製片。我相信事情發生一定有它的原因，或許你的故事在被出版成書以前會被先拍成電影。」

如果傑森知道我和亞登之間所發生的事，或許他就不會說出這樣的話……

一抹苦澀掠過她的心頭，艾蒂亞甚至不知道自己試著說些什麼。「傑森，我……」艾蒂亞遲疑地支吾道。每次只要她想要告訴他實話的時候，所有的話似乎總會全卡在她的喉間而讓她難以開口。「……我不認為我可以這麼做……」艾蒂亞不確定自己指的究竟是什麼……是她與他之間的關係呢？還是她與亞登之間的關係？無論如何，艾蒂亞雖然不想要欺騙傑森，但也同時發現自已早已離不開亞登……她從小到大一直都鄙視她的父親對婚姻的不忠，但不知道從什麼時候開始，她竟也讓自己變成了一個不忠的人？

無恥的我……艾蒂亞感受著內心的糾結暗想道。要是她到現在都不能夠真實地面對自己的情感的話，那麼她又怎麼會值得任何人來愛她呢？

「妳會沒事的。」看見艾蒂亞眼裡的痛，傑森誤以為她是因為過度擔心而安慰道：「妳向來都會沒事的。」

艾蒂亞只希望這句話是真的，因為她再也不相信自己這一次會真的沒事的全身而退……

＊＊＊　　＊＊＊　　＊＊＊

「亞登……」艾蒂亞坐在亞登身旁的位置，猶豫了好久這才終於開口說道：「我覺得在我把一切都釐清以前，我們最好不要再繼續見面……」

這些日子以來，艾蒂亞對傑森一直有種深深的罪惡感，使得她不再相信自己可以繼續維持與亞登這種地下化的戀情。亞蒂亞的心裡清楚地知道傑森是個好男人，他真的不應該這麼被對待……更何況她與亞登之間的情感原本就不應該發生，也理應僅限在他們在洛杉磯的日子而已，但共頻的感覺讓他們根本無法控制自己的情感，反倒只會愈陷愈深。這理應是他們旅行時的短暫插曲才對，但是她對亞登的感情自從回來之後卻反而日漸加深，反而讓傑森變得像是第三者的存在。此時的她早已陷得太深，以至於她再也不認為自己有辦法可以回到像過去一樣的日子，而內心那種左右為難的撕扯感更是讓她迷惘……她的猶疑不決不但對傑森不公平，對亞登也是同樣的感覺。她知道這該是她自己必須做出決定的時候，也相信自己一旦與亞登保持一點距離的話，或許腦子可以因此而理智一點以做出正確的決定……

看著艾蒂亞，亞登可以感覺到她內心的掙扎，也知道她會做出什麼樣的決定。雖然他從不想要讓她如此地左右為難，但是他開始發現自己一點也不想要與任何人分享她。他從椅子上站起身並輕輕地將她從椅子上拉起身，好讓自己可以望進她的眼睛。他伸手輕撫著她的臉，內心感受著她所體驗的掙扎：「我不想要讓妳如此的為難，」他說道：「但我不認為自己有辦法承受見不到妳的日子。」從洛杉磯回來的短短幾天已幾乎將他逼瘋。

「我……」腦子裡的混亂讓艾蒂亞根本不知道自己能說什麼：「傑森和我應該要開始著手計劃我們的婚禮才是，但是我滿腦子能想到的卻只有你。我不認為這是對的。或許你應該讓我跟米芮安一起工作一陣子，要不然就另外安排一個編輯給我，又或者你應該跟我解約讓我走……」艾蒂亞其實不知道自己有什麼計劃，但感覺距離或許可以讓他們彼此冷靜一點，並且不要再繼續這段不應該發生的地下戀情。

「妳所說的全都是我沒有辦法承諾妳的。」他的手輕撫著她的手臂，而他的視線順著他的手下滑至她的訂婚戒指上。他的手指把玩著它，而思緒則陷入沉思當中。「我很確定妳早就已經知道我不希望妳嫁給他，每天晚上讓妳回到他的身邊對我來說是同樣的煎熬。妳在這裡的時間成了我唯一可以與妳相處的時間，而我想要珍惜它的每一分鐘，所以妳不會有除了我以外的編輯，而我也不可能放手讓妳走，因為我不認為自己可以想像沒有妳的日子。除非……」他的手從她的手指回到她的手臂。每一個他的手觸及的地方都會不自覺地讓她回憶起每一個他們一起共享的夜晚。艾蒂亞知道他是故意的，因為他總是清楚地知道該如何地透過意念以及觸碰來誘惑她……「……妳是真心地希望我永遠不要出現在妳的生命當中。」

艾蒂亞將雙手貼在他的胸膛上，試著為兩人拉開一點距離，但卻發現任何的觸碰都只會更加地擦槍走火，讓阻止成了觸碰，反抗成了渴望……「我們應該在洛杉磯就結束的……」話雖這麼說，但她卻反而希望他能夠傾身吻她。

亞登揚了一抹性感的微笑，愛上自己對她的瞭如指掌，更清楚地知道她的內心對他的渴望。他從來沒有如此感謝過這種共頻的感覺，無法欺騙對方的能場讓他們像是生命共同體般地密不可分，而她渴望他的程度就如同他之於她一樣……他傾身吻上她的頸，順手地環上她的腰並將她抱坐在桌上。意識到她穿著裙子讓他臉上的笑容又擴大了幾分。他伸手緩緩地將她的裙子推高，讓自己可以自然地站在她的腿間。「……我不認為妳我之間會有所謂的結束。」他傾身吻上她的唇，技巧地讓氣息若有似無地掃過她頸間的敏感部位。「我想和妳創造的是永遠……」

「亞登，不要……」她的聲音虛弱得像是呻吟一般，而艾蒂亞可以感覺到那只讓他更加地興奮。

他喜歡逗弄她的感覺，總是能夠輕易地讓她想要期望更多。特別是與她相處的時間愈久，他似乎就更加地清楚如何勾起她的情慾。「……真的不要嗎？」他明知故問地輕咬上她的耳垂，但手早已探向她的敏感地帶，並逃逗她體內的每一個慾望。「如果妳真的希望我停止的話，我會住手……」說雖如此，但逗玩著她的手卻一點也沒有那樣的準備。

「亞登……」艾蒂亞感覺自己的身體開始燥熱，而理智再度漸失。亞登總有辦法讓她無法正常地思考。「這並不公平……」

「公平？」亞登咬上她的肩頭並扯開她的底褲：「艾蒂亞，我親愛的王后……妳應該清楚地知道，妳的身體是屬於我的，傑森從一開始就不會是我的對手。因為我是唯一可以讓妳的身體有這種感覺的男人……」就如同她之於他一樣。

艾蒂亞清楚地知道亞登說得沒錯，他總是可以瞬間混亂她腦子裡所有的思緒，並讓她的身子迫不及待地渴望他的進入……「別這樣。我們不能……不是在這裡……我們……在工作……」在他的觸碰底下，她甚至無法組成一個正常的句子。

「……而那從來沒有阻止過我想要妳的慾望。」亞登笑道。「當然，如果妳真的希望我停止的話……」

「亞登……」艾蒂亞不知道該說什麼，但每一道出口的聲音都不自覺地成了呻吟，只是更加地透露了她的慾望。

他技巧地解開了自己的褲頭並將她拉近一點以感受他明顯的慾望。「我的王后，」他性感的語調在她的唇邊挑逗著：「……我似乎總是要不夠妳。」

亞登在將自己挺身進入她的體內時順勢地鎖住了她的唇，封住了所有喉間急欲出口的呻吟。他將她緊緊地環在臂彎裡，吸吮著她身上所有的一切。他很確定的是，他永遠不想要結束的情感又叫他要如何停止呢？

# 第二十一章

「你真是讓我噁心……」

布蘭特在進入亞登的辦公室後，只是朝亞登與艾蒂亞睨了一眼之後便擰了臉對亞登說道。雖然亞登與艾蒂亞坐在辦公桌上一副若無其事的樣子，但是布蘭特向來對任何鬼鬼祟祟的事都特別的敏感……

「什麼？」亞登一臉無辜的樣子，而艾蒂亞則是低著頭試著掩飾臉上的羞紅。

「明眼人只要沒瞎的都聞得出來你們兩個人的不單純。」布蘭特嘖了聲後便順勢地在他們兩人之間的位置坐了下來。「那個，」他指著艾蒂亞：「是高潮後的紅暈。而你……」他指向亞登：「那是一臉『我剛剛做過』的笑容。拜託，亞登，你從來不是個會在辦公室裡做愛的人。她在身邊的時候你真的有辦法工作嗎？你現在的行為簡直像隻發情的種馬一樣。」

「我不像你一樣可以光明正大的把女朋友帶回家，她只有在工作的時間是屬於我的，所以我自然只能盡可能地把握僅有的時間，工作我自然會留到回家再做。」

「那也不能這樣把公司當旅館啊。要是有人闖進來怎麼辦？」

「門是鎖著的。」

「只要她來你就把門鎖上？那豈不是會更讓人起疑嗎？」

「我不介意。」事實上，亞登根本恨不得全世界的人都知道她是他的女人。

布蘭特翻了白眼，亞登的理所當然有時真的讓人招架不住：「你再怎麼想要眾所皆知，總也要顧慮到她的名譽吧？你難道沒有想過別人會怎麼看她嗎？」

亞登抿了嘴。他的確沒有想過別人會怎麼看她，因為他知道自己不會讓任何人影響到他對她的感覺。他沉了臉後說聲：「我很確定你不是來這裡質問我的。」

「不，我的確不是來質問你。」布蘭特翻了白眼又嘖聲道：「也不想要彈劾你，更不想要撞見你們在辦公室裡炒飯。但你們兩個從洛杉磯回來都好段時間了，真的需要好好地坐下來認真地處理這件事。妳覺得妳的未婚夫還要多久才會發現妳背著他偷男人？」布蘭特挑眉問了艾蒂亞後又轉向亞登：「還有，你甘願這麼成為她的地下情人多久的時間？這段感情如果真的是一時衝動的話，早在洛杉磯離開的時候就跟著結束了，但是你們顯然放不下對方才會到現在還糾纏在一起。你們和我都知道這是一段不可能結束的感情。既然是這樣的話，你們兩個為什麼不乾脆把身後的事情處理乾淨一點，那麼至少你們可以光明正大地在一起，也不需要這麼偷偷摸摸地只能在工作的時間擁有彼此，而且也可以讓少一點人跟著你們一起受苦。」

「我不想要傷害傑森……」艾蒂亞的聲音漸弱。

「喔，親愛的，他已經受傷了，好嗎？」布蘭特並不想要戳破她的泡泡，但這似乎是他唯一能夠扮演的角色。「是什麼讓妳以為這麼瞞著他會讓他覺得好過一點？特別是當他發現妳根本一點都不愛他，只是為了可憐他才跟他在一起？既然你的心都已經屬於別人的，又為什麼要讓他相信妳還愛著他？妳難道不覺得妳應該讓他自由，給他一個去尋找他的真愛的機會，妳知道的……一個真正愛他的人？沒錯，他很可能在妳告訴他真相的時候會很難過，但是等到有一天他找到屬於他的真愛時，他就會真心地感謝妳今天對他的坦白。為什麼就因為妳沒有勇氣去追求妳真正想要的，所以就要拉著每個人跟著妳一起妥協他們的人生？」

「布蘭特，放過她。」亞登打斷他的話，因為他看得出來艾蒂亞內心高漲的罪惡感，以及那種左右為難的難過。他握住了艾蒂亞的手：「……我們正試著找到解決這件事的方法。」

「那就快一點解決，可以嗎？」布蘭特揚高了眉頭。他的本意並不是要傷害艾蒂亞或是亞登，他只是恨透了看著兩個如此相愛的人卻不能夠在一起。他嘆了口氣並和緩了自己的語調，改望向亞登後問道：「你有準備要處理愛麗安娜的事嗎？」

但亞登很顯然地完完全全忘了愛麗安娜的存在。

像是早就預期會有這樣的結果似的，布蘭特也只能嘆一口氣提醒道：「你還記得愛麗安娜是你名正言順的女朋友吧？」布蘭特嘆了一口氣後接道：「愛麗安娜一直打電話給我，想知道你到底發生了什麼事？你不但不接她的電話，顯然從回來之後就一直沒有與她連絡，這樣一直避著不見只會讓她變得更加地歇斯底里。」光是看見亞登看艾蒂亞的模樣，布蘭特就清楚地知道他的心根本容不下另外一個女人。「如果愛麗安娜不是你的命中註定，我覺得你應該儘早讓她知道，而不是這樣裝死般地繼續拖下去。」他於是又轉頭望向艾蒂亞補充道：「妳也一樣，儘早把這一團混亂處理乾淨，那麼你們才有時間去發掘自己是否真的適合對方，而不是把所有的時間都浪費在罪惡感上，這樣你們根本沒有辦法去正視自己的感覺。在你們這段關係裡面已經有太多的人受傷了，不要再為任何人製造更多的痛苦了。」

雖然他們都知道自己應該做什麼，但他們卻沒有人有足夠的勇氣去面對自己應該要做的事。當兩個人的心都屬於彼此的時候，愛情不應該這麼複雜才對……

意識到他們兩人都深陷在沉思當中，布蘭特嘆了口氣：「我很抱歉我在這裡得扮黑臉，但我真的希望你們可以快樂。」

***　***　***

「亞登，」米芮安有點憂心地望著亞登，花了好一會兒的時間才接口：「我覺得你最好讓我從現在開始接手艾蒂亞的案子。」

這裡是市中心挺有名的餐廳，但是米芮安看得出來亞登的心思根本不在他的身上。事實上，只要艾蒂亞不在的時候，這樣的狀態幾乎成了他的常態。感覺艾蒂亞只要一不在他的身邊，他的靈魂就像是整個被抽乾似的。他變得易怒又不容易專心。米芮安甚至懷疑他回到家後是否可以好好的休息，因為他每天總是很早進公司並期望可以看到艾蒂亞。米芮安自從認識亞登以來就從來沒有見過他這個樣子，他遠比她意識到的更成了一個十足十的癮君子。

「我做不到。」亞登看著自己酒杯，並搖晃著杯子看著裡頭的酒順著杯子旋轉著，顯然一點胃口也沒有。雖然他跟艾蒂亞在一起的時候總是可以感覺到特別多，但是只要她一不在的時候他似乎也跟著失去所有的感覺。特別是現在的他清楚地知道自己要什麼之後，他不知道自己又要如何回到以前那樣的生活？他輕啜了一口酒，一點也嚐不到酒的味道。這向來是他最喜歡的紅酒，他懷疑服務生這次是否不小心拿錯了酒。「那是我唯一可以跟她相處的時間，我不想要她跟除了我以外的任何人工作。」

「亞登，」米芮安是真的擔心他，因為這個局面遠比她當初預期的還要來得糟糕。「她是個快要結婚的人，你不應該再介入他們兩個中間。此外，公司裡的人開始懷疑你跟艾蒂亞的關係究竟是怎麼回事。你幾乎只要她在的時候就不太接見任何人。亞登，」米芮安傾了身子嚴肅地望向亞登：「這一點都不像你。我知道你一點也不在乎別人發現了什麼，但是謠言不會善待艾蒂亞的。人們會以為她是透過跟你上床才讓她的書出版的。又或者她未來成就了什麼也不會認為是因為她的才能，而是因為跟你陪睡得來的。」

「我再也不知道我應該是什麼樣子。」亞登坦白道。只要跟她在一起，他似乎就沒有辦法像以往一樣的冷靜。但他唯一很確定的是：「我不要她嫁給他。我不想要她每天晚上都必須回到他的身邊。只要一想到她在別人的懷裡，我根本就沒有辦法入睡。我不知道在我還沒有發瘋以前，我還可以允許這樣的情況繼續下去多久？」

「或許給彼此一點空間可以讓你的腦子清楚一點？」米芮安建議道。「至少，給你自己一點時間先去處理你和愛麗安娜之間的事。如果你到最後還是覺得艾蒂亞是你在找的那個人，那麼至少你不會因為腦子裡還想著另一段情感而覺得有所負擔。」

「愛麗安娜從來就沒有在我的腦子裡出現過，」亞登像是在陳述一件事實似地回答。「但我會找個時間跟她把一切說清楚。」

「那麼讓我在你把一切都釐清之前先接手艾蒂亞的案子吧。又或者至少，等到所有的流言蜚語都比較平靜之後。」

亞登看著杯中的酒，陷入自己的沉思之中。雖然他不想要這麼做，但是他開始認真地思考米芮安的建議。因為不管他有多麼想要這段關係，他的確需要考量到艾蒂亞名譽。特別是當他身處在一個殘忍的行業裡，如果人們真的相信她是睡上來的，那麼她未來的所有努力都將會很容易被忽視……

「嗨，米芮安……」

一道突而其來的聲音倏然地打斷亞登的思緒。他抬起頭朝聲音的方向望去，驚訝地看到艾蒂亞與傑森站在自己的眼前。一旁的服務生顯然正在幫他們帶位，而傑森則是在經過時剛好注意到米芮安。

「好巧，」當所有的人都感到有點尷尬與不舒服時，傑森似乎反倒很高興這樣的不期而遇。他轉向亞登開了個玩笑：「你們這個時間還在工作嗎？如果你們一直在談公事的話，可是會浪費掉這裡的美味食物。」

米芮安揚了一抹尷尬的微笑：「我們還有很多的工作要趕進度。」

「我聽說了，」傑森點頭道：「艾蒂亞這陣子也常常到你們公司加班，聽說要趕出版期限。」

亞登望向艾蒂亞，注意到她刻意避開他的視線。因為也只有他們清楚地知道這些所謂的「加班」究竟實際完成了多少的工作……

「傑森，」艾蒂亞拉了下傑森，恨不得想要儘快離開這個地方……因為知道亞登可以輕易地看見她眼裡的罪惡感，反倒讓她更沒有辦法去正視亞登。「服務生還在等我們帶位……」

「對喔，」傑森點點頭。「那我們就不打擾你們開會了……」

「嗯。」米芮安也不知道自己該說什麼，但是她清楚地知道亞登與艾蒂亞不應該在這個時候同坐在一張桌子上。「我希望你們可以享受……」

「你們何不坐下來跟我們一起吃飯？」

亞登突而其來的邀請讓在場的每一個人都有點措手不及。而艾蒂亞與米芮安更是明顯地覺得這不是一個好的主意。

「不了，」傑森不確定地回答：「我們不應該……」

「坐下吧。」亞登向一旁的服務生伸手並指示她為傑森和艾蒂亞重新安排餐具。「我們動用了艾蒂亞許多私人的時間，就讓我們請你們吃這一頓晚餐以補償我們所占用的時間。」

「亞登……」米芮安壓低了音量，她的手還特意在桌下拉了他一下，試著警告亞登他這是在玩火的舉動。

「傑森，我們不應該……」亞蒂亞同樣地也拉著傑森，請求著他離開。知道自己在亞登面前根本無所遁形，她完全不想要在這樣的情況下同時去面對傑森與亞登。當初之所以來到這間餐廳，是因為她好不容易鼓起了勇氣想跟傑森好好地把話說清楚，所以她此刻最不需要的就是亞登出現在她的面前。

「坐。」亞登再說了次，起身拉開自己身旁的椅子讓艾蒂亞坐下。「我堅持。」他語帶暗示地看著艾蒂亞：「特別是在我要求妳加那麼多次班以後。」

「那麼，如果你們不會覺得麻煩的話……」其實傑森老早就想要多認識艾蒂亞的出版社一點。

「亞登，」米芮安試著壓低音量提醒他：「你確定……」

「當然不會，」亞登看著傑森回答道，刻意地忽視米芮安的問題。「如你所說，我們完全浪費了這裡的美味。我們需要有人來讓我們不要再繼續討論工作的事。」

傑森似乎很高興接受亞登的邀請。他毫不客氣地便在亞登對面的椅子坐了下來，反倒是艾蒂亞還站在原地，不知道自己究竟該怎麼辦？她不知道為什麼亞登要如此對她，但是她真的不認為自己有辦法像他一樣裝出一副他們之間什麼事都沒有發生的模樣。

「我會為你們拿一些盤子和餐具過來。」一旁的服務生將手中的菜單放在他們的座位之後便轉身去為他們安排餐具。

「請坐下來吧。」注意到艾蒂亞根本沒有坐下來的打算，亞登和緩了語調說道：「我發誓我不會拿工作的事來煩妳。」

「傑森，」知道自己的身體已經開始對他產生反應，艾蒂亞拒絕望向亞登，因為她知道他總是能夠清楚地體驗到她所有的感受：「我不認為這是一個好主意……」

「別傻了，艾蒂。」傑森笑道。「如果妳沒有辦法跟他們一起共進晚餐的話，那妳要怎麼跟他們一起工作？妳未來還有一整套系列要與他們合作呢。」

「傑森說的沒錯。」亞登將視線鎖在她的臉上。「如果你沒有辦法和我們共進晚餐的話，又要如何與我們共事呢？我發誓，我不會咬人。」

艾蒂亞遲疑了許久，這才百般不願地在亞登為她拉開的位置上坐了下來。似乎很高興看見艾蒂亞妥協，亞登再度回到自己的座位。他緊接著為每個人倒了杯酒，而伸展在桌底下的長腿也順理成章地觸碰著艾蒂亞的腿。他再度啜了口杯中的酒，這一次口中的酒再度回歸到以往順口飽滿的味道。這終究還是他喜歡的酒，又或許遠比他記憶中還要美味十倍。

「這將會是一個很棒的夜晚……」他嘆了聲，任由膝蓋蹭著艾蒂亞的腿。當所有的人都深陷在自己的思緒同時，傑森似乎成了整個桌子上唯一不知道發生什麼事的人……

＊＊＊　＊＊＊　＊＊＊

這是一個糟到不可能再糟的夜晚……

艾蒂亞嚐不到食物的味道，也無法去了解他們一整個晚上到底討論過什麼樣的對話。她唯一可以感覺到的是亞登在桌子底下磨蹭她的腿，以及他滿腦子在想著要如何愛撫她的念頭……

「……那個時候的艾蒂每天都會感覺到有人在碰她。有時候一天還會感覺到好幾次。在她還沒有把這些書寫出來之前，她幾乎都要瘋了。她甚至以為自己背著我精神出軌似的……」傑森開玩笑似地輕描淡寫道。

亞登望向艾蒂亞，感受到那段日子對她來說有多難熬。如果他從未錯過她，或許她就不需要經歷那麼多的痛苦。他轉頭望向傑森，天知道他有多麼嫉妒他的位置。雖然亞登早已經知道答案，但他還是問道：「我很好奇是誰在碰她。」

「那個時候的她根本不知道那個人是誰，」傑森回答道：「但如果你讀過書的話，你會以為那個人是法老王……叫阿卡什麼的。」

聽見傑森引述書裡的角色讓亞登不禁感到好奇，因為白人向來不相信輪迴轉世。這樣的觀念並不存在他們的教育認知裡頭。這使得亞登忍不住問道：「你相信輪迴嗎？」

傑森聳聳肩。「我不知道該相信什麼。但是你難道不覺得她如何把書寫出來是件非常有趣的事嗎？」

「我的確這麼覺得。」他再度望向艾蒂亞一眼後，便又將所有的視線轉回到傑森身上。「我只是很好奇，如果輪迴是真的，那麼你在書裡面的角色會是什麼？」

「嗯，根據書裡的角色，我應該是……」

「我要去上廁所。」艾蒂亞決定要打斷他們的對話，不確定自己可以繼續在亞登面前聆聽傑森討論她的事。因為這一整個畫面都是錯的，她暗想道。她不應該在這裡，也不應該讓這兩個男人同時出現在她面前。她倏然地從椅子上站起身，只是停頓了一會兒後便很快地轉身朝廁所的方向走去。她需要找個地方躲起來。艾蒂亞不知道自己究竟可以在廁所裡躲多久，但至少可以躲到她重新整理好自己思緒的時候。

艾蒂亞如此突而其來的舉動讓每個人都有點不知道做何反應。但是亞登幾乎是立馬掏出了手機並緊跟著從椅子上站起身。「對不起，女朋友的電話。」他說謊道：「得在她發瘋以前回電給她。等我回來的時候記得再繼續你剛剛的故事。」他於是假裝在講電話似地跟隨著艾蒂亞的腳步，朝著廁所的方向走去。

看著亞登消失在視線範圍之外，傑森似乎也不覺得多疑。他轉過頭望向米芮安並開玩笑道：「實在很難想像他如果沒有立刻回電的話，他的女朋友會有什麼樣的反應？因為像她那麼火辣的女人，應該不可能會沒有安全感。」

米芮安回給他一抹尷尬的笑容。知道亞登在打什麼主意，她反倒對傑森的一無所知感到抱歉。不過至少，她不需要對接下來的事說謊……「愛麗安娜是個有點難搞的女朋友，她有時候真的挺麻煩的。亞登若是不馬上回電的話，她真的會像瘋了一樣。」

傑森聳肩笑道：「誰知道呢？真的很難想像……」

***　　***　　***

這間豪華餐廳的廁所是一整排男女通用的獨立洗手間，這讓艾蒂亞覺得自己至少可以有點私人空間好讓她暫時遠離所有的事。正當她伸手開門的時候，一道力量卻從身後將她整個人推進了門內並順勢地鎖上身後的門。在艾蒂亞還未能做任何反應以前，亞登早已將她整個人拉進了臂彎裡並緊緊地將她擁在懷裡。他一整個晚上都想要抱她，他只想要感受她在臂彎裡的感覺……

「亞登，」艾蒂亞想要說些什麼，但是他的唇早已吻住了她並鎖住她所有未能出口的話。

「亞登……」艾蒂亞只能從他的吻中強擠出幾個字。「別……」

「跟我在一起，」他請求道。「我不認為我可以再繼續這樣下去。我需要妳成為我的人。如果妳沒有辦法開口告訴他有關我的事，那麼我可以……」

「不要……」艾蒂亞不知道她究竟想要他停止什麼。「我不能……」

「妳不能繼續一直欺騙妳自己。」他將她轉過身以強迫她去正視鏡子裡的自己，讓她可以清楚地看到自己的身體是如何反應他的每一個觸碰。「看看妳，」他的手從她的胸部下滑至她的大腿：「看看我們。妳的身體渴望著我的每一個觸碰。妳對我的渴望就像我渴望妳一樣。妳是屬於我的人，不是他的。」像是要宣告主權似的，他順勢地拉高了她的裙子。

儘管艾蒂亞想要阻止他，但她的身體卻與她的理智做出完全不一樣的反應。她在鏡子裡看見自己的反射，並注意到她體內的女人無時不刻地想要感受他的存在。她懷疑亞登體內的男人是否也為他製造出相同的渴望……

無視她的抗議，亞登粗暴地扯下她的底褲，二話不說地便從身後填滿她的身體，讓艾蒂亞只能反射性地握住洗手檯以尋求支撐。像是在懲罰她似的，他用手搓揉著她的胸部，另一隻手則強摟著她的腰讓自己可以更加地深入她。亞登扯下她的上衣再度咬上她的背，以極快又粗野的動作將兩人推上情慾的高峰。亞登粗暴的動作刻意地想讓艾蒂亞失聲而叫，而她得要緊咬著唇才可以避免自己不要發出任何的聲音。亞登在她的體內完全地釋放了自己的沮喪與慾望，並感受著她是如何緊緊地包覆著他。他一整晚都想要占有她，他想要能夠向眾人公布她是他的女人。

但在激情過後，他所感受到的卻是滿滿的沮喪……「我到底要怎麼做才可以讓妳變成我的女人？」他將頭靠在她的背後，聲音裡滿是痛苦。而環在她腰間的手臂一點也不準備放手。

感覺他深深地埋在她的體內並看著鏡子裡的自己，艾蒂亞清楚地知道她一直以來都是他的人，她只是從來不認為自己有足夠的勇氣可以坦白自己的罪並向與傑森分手。傑森是一個很好的男人，他真的不值得這麼被對待……

「不要嫁給他。」他再次要求道。「等我跟愛麗安娜分手之後，讓我去跟他說。妳並不需要去面對他……」

「那是不對的……」淚水滑下她的臉頰。她不應該讓亞登來處理她所製造出來的混亂。

亞登將她轉過身，並用雙手握住她的臉，輕柔地為她拭去臉上的淚水。他望進她的眼裡，她是他唯一看得到的女人。「這，才是不對的。」他傾身吻上她的唇，他的心從來沒有像跟她在一起時這樣的脆弱過。「我愛妳，艾蒂亞。隱藏我對妳的愛才是我最不應該做的錯誤。如果妳不能對他坦承我的事，那麼就由我來做。我不能再等下去了，我不會讓妳嫁給他。」

當他落句，他像是下了什麼決心似地放開了她，並很快地整理了自己的衣服轉身走出了門外，獨留艾蒂亞一個人衣衫襤褸地站在原地。她此刻的腦子遠比她剛剛進來以前還要更加的混亂，艾蒂亞擔心亞登在她還沒有辦法打理好自己以前，就會去跟傑森攤牌。淚水覆上她的臉，艾蒂亞再也不知道在她全身都沾染了亞登的味道之後，又要如何再回去若無其事地面對傑森。她轉頭看見鏡子裡的自己，似乎看到她體內的女人再度浮現並告訴她說：讓他將所有的事歸正到屬於它們的地方。妳是屬於他的……

「我錯過了什麼？」

***　　***　　***

當亞登回到桌子的時候看見傑森正興奮地跟米芮安說些什麼事。他的確是帶著決心想要來跟傑森攤牌，但大老遠就看見米芮安使給他一個「別亂來」的眼色。所以他只好調整了自己的表情，改問了句。

傑森望向他並再次重覆道：「我是說你跟米芮安應該來參加我們的婚禮。你們幫了艾蒂亞這麼大的忙，我很確定她會很希望你們也能夠在場。」

婚禮……亞登停頓了一會兒，知道那是他永遠不會允許發生的事。但他還是勉強佯裝了一抹微笑並坐回自己的位置。「我們會很樂意。」他注意到米芮安朝他丟了抹不認同的眼神，但是他選擇不去理會她，並順手又為自己倒了一杯酒。

「我很確定艾蒂亞會很興奮的。」傑森為她開口道。「對了，你的女朋友還好吧？」

女朋友？亞登花了幾秒的時間才意識到傑森指的是什麼。他聳聳肩，早忘了他應該是要打電話給愛麗安娜才對。「呃，你知道的。女朋友都是那個樣子。」

「嗯，你看起來挺糟的。」傑森注意到他的頭髮顯得有點凌亂：「那一定是通挺煩心的電話吧。」

亞登很快地用手理了下頭髮後接口：「誰叫我有一個很難被說服的女朋友。我很確定你跟艾蒂亞一定沒有這樣的問題。」他於是拿起酒杯一口灌盡了杯中的酒。眼角注意到艾蒂亞正朝他們的方向走來。

「那是你沒有見過她心情不好的時候吧……」

「傑森……」艾蒂亞來到傑森的身後，並傾身在他的耳邊低語：「我想要回家。我不太舒服……」她甚至沒有辦法讓自己正眼看亞登。她的臉還因為稍早的高潮而暈紅，不管她洗了幾次的臉似乎都沒有辦法讓自己降溫。

「妳還好嗎？」傑森略帶擔心地望向艾蒂亞。「妳的臉好紅。」傑森伸手觸向她的臉：「妳的臉好燙。」

「我不太舒服。」她拉下傑森的手並說謊道：「只是需要一點休息。我們可以現在離開嗎？」她再度問了一次，淚水還含在眼眶之中。

「但是……」傑森感到抱歉地轉頭望向亞登與米芮安，因為要突然離開而感到失禮。

「為什麼不讓我……」亞登想要說些什麼，但很快地就讓米芮安按住他的手給制止住。

「別擔心我們，」米芮安對傑森說道：「帳單交給我們。你應該先帶艾蒂亞回家，她看起來真的很不舒服。」她於是又轉向艾蒂亞確認道：「艾蒂亞，必要的話就多花一點時間在家休息，妳這陣子可以不要進公司。我們大致都掌控好了。我們未來還要和妳合作好長的一段時間，所以寧願妳先好好地照顧好自己。」

在米芮安確認之後，傑森很快地從椅子上站起來扶著艾蒂亞。「真的很抱歉，」他一邊收拾著艾蒂亞的東西一邊抱歉道：「下次讓我請你們吃飯吧。如果你們不介意的話，那麼我就先帶她回去了。」

米芮安點頭後便看著傑森快速地將艾蒂亞摟在懷裡走出餐廳之外。也是一直等到他們完全地消失在視線之外，米芮安這才終於轉向亞登嘖聲道：「我覺得你這次真的是過分逾越了。」

亞登知道自己的確是過分了，但是當嫉妒的感覺逐漸地將他活活地吞噬之際，他又要如何自制……

# 第二十二章

「天啊，你看起來像屎一樣！」布蘭特在亞登為他開門的時候說道，但在他跟著莉莉亞進入到亞登的公寓時整個臉又擰了起來。「聞起來也沒什麼兩樣！」亞登從來就不是一個蓬頭垢面的人，更不可能會讓整個公寓髒亂得像個十足十的單身漢一樣。他向來都以為亞登是個潔癖狂，但他現在所看到的景象顯然印證了這些日子以來他的認知是完全錯誤的。

「你到底是怎麼了？」布蘭特走去為他開了些窗戶以幫助屋子裡透氣。他才一轉身便看見亞登整個人躺進了沙發裡。「讓我猜猜看……」他走向亞登並在他身旁的位置坐了下來。「你跟艾蒂亞分手了？還是被甩了？」男人通常只有在心碎的時候才會看起來如此的狼狽，而全天下也只有一個人有辦法傷到亞登的心。

「她不願意接我的電話、簡訊或是任何通訊。」亞登沮喪地抓了頭。「她甚至不願意再進到公司。米芮安拒絕幫我打電話，還叫她在家裡休息一陣子，但感覺她已經決定要完完全全地從我的生命中消失。」

「天啊，你到底對她做了什麼？」

亞登緊抿著嘴沒有開口，但光從他的臉上就知道他鐵定做了什麼卑鄙又無恥的事。

莉莉亞在布蘭特的身旁坐了下來，一直過了好一會兒才終於批評道：「……你不應該在傑森也在場的時候對她做那種事。」莉莉亞很顯然地已經知道那天在餐廳裡發生的事。

「天啊，」雖然布蘭特不知道發生了什麼事，但是以他對亞登的認知，一點都不難猜他會做出什麼瘋狂的舉動。布蘭特望著亞登深抽了一口氣：「你到底在想什麼？你不會做出讓你所愛的女人難堪的事吧？而且如果是你自己選擇要成為她的地下情人，那麼就更不應該讓她在未婚夫面前下不了臺！你到底是怎麼了？你向來都有很好的自制力才對啊？」

「我不知道我到底怎麼了！」亞登坦白道。「我沒有辦法思考，而且總是感覺到焦躁不安。我迫不及待地想要她成為我的女人，而且愈來愈不能接受她每晚必須回到他的身邊。我從來沒有過這樣的感覺！我感覺整個人像是要被嫉妒吞噬似的……」

布蘭特嘆了一口氣：「那是因為你從來沒有真正地愛上一個人過吧。」

亞登知道布蘭特說得沒錯，他從來沒有對那些曾經交往過的女人有過跟艾蒂亞一樣的感覺。「我現在該怎麼辦？」他感覺整個人像是被擊垮似的。「我不能忍受她選擇離開我生命的想法。我想要去找她，但又害怕會把現在這個情況弄得更糟。我……」就像每一個第一次感受到心碎的人一樣，亞登是真的不知道該怎麼辦？

「至少，你現在知道愛麗安娜，還有那些曾經讓你傷害過的女人跟你在一起的時候是什麼樣的感覺。」

亞登或許以前根本不相信所謂的因果報應，但此刻的他卻開始相信因果永遠會找到回來的路……

莉莉亞一直保持著沉默沒有開口。因為她對艾蒂亞發過誓說她絕對不會對任何人說有關她的事，包括布蘭特在內。但是她不知道為什麼兩個如此相愛的人竟然會選擇這樣折磨自己。亞登與艾蒂亞很顯然地沒有辦法失去對方。儘管艾蒂亞始終相信自己不應該傷害傑森，但是莉莉亞真的覺得艾蒂亞應該選擇一個她很可能一輩子也不會再遇到的真愛……

「艾蒂亞要是知道我告訴你的話，鐵定會殺了我的……」莉莉亞在掙扎了許久後喃喃自語道。她太清楚艾蒂亞在這些日子以來受到什麼樣的折磨……當她再抬起頭的時候，她可以看見單是艾蒂亞的名字就足以吸引了亞登的所有注意力。她嘆了一口氣，只能說服自己，她這麼做都是為了艾蒂亞的快樂……「她這些日子以來的感官變得更加的敏感了。她再也沒有辦法關閉任何的頻道，只能讓那些感官日以繼夜地困擾著她。她根本沒有辦法睡覺也害怕出門。她甚至考慮要不要把自己送進精神病院。她喜歡說，她體內那個極度需要你的女人快要讓她捉狂，但是我覺得……」她望進亞登的眼睛：「『她』才是需要你的那個人。一直用『她體內的女人』來形容她對你的渴望可以多少減少她對傑森的罪惡感。她沒有辦法讓自己去正視她真正需要的東西。艾蒂亞的童年過得比別人辛苦，以至於她從來不相信自己值得在生命中擁有任何好的事物。她總是覺得自己需要不斷地妥協她的人生。這很可能是為什麼她會不斷地說服自己跟傑森定下來，而不要跟你在一起的原因……」

光是想像艾蒂亞此刻的感受就足以讓亞登的心沉了大半。雖然沒有她的日子讓他難以忍受，但是艾蒂亞異於常人的感官卻可以讓她的日子比他更糟上十倍。

「莉莉亞，」亞登花了許久的時間才終於開口問道：「妳是否可以幫我一個忙……」

***　　***　　***

要是她有辦法可以形容她所體驗的是什麼樣的感覺的話……

艾蒂亞以為讓自己遠離亞登可以幫助她釐清所有的思緒，但到頭來卻發現那只是讓她變得更加的混亂。隨著日子的流逝，她體內的女人反而更加迫切地想要見到亞登。她像個癮君子渴望毒品一般地抗議艾蒂亞將她困在這裡。她的身體總是處在一種燥熱的狀態，而心跳也比往常還要快了許多。血液總是不時地在她的皮脂下竄流著，就好像她喝了十幾杯的濃縮咖啡似的。她可以在任何地方看見任何的東西，家裡也總是擠滿了來自各個次元的靈體。如果她曾經以為她在寫書以前所經歷的一切已經是最糟了，現在的體驗簡直比那個時候還要糟個十倍……

妳不應該抗拒自己的感受……

住嘴！艾蒂亞再也不在乎究竟是誰在跟她說話，她只想要所有的聲音都消失。這個情況都已經持續好幾個禮拜了，但是他們從來沒有住嘴過。

妳需要去見他……

住嘴！

要不妳乾脆幫我去找到我的愛人，並跟她說我過得很好……

住嘴——

艾蒂亞閉上了眼睛並用手摀住了自己的耳朵，不能理解為什麼他們不能夠放過她！隨著所有的感官全都蜂湧而上，而過去的影像又總是不斷地與這輩子的影像重疊，她感覺自己真的快要發瘋了！而更糟的是，她根本沒有可以傾訴的對象，也沒有人可以真正地了解她所經歷的究竟是什麼。傑森不知道他可以怎麼幫她。雖然她試著與莉莉亞分享自己的感覺，但是艾蒂亞知道莉莉亞始終也只能想像，而沒有辦法完全地理解她的感受……

叮噹——

門鈴聲斷然地拉回了艾蒂亞的思緒。莉莉亞稍早的時候打過電話給她，說會為她買一些外帶並過來陪她。此刻的艾蒂亞的確需要一些人類來轉移她的注意力。要不然光是這麼一天到晚聆聽所有的靈體跟她說話，她很可能再也分不清真正的現實到底是什麼。

她打開了門期望自己看到莉莉亞，但是門後所出現的人影卻讓她幾乎立刻想要把門給甩上。亞登很快地便阻止了艾蒂亞關門。雖然莉莉亞有提過她的情況很不好，但是他卻從來沒有想過會比他想像的還要來得糟。

他使力地將門推開。只花了一秒的時間便讓足以讓他感受到艾蒂亞的所有體驗。她的心跳快得離譜，而血液急速地竄流著，她整個人的振動是如此的焦燥不安，亞登懷疑她是不是已經有好幾天沒有好好地休息……

還有那莫名其妙的擁擠感……亞登蹙起了眉頭。他到底感覺到了什麼？明明她的家裡空無一人，但為什麼他卻覺得自己好像是被擠在尖峰時段的紐約地鐵裡？

「滾出去！」艾蒂亞對他嘶吼道，彷彿沒有辦法衡量自己的音量似的。

亞登感覺她像是在爆炸邊緣一般。雖然他這些日子因為無法感受而感到沮喪，也幾乎快讓嫉妒吞噬，但是艾蒂亞所承受的顯然是完全沒有人可以理解的事。

他想要靠近她，但她卻伸出雙手將他推開，她虛弱得幾乎沒有辦法對他產生任何的影響。就連她握起雙拳揍他的胸膛，亞登竟然一點感覺也沒有。

「滾……」淚水落下她的臉頰，艾蒂亞恨透了自己沒有辦法使他離開。她竭盡所能地想要讓自己戒掉他，但他只要一出現便讓她整個前功盡棄……「求你……離開……」

亞登再也無法忍受這個樣子的她。他強行地握住她的手腕，一把便將她整個人拉進了懷裡，並用雙臂將她緊緊地擁在胸口。「我很抱歉……」他在她的頭上道歉道，聲音裡是滿滿的心疼。「我不是故意要傷害妳。」

然而就只是這麼一個簡單的動作……這幾個禮拜以來她不管用了什麼方法也沒有辦法移除的感官，似乎在他懷裡的那一瞬間開始，便成了她一直渴望的寧靜與安靜。這樣的察覺讓她幾乎在瞬間完全的崩潰。因為身前這個她盡其所能想要逃避的人，竟然是唯一可以拯救她而不讓她發瘋的人。

淚水像是決堤般地湧出她的眼眶，他寬闊的胸膛再度成了她唯一的避風港。她再也沒有辦法將他推開，因為這是她這些日子以來求之不得的寧靜。她全身的肌肉頓時變得無力，而他的臂膀及胸膛成了支撐她站著的唯一支柱。如果他真是她生命裡的少不了的支柱的話，那麼她究竟又要如何離開這個男人？

像是聽見她未出口的話，她感覺到亞登環緊了雙臂並在她的頭上輕語：「……就如同妳之於我一樣。」

感受著她在自己的懷裡，亞登從來沒有想過一個簡單的擁抱竟然足以療癒他這些日子以來所承受的痛苦。「我真的很抱歉……」他是真心全意地道歉：「我不應該急著將妳推去面對妳還沒有準備好的事。我答應會給妳需要的時間與空間，但是求求妳……」他請求道：「不要再從我的生命中消失了。」

艾蒂亞知道她並不是真的想要消失，她只是不知道該怎麼做。她向來習慣自己一個人釐清所有的問題，所以她以為這一次她也一定可以自己一個人想出辦法。

「不要自己一個人來決定我們的未來。」他請求道：「讓我們一起想辦法吧。我會先去處理我與愛麗安娜的關係，而在那之後我會回來與你一起去面對傑森的問題。讓我來打理好我們的一切。妳再也不需要一個人去面對任何事。」他提醒道：「從現在開始妳會一直有我陪在妳的身邊。」

艾蒂亞沒有辦法開口說任何的話，只能允許自己在他的懷裡哭泣。從來沒有人在她需要的時候會在她的身邊陪她。雖然過去她也曾經被給予過許多的承諾，但是從來沒有一個人可以真正地履行這樣的諾言。她真的幸運到可以找到一個人來照顧她？她真的值得擁有她一直想要的愛嗎？

亞登再次環緊雙臂以做為回應。他接著將她輕輕地推開，並用雙手捧住她的臉，輕柔地為她拭去臉上的淚水。她的眼淚總是讓他感到同樣的心痛。「我的愛，」他輕喚道：「我的王后，請恩賜我這夢寐以求的愛，我承諾在有生之年都將為妳奉獻出我的全部。」

他傾身用盡所有的情感吻上她的唇。也正是他們在此刻所感受到的完整讓他們清楚地知道，不管他們的前世究竟是誰，他們這輩子對彼此的感覺才是最重要的。因為他們的心將永遠帶領著他們去找到真正屬於自己的地方……

***　　***　　***

「你說什麼？」

此刻坐在餐廳裡，愛麗安娜還是不能相信自己所聽到的。她睜大了眼睛，遲遲無法消化亞登剛剛說的話。她以為亞登終於原諒她，所以才會打電話給她，並約了他們最喜歡的餐廳見面。但是她從來沒有想過亞登竟然會想要跟她分手。她以為他們終於可以回到以前的樣子……雖然她知道亞登是個十足十的工作狂，而且這一次她是真的搞砸了，但是愛麗安娜萬萬也沒有想到那會糟到讓他決定要跟她分手……

「我覺得……」亞登最後還是決定親口告訴愛麗安娜。特別是在跟艾蒂亞的事情之後，他決定自己再不喜歡對方也需要給她一個正式的分手，而不是簡訊或無緣無故的失縱。不過布蘭特說的沒錯，自從他回來之後幾乎從來沒有想過愛麗安娜。「……我們並不適合對方。」

「亞登，」愛麗安娜觸向他的手：「你不是認真的吧？我們是最完美的一對。」

「不，我們不是。」亞登再也沒有比現在更確定的時候。因為過去的他根本不在乎誰上了他的床，但是如今的他只想要一個女人留在他的床上……

「為什麼？」愛麗安娜不懂，也不相信亞登有任何理由與她分手。「我都已經給了你要的時間與空間，這些日子我都快瘋了也忍著不去打擾你，你到底還要我怎麼樣？」愛麗安娜覺得沒有人比她更適合亞登，就如同他之於她一樣。她總是在人前表現出最好的一面，讓亞登做足了面子，也讓他成為所有男人羨慕的對象。沒錯，愛麗安娜承諾自己在洛杉磯的時候的確有點失控，但那全都是因為那個靈媒在場的緣故。她身上有種讓愛麗安娜感到坐立不安的特質，她雖然說不上來，但總感覺自己會因為她而失去亞登……這也讓她忍不住質疑：「是因為那個靈媒嗎？我都已經跟你道過歉了……」

「她跟這件事一點關係也沒有。」不想要艾蒂亞成為他們對話的焦點，亞登說謊道：「我只是看不到我們的未來，而且我也不想要再繼續浪費妳的時間。」

「不要這樣對我，亞登。」淚水盈上她的眼眶，愛麗安娜從來沒有對任何人像對亞登一樣如此的執著過。「……你是我的一切，而且我愛你。明明就是她無禮在先的，為什麼是我受到懲罰？而且你們一群人在一起，誰會想到你真的是在工作？不就是個早餐而已嗎？」愛麗安娜試著為自己在洛杉磯那天早餐上的無禮行為辯解。「還有拜託，她只是個靈媒！你們可以認真到什麼程度，又怎麼可能會有什麼工作上的交集？誰會知道你的公司已經跟她簽了約？就算簽了約也沒有帶到洛杉磯的必要啊！靈媒出的書難不成還能拍成電影嗎？」

「我已經說過，」亞登強抑著胸口漸旺的怒火再次提醒道：「她跟我的決定一點關係也沒有。」

但是愛麗安娜卻顯然不這麼認為。她想不透自己究竟還做了什麼導致於亞登會想要跟她分手。「難不成你還在生我在飛機上的氣？你整整兩天都找不到人，究竟期望我會有什麼樣的反應？你不接電話，不回簡訊，沒有人知道你去了哪裡，然後當我在機場看到你的時候，你卻還跟那個靈媒在一起！你覺得我看到這樣的景象難道都不會有任何的情緒？沒錯，我當時的確是失控了。但是每一個身為女朋友的人站在我的立場絕對都會有相同的反應！但我發誓我不會再讓你在公共場合難堪了！」她再度伸了另一隻手請求道：「只要你跟我在一起，你要我做什麼我都答應。我會去跟布蘭特道歉，還有他那個叫什麼的女朋友，我也不會再去招惹那個靈媒，只要你不要跟我分手……」

「她的名字叫艾蒂亞，而且停止叫她『靈媒』。」亞登發現愛麗安娜提到艾蒂亞的方式總是莫名地讓他感到極度的厭煩，他幾乎可以開始想像為什麼艾蒂亞如此討厭這個稱號。

「隨便啦，」愛麗安娜根本沒有必要記住她的名字，因為光是從亞登的口中聽到她就同樣地讓她感到心煩。這是一種她無法形容的感覺，愛麗安娜就是不喜歡她那麼靠近亞登。「她不正是讓我們吵架的原因？在她還沒有進入到我們的生命以前，我們一直都是最完美的一對。你難道就不能讓她走嗎？有沒有跟她簽約重要嗎？你隨時可以再找到下一個靈媒來幫你寫書……」愛麗安娜以含淚的雙眼望著他並哀求道：「亞登，我是真的愛你……」

他花了好一會兒的時間才坦白：「但是我並不愛妳，也從來沒有愛過妳。我不認為我是妳在尋找的美好結局。」

「我不在乎！」愛麗安娜哭泣道：「我只要你是我的。」

「為什麼要讓自己待在一個妳永遠得不到愛的情感裡？」

「因為你是我想要的一切。」而愛麗安娜向來相信讓亞登愛上她只不過是件遲早的事罷了。

「不幸的是，」亞登恨透了自己必須如此的殘忍，但是此刻看起來似乎是一件必須的事。「妳並不是我想要的一切。」

這句話痛進愛麗安娜的心裡。她楞在原地，感覺亞登之所以這麼說只是為了要讓她恨他。她不相信他們之間什麼也沒有。他們一定有什麼特別的感情才會讓他想在床上要她……只不過愛麗安娜同時注意到他的眼睛還是那麼的冰冷，正如同他一直看她的眼神一樣……

「那從來都沒有讓你在意過？」愛麗安娜問道，聽到自己的語句在顫抖著。即便她一直以來都知道自己在他的心裡毫無重量，但是她從來都不想要承認那是真的。她寧願相信自己是亞登的真命天女……「到底是什麼改變了？」即便愛麗安娜知道自己不應該，但是她就是無法不去想像亞登看著那個靈媒的樣子，以及他總是護衛著她的小動作……「難不成那個靈媒對你施了什麼巫術？還是那個巫婆終於爬上了你的床，還給你洗腦了不成？」

「妳可以不要一直把她牽扯進來嗎？我已經告訴過妳，這件事跟她一點關係也沒有。」亞登蹙起眉頭，每每愛麗安娜用「靈媒」來形容艾蒂亞都讓他感到莫名的心煩。「為什麼妳要一直把她扯進來？」

「因為我不喜歡她！而且也不能信任你跟她在一起！」愛麗安娜不能解釋自己的感覺，但那就是一種「她就是知道」的直覺。不管她覺得艾蒂亞是不是亞登的菜，她都覺得他們一旦在一起之後就永遠不可能再分開……以往她看到亞登跟任何人在一起時都沒有這樣子的感覺，但唯獨對於艾蒂亞她卻總是無法克制地感到提心吊膽。如果她原本對於亞登的情感就有些許的不安全感的話，那麼自從艾蒂亞出現之後就整整放大了十倍……「女人有女人的直覺。我們可以感應到有人想要偷走我們的男人，就如同男人之於他們的女人一樣。我看到她看著你的樣子，我可以感覺到她對你的感覺。在你們消失的那段時間裡，你們絕對不可能是清白的。」

「那現在一點都不重要。」亞登打斷她的話，試著不讓自己對艾蒂亞的感覺浮上檯面。這是他的錯，他暗想道。因為他早應該在洛杉磯的時候就與愛麗安娜分手，而不是讓事情拖得這麼久……「不管妳對她有什麼樣的感覺，都不會改變我已經做好的決……」

嘩——

在亞登還來不及結束他的句子以前，愛麗安娜早已經拿了桌上的水杯往他的臉上潑去。

「我不會跟你分手！」愛麗安娜從椅子上站起來並宣誓道：「那個巫婆永遠也不能把你從我的身邊奪走！」

拒絕再聽到亞登開口，愛麗安娜拿起她的包包後便以旋風的方式離開了餐廳，留下亞登一個人濕了半身地坐在自己的位置上。

「對不起，先生。」幾名服務生急忙上前關心他，並慌亂地試著幫他清理桌面。「我們會再多拿一點毛巾給你。」

當服務生們忙著替他準備毛巾，亞登重重地吐了一口氣，內心一直以來的壓抑感莫名地感覺鬆懈了許多。至少他很慶幸自己終於處理了愛麗安娜的事。要不是因為他太過於沉迷在自己對艾蒂亞的情慾之中，他根本完全忘了愛麗安娜的存在。他其實老早就應該解決這件事的，而不是讓它拖這麼久……如今被這杯冷水這麼一潑，他反倒清醒了許多。亞登似乎一點也不在意濕了一身地揚了嘴角……與其讓自己毫無感覺地換了一個又一個的女人，至少他現在很清楚自己真正愛的人是誰……

只不過這種詳和的感覺並沒有維持多久，一抹念頭突然地進到他的腦子裡，讓他臉上的笑容也在瞬間消失。他整個神經頓時全都緊繃了起來，但他還是不免質疑自己的感官。她應該不會……亞登雖然不是很確定，但是他的每一個感官都告訴他愛麗安娜會做出他最擔心的

# 第二十三章

「我們需要決定我們的婚宴名單……」

傑森寫下一些名字，試著思考他們應該邀請誰來參加婚禮。但艾蒂亞卻沒有辦法有相同的感受，她的腦子還在思考著過去幾週發生的事。事實是，她真的不值得傑森與亞登的愛。特別是這些日子發生在她與亞登之間的事，更讓艾蒂亞覺得自己已經在不知不覺中變成了她一直以來最厭惡的父親，總是對愛情不忠誠又一副理所當然的態度……艾蒂亞不禁好奇，有誰會喜歡像我這樣的人？一個甚至沒有辦法控制自己情感與感官的人……

「傑森，」艾蒂亞一直覺得要跟傑森坦白是件很困難的事，但是布蘭特說得沒錯，不管她值不值得，她都沒有權力再繼續傷害任何人，更不應該讓亞登來解決她沒有辦法面對的問題……

「我……」

在她還未能開口說更多以前，一道門鈴聲剎然地打斷他們的對話。那幾乎立刻成了她不需要在這個時候坦白的藉口……「我去開門……」艾蒂亞從椅子上起身並朝著門口的方向走去，內心莫名地感覺鬆了一口氣。她的腦子其實曾經想過各種比較好跟傑森坦白的情況，但總感覺分手其實是沒有所謂的「最好時機」。或許，艾蒂亞這麼告訴自己，在應門之後，無論如何她都應該跟傑森坦白一切……

她的所有思緒在看到門後出現的人的瞬間便全部化成了一片空白。憤怒的愛麗安娜顯然哭了好一陣子。她的臉上覆滿了淚水，但是眼裡卻是充滿了憤怒。像是找到她要找的人似的，愛麗安娜一踏進了門便狠狠地往艾蒂亞的臉上甩了一個巴掌。

這個不預期的巴掌讓艾蒂亞有點失措。被愛麗安娜甩了巴掌的臉在剎間灼熱了起來，她的頭因此而感到昏眩。她都還沒有時間讓自己站穩，愛麗安娜就又整個人朝她撲了過來……

啪！

「妳這個婊……」愛麗安娜在另一個巴掌甩在艾蒂亞臉上時咒罵道。正當她還準備給艾蒂亞第三個巴掌時，傑森適時地出現握住了她正舉在半空中的手，制止了艾蒂亞再挨第三個巴掌的命運。

「嘿！」傑森一臉憤怒地斥喝道：「我不知道妳是誰，但妳不能來一到別人的家裡就這樣隨便甩人巴掌！」

「如果你可以管好你的夫婚妻，不讓她隨便勾引我的男人的話，那我現在也不會在這裡！」愛麗安娜咆哮道。

「妳在說什麼？」愛麗安娜的指控讓傑森有點錯愕。他皺起眉頭瞪著愛麗安娜，根本不相信艾蒂亞是她的嘴裡所指控的女人。他試著為她辯解：「艾蒂從來不會做那樣的事。」

「那你最好仔細地看清楚你要娶的究竟是什麼樣的一個女人！」愛麗安娜滿臉不屑地嘖聲道：「她一直在你的背後睡我的男人。」

傑森蹙著眉頭，滿臉困惑地轉頭望向艾蒂亞，期望可以看到她為自己辯解。艾蒂亞不是一個騙子，他不認為愛麗安娜找對了地方。但是他從艾蒂亞眼裡看見的遲疑卻讓他的腦子瞬間成了空白，彷彿她已經間接地默認了愛麗安娜的指控。雖然傑森不想要相信愛麗安娜所說的話是真的，但他還是聽見自己問道：「……他是誰？」

「妳這個婊子！」愛麗安娜試著想要再撲向艾蒂亞，但傑森握著她的手讓她還是受限在原地。「要不是因為妳，亞登根本不會跟我分手！妳這個女巫！她不但上了他的床，還對他施了巫術讓他相信自己是愛妳的！」愛麗安娜歇斯底里地咆哮著，臉上的淚水早已毀了她原本的妝容，一點也不難看出她有多麼想要殺了艾蒂亞。而她的每一句哭喊更是讓傑森僵在原地……

傑森感覺有點昏眩，記起了他們不久前才與亞登共進晚餐，更甚至還邀請他們來參加他們的婚禮。「這是真的嗎？」他過度冷靜的聲音與愛麗安娜的嘶吼成了強烈的對比。他的腦子掃過所有艾蒂亞需要熬夜加班的日子以及她怪異的行為，完全無法想像這些日子以來艾蒂亞竟然全都在騙他。「妳真的……」他甚至不知道自己是真的想要知道這個問題的答案：「……已經跟他上了床？」

艾蒂亞不能回答傑森的問題，因為她清楚地知道愛麗安娜的所有指控都是真的。她並不預期是用這種方式讓他知道，而是準備在對的時機點再告訴他的……「傑森，」淚水盈上她的眼眶，她甚至無法正視他的眼睛：「我真的很抱歉……」

她的道歉直直地刺進傑森的心裡，讓他不自覺地鬆開了原本握住愛麗安娜的手。他無法思考，甚至不知道該如何反應。

愛麗安娜因為傑森鬆手而終於有機會再次被撲向艾蒂亞。只不過她整個人才剛跳起身，便隨後讓人從身後制止了住。

「夠了！」

亞登即時趕到制止了愛麗安娜時吼道，簡直不能相信愛麗安娜竟然真的來找艾蒂亞對質，這根本是他最不想見到的惡夢成真。「妳到底在幹什麼？」他的聲音裡是無法掩飾的怒火。「妳沒有任何權力來這裡撒野！」

「誰說我沒有權力來這裡找這個婊子算帳？」愛麗安娜哭喊道：「要不是她在洛杉磯的時候勾引你，硬是要爬上你的床，還讓你中了她的蠱，你現在根本就不會跟我分手！」

「住口！」亞登再度吼道：「我已經告訴過妳離她遠一點，她跟我所做的決定一點關係也沒有！妳和我不管有沒有她的存在都永遠不可能會有結果。」亞登望向艾蒂亞，想要知道她的狀況是否還好，但光是看見楞在原地的傑森以及艾蒂亞滿臉的淚水，亞登便知道已經為時已晚……

「傑森，」艾蒂亞試著伸向傑森：「我真的很抱歉……」

「別……」傑森反射性地撇開她的手，因為她的觸碰以及亞登的出現而莫名地感到一陣噁心。他此刻最不需要的就是她的同情。「別碰我！」他聲音裡的痛苦清晰可聞。傑森不知道該如何反應，只是想要儘快地離開這裡。他於是轉身直直地走進臥室裡頭，順手將整個人鎖在門後，獨留身後一片的混亂。而艾蒂亞則是帶著心痛地跌坐至地面。

無論此時的亞登有多麼想要安撫艾蒂亞的心痛，他的雙手卻忙著將愛麗安娜固定在原地。「看妳做的好事！」他硬捉著愛麗安娜並將她整個人強推到門外。即便愛麗安娜還是想要再進來找艾蒂亞算帳，亞登的眼神卻明顯地劃清了界限。亞登這輩子從來沒有威脅過任何人，但這卻是他生平第一次瞪著愛麗安娜嘶聲警告道：「滾出我的人生！」他字字清晰地表明自己的決心：「如果再讓我看到你，愛麗安娜，我會毀了妳。」

他的話讓愛麗安娜的背脊爬上一陣寒顫，而她原本歇斯底里的行為也在瞬間成了完全的寧靜。她目瞪口呆地愣在原地，因為她清楚地知道亞登的確有毀掉她的能力。話一說完，亞登也不等到她再次開口，便隨即將門甩上並轉身去照顧艾蒂亞。

他在她的面前跪下身，並伸手拭去她的眼淚。感覺到她的心有多痛，他只希望自己可以做些什麼來幫助她渡過這樣的感覺。他雖然曾經想過這件事對艾蒂亞來說真的很難，但如今感受到她的情緒讓他清楚地知道，這對她造成的傷害遠大過於他所能夠想像的。「跟我一起回去吧。」或許是因為知道自己是元凶，所以他也只能如此建議道。特別是看見傑森對她的憤怒，讓亞登不自覺地擔心她的安全。「你們兩個最好給彼此一點冷靜的空間。」

「不，」艾蒂亞拉下他的手並拒絕他的邀請。「……我最好留在這裡。」雖然她也想要亞登陪在她的身邊，但艾蒂亞知道這是一場她必須自己去面對的仗。

但她的堅強並不能阻止亞登為她擔心。他不想要她一個人去面對傑森，他想要陪在她身邊，特別是在她需要他的時候……「讓我在這裡陪妳吧……」

艾蒂亞搖搖頭。她的人生中走過無數的困境，早該學會聆聽自己的心而不是總是讓理智來說服自己。她老早就應該告訴傑森才對，而不是讓這件事一直拖到現在這個局面。她有責任得要清理自己所製造出來的混亂。特別是亞登都已經處理了他與愛麗安娜的部分，那麼現在該是她鼓起勇氣去面對自己與傑森的事。

「我會沒事的。」她記得傑森不管她經歷什麼的時候總是會如是說：「……我永遠都會沒事的。」

***　　***　　***

「傑森，」艾蒂亞坐在臥室門口，請求著傑森開門好讓她與他面對面。這雖然不是一件容易的事，但她感覺這是自己欠傑森的。「……求你讓我見你吧。」

傑森已經把自己關在房間裡好幾個小時了。雖然亞登建議要留下來陪她，但是艾蒂亞覺得這是她與傑森最好單獨解決的事。艾蒂亞把亞登送走後就一直待在門外。雖然傑森什麼話也沒有說，但艾蒂亞清楚地知道他聽得見她在說話……她並不是想要跟傑森復合，只是覺得他需要一個解釋與道歉。傑森或許沒有辦法像亞登一樣地感受她，艾蒂亞想道，但是他的確是愛她的。「傑森，」她再次開口，感覺臉上的淚水已乾：「……我們聊一聊吧。」

傑森一直花了很久的時間才終於開門。他看起來精疲力盡。他看著她好一會兒，這才舉步走至她身前坐下。他的眼睛是紅的，顯然像她一樣地哭過。

「我真的很抱歉，傑森。」那是她唯一可以說的話。因為她根本不知道自己可以說什麼讓他好過一點，也沒有言語足以形容自己對他的虧欠。

傑森深吸了一口氣後才終於問道：「那是什麼時候發生的？」

即使很難，但艾蒂亞還是坦承：「……在洛杉磯。我在會場被一個製片性騷擾，而亞登解救了我。或許我真的被嚇到了……然後它就發生了……」

傑森停頓了一會兒，並意識到艾蒂亞從來沒有告訴過自己她在洛杉磯被騷擾的事。他記得她在旅行開始前的幾通電話，但他都忙到沒有時間與她討論任何的細節，總覺得等她回來之後，他們自然有很多的時間可以多聊。

或許這有一半是他的錯，傑森想道。他總是理所當然地認為她一定會沒事的，所以從來沒有注意過她真正需要的是什麼。他嘆了一口沉重的氣後開口：「所以……那只是一個意外？」他知道人們在驚嚇過後往往無法做出任何正確的決定，他希望艾蒂亞與亞登之間的關係也是這樣的錯誤。

但是艾蒂亞緊抿著唇，清楚地知道自己與亞登之間的關係一點也不能被稱之為意外。因為不管她有沒有被騷擾，艾蒂亞覺得自己與亞登的結局都會被導向同樣的結果。因為沒有人可以抗拒因果的拉力，艾蒂亞暗想道，就像傑森也在他們之間扮演同樣的角色一樣……

而她的沉默只讓他感到更加的心痛。了解了她沒有出口的答案，傑森再問了一次：「什麼時候？又是為什麼？」他以為兩人在一起這麼久之後，他們之間所共享的情感應該足以幫助他們抵抗任何的誘惑才對。

但天知道無論她有多麼努力地想要抗拒那樣的誘惑，到最後的結果總是失敗的……「我不是真的知道是什麼時候，更甚至無法解釋為什麼。」在欺騙了傑森這麼久之後，艾蒂亞想要對他完全地坦白：「我不能停止自己的身體對他的反應。他感覺得到我所感覺到的東西，甚至包括我看得到但他看不到的東西。我不知道這是如何運作的，但他讓我感覺他懂我。他讓我發現原來我一直在找一個懂我的人，所以當我發現他可以感受到我的一切的時候，我開始情不自禁地……」

「妳愛上他了？」傑森彷彿早已知道答案似地接口，但雙眼卻期望從艾蒂亞口中得到不一樣的答案。「那我們呢，艾蒂？妳難道不愛我嗎？我們都快要結婚了……」

看到自己傷他傷得有多深，艾蒂亞只能道歉：「我本來想要告訴你……」

「妳為什麼不早點告訴我呢？」因為若是他早點知道的話，或許還可以在艾蒂亞沒有愛上亞登之間挽回他們的情感。

「我不知道該怎麼開口，」淚水落下她的臉頰，艾蒂亞從一開始就知道：「我不夠勇敢……」

看著艾蒂亞在他的面前崩潰，傑森的心感受到的是同樣的痛。他應該像愛麗安娜那樣對她生氣或是大聲對她吼叫，但此刻的他卻完全做不到。她還是他所愛的人，也是他曾經想要共組家庭的人……

他傾身向前頭靠著她的頭，並伸手握住她的手，期望可以藉此讓她感受到他的心。「讓我們回到以前那樣，」他請求道：「讓我們裝做什麼事都沒有發生過……」

雖然她知道自己應該這麼做，但艾蒂亞卻說：「我不認為我可以再回到以前那樣……」

***　***　***

「先生，你不可以……」

亞登因為辦公室外的騷動而抬頭望向窗外。他整整擔心了艾蒂亞一整個晚上，但卻一直到現在都還沒有聽到她的任何消息。他根本無法睡覺，特別是當他不知道她究竟發生什麼事的時候。他一直在思考自己接下來應該怎麼做，也掙扎著是否該傳個簡訊給她，又或是該去她家看看她是否沒事。所以當他抬頭看見傑森直直地朝著他的方向走來，而艾蒂亞又緊跟在後的時候，他不自覺地鬆了一口氣。他很快地從椅子上起身並去開門，清楚地知道傑森之所以出現在出版社的目的是為了什麼。

「傑森，」艾蒂亞在他的身後哀求道，試著阻止他再繼續前進：「拜託，不要這樣……」

但是她似乎沒有辦法阻止傑森。他堅定地跨著自己的腳步，讓艾蒂亞只能一直尾隨在後。一直當他看見亞登打開門的時候，傑森二話不說地便朝他的方向走去。才剛靠近，他的掌頭便狠狠地揍上亞登的臉。他的力道之大讓亞登反射性地後退了幾步，但還是勉強能夠站穩自己，只不過臉也隨即瘀了起來。

「傑森！」艾蒂亞因為傑森的動作而叫出了聲，根本不相信傑森會做出這樣的事。因為自從他們兩個人交往以來，他從來都不是一個有暴力傾向的人。

「去叫警衛！」米芮安試著叫人來幫忙，但很快地便讓亞登伸在半空的手給制止了住。

亞登朝米芮安點個頭以確保自己沒事，緊接著又望向傑森準備好接受他第二個拳頭。他幾乎很肯定自己會狠狠地讓傑森揍個夠，亞登暗想道，因為他完全地搞亂了他的生活……

只不過那個拳頭從來沒有落在他的臉上。他看見傑森緊緊地握著拳頭，試著抑下體內所有的情緒。與他此刻所體驗到的痛苦相比，他所挨的拳頭幾乎不算什麼……傑森花了好大的力氣才終於鬆開了緊握在拳頭上的憤怒。他緊接著走進了亞登的辦公室裡頭並順手將門帶上，試著製造一點私人的空間。

「你應該知道我很想再揍你一拳！」傑森狠狠地瞪著他說道。

而亞登也十分感謝他的誠實。「你為什麼不這麼做？」他揉著自己的臉，衡量著自己還有多少力量可以再承受他的第二拳。今天假若換作是他的話，這個拳頭根本不算什麼……

「剛剛那一拳是你欠我的。」傑森解釋道，但他的眼睛很快地便望向一旁的艾蒂亞。「想揍你第二拳是因為你沒有辦法保護她不受到傷害。」他看著艾蒂亞，其實連他也不確定真正傷害到她的究竟是什麼。「既然傷害你就等同於傷害到她，第二拳就當是我放過你的。」

「我很感謝你這樣的決定。」這句話是真心的，因為這個對話遠比他和愛麗安娜的對話還要來得理性了許多。雖然他的臉還是很痛，但亞登永遠都會選擇被揍，而不是無理取鬧的爭執。

傑森心疼地望著滿臉淚水的艾蒂亞，不能理解為什麼如今看著她哭成這樣還是會讓他感到莫名的心痛。「聽見一個你即將要娶的人說她不愛你真的是件很傷人的事。」傑森坦白了自己的感受：「我曾經想過要來這裡親手毀掉你和艾蒂亞的合約，然後再強迫她嫁給我。或者是把你打到不成人型，搞不好可以改變她對你的心意，也順帶地撫平你所帶給我的傷痛。但事實是……」他嘆了一口氣。因為在思考了一整夜之後，他比任何人都清楚地知道：「沒有任何一件事可以讓我覺得好過一點。」

傑森於是拉起艾蒂亞的手，並將她拉靠近一點以站在他們兩人之間。一直花了他好一會兒的時間才終於開口：「你和我都愛著同樣的女人，」他望著艾蒂亞：「但是她選擇了你。我跟她幾年下來的情感顯然敵不過你們的命中注定。」

「我很抱歉……」亞登說道，他轉頭望向艾蒂亞並感受著她的難過。他雖然想要將她擁入懷裡幫她分擔一些痛苦，但是他卻什麼也沒有做地站在原地，因為這是他唯一可以為傑森表示的一點尊重。

也是一直到這一刻，傑森才意識到自己究竟有多麼的後知後覺。特別是知道亞登與艾蒂亞之間的關係以後，只是這麼一點點小小的動作，都可以讓旁人清楚地看見他們彼此之間共享的那種連結。即便亞登一句話也沒有說，但他的眼神卻從來沒有離開過艾蒂亞，他想要分擔她痛苦的表情是騙不了人的，傑森懷疑自己是否曾經這麼細心地觀察過艾蒂亞的情緒？傑森嘆了一口氣，也難怪愛麗安娜會指控艾蒂亞是破壞他們情感的第三者。

「天啊，你們兩個就不能讓這件事簡單一點嗎？」傑森一抹苦笑。「要是我一點都不了解艾蒂亞，而你又剛好是個混蛋的話，或許離開她會像你離開你的前女友一樣的簡單。」傑森回憶起愛麗安娜前一晚在家撒野的樣子便清楚地知道，不管她是多麼漂亮的女人，他永遠沒有興趣跟那樣的女人約會。

亞登只能跟著回了一抹苦笑，因為離開愛麗安娜一點也不難，他只不過是忘了跟她分手罷了。但他不確定自己有辦法離開艾蒂亞……

傑森無法形容亞登與艾蒂亞之間的連結感。艾蒂亞曾經說過亞登是一個可以了解她的人，這讓他不禁懷疑那會不會是他此刻所感受到的這種感覺……所以一直花了一點時間他才又接口：「事實是，我從來就不了解她。我雖然有心想要理解，但是我根本完全沒有辦法想像那會是什麼樣的感覺。她所擁有的感官不是正常人可以理解的，更不用提到她究竟經歷了什麼樣的童年。所以當她告訴我說你可以感受她的時候……」傑森嘆了一口氣：「我就已經知道自己不會是你的競爭對手。艾蒂的天賦讓她能感受到別人所感受的，也很可能是一般人的十倍以上。所以我是真心地希望你不是欺騙她說你感覺得到她所感覺到的。」他望向艾蒂亞並伸手輕柔地拭去她的淚水，感覺自己的心裡湧上各式各樣的情緒。他於是又望向亞登警告道：「這一次我會把她讓給你，但你永遠不會得到第二次的機會。她經歷了很多的痛苦與掙扎才把這些書寫出來，所以好好地做好你的工作出版它，好讓她的所有痛苦變得值得。」

艾蒂亞因為卡在喉間的情緒而沒有辦法開口說半句話，臉上的淚水也從來沒有停止過。她早就已經習慣一個人打理自己的人生，也放棄等待能夠理解她的人。雖然傑森無法與她同感身受，但是他想嚐試的心卻反倒讓她感到更加的抱歉，她不知道自己究竟可以做什麼來彌補對他的虧欠……

「我想，」傑森望向艾蒂亞繼續：「我們最好暫時不要再碰面。給我三天的時間，我會把我的東西搬離房子。」他再度望向亞登：「我想你接下來的三天應該可以照顧好她？」

「我會的。」亞登點頭並握緊了她的手以確認道。他於是再望向傑森真誠地開口：「謝謝你。」那是亞登唯一可以說的話。現在他可以理解艾蒂亞為什麼很難離開他，因為傑森的確是個好男人。

「既然選擇了他，那麼就讓他照顧妳吧，」傑森望向艾蒂亞開口：「不要總是什麼事都要自己來，也不要老是說服自己說妳不值得被愛。」傑森或許無法與她共頻，但顯然也早就摸清了她的個性。「如果妳為了這個男人而甩了我，那麼他最好比我好上十倍可以讓妳感受到愛。」他放開艾蒂亞的手並望了她最後一眼。而後便往門口的方向走去。只不過在開門離開以前，他停下了腳步，猶豫了一會兒才又開口：「……你曾經問我，如果我相信輪迴的話，我在書裡頭所扮演的是哪一個角色？」

亞登記起了兩人在餐廳裡的對話。

傑森掙扎了好一會兒才終於開口：「……傑洛克。我之所以這麼心甘情願地放手，是因為我曾經承諾過會將她安全地送回到你的手中。如果輪迴是真的，這一次我履行了我的承諾，下一次我們會站在相同的起跑點上公平競爭。」

「……我以為你不相信輪迴。」

只見傑森一聲苦笑：「跟艾蒂亞在一起久了，再怎麼不相信的事都會變成理所當然。」說罷，他便隨手將自己關在門外。

艾蒂亞覺得自己需要去追上傑森說些什麼，但很快地便讓亞登制止住。

「別，」亞登說道：「我覺得他想要一個人好好地靜一靜。」

雖然她也知道那是真的，但是她卻忍不住覺得這一切都是她的錯。艾蒂亞無法停止自己的淚水，她覺得自己不應該這麼傷害傑森才對……

亞登將她整個人摟進了懷裡，試著分擔她所承受的痛苦。正因為了解她的心痛，所以亞登只能希望艾蒂亞不要再繼續壓抑著自己的情緒，那樣才能夠讓痛苦更快地流逝。

# 第二十四章

一年後……

痛苦之所以很難放手是因為人們總是不斷地在抗拒它，而不是學著去接受它，或是允許自己順其自然地去感受它。

傑森如他承諾地搬離了他們曾經一起生活的家。他在所有的社交軟體上都解除了她的好友，並完完全全地從她的生命中消失。他同時辭掉了工作並且沒有人知道他的去向。他之前總是以結婚做為目標似地不斷工作，想要為兩個人的未來多攢一點錢。但既然婚禮都取消了，而成家立業的夢想頓時變得遙不可及，他決定把自己所有的積蓄拿來做他一直想要做的事，那就是環遊世界。對傑森來說，若是想要有個嶄新的開始，最好的方法就是去環遊世界，並將所有的傷痛都留在身後……

「我前幾天在臉書上看到傑森的最新動態時，他人好像在寮國。」莉莉亞試著回想起自己前幾天在臉書上看到的貼文：「我覺得他好像有交往的對象了……」

「他有嗎？」艾蒂亞每每提到傑森時總會有一種莫名的罪惡感，她總感覺如果傑森找不到真愛的話，那麼她也不值得擁有幸福。這也是為什麼這一年來，她一直拒絕亞登的求婚，因為她覺得自己不應該在傷害了傑森之後，就順理成章地嫁給亞登。

「我覺得那應該是他的女朋友吧，」莉莉亞掏出了手機試著搜尋傑森的最新動態。由於傑森幾乎在所有的社交軟體上隔離了艾蒂亞，所以除了偶爾從莉莉亞那兒得到有關於他的資訊之外，她對傑森的近況根本一無所知。一直等到莉莉亞檢視了幾篇發文之後，她這才將手機轉向艾蒂亞說道：「看！我覺得這是他新的女朋友。她在他最近的發文裡經常出現。」照片裡的傑森看起來很高興，他置身在熱帶海灘上，臉上帶著他陽光般的笑容並用手臂環著一個看起來像是混血的女人。他曬得比之前更黑了一點，比她記憶中的他更增添了幾分狂野的氣息。

「這是不是表示妳終於願意嫁給我了？」一旁的亞登彎著眼角問道。「我真的很高興他終於找到另一半，要不然，我覺得自己可能會像他一樣成為終身的單身漢。」

艾蒂亞輕打了他一下以示抗議，亞登應該比任何人都清楚她為什麼不能嫁給他。她不應該親手毀掉一個婚約就急著嫁給她偷情的對象。

「我真不敢相信你的婚姻是建築在一個心碎男人的情感生活上。」布蘭特對亞登嘲笑了聲後轉頭望向艾蒂亞：「要是他決定除了妳以外的人都不娶呢？」

「那我想我的下半輩子很可能會跟他一起受苦。」亞登替艾蒂亞回答了布蘭特的問題，但是他的眼睛卻還停留在她的身上，似乎還在等待著她回答他的上一個問題。

雖然知道亞登在等待什麼答案，但是艾蒂亞卻不準備回答。只不過知道傑森現在過得很快樂的確讓她感到鬆了一口氣。要不然她會覺得傑森不快樂的人生都是她造成的，反倒讓她更覺得自己不應該擁有幸福……

「說到前任，」布蘭特的聲音打破他們的思緒。「你有愛麗安娜最近的消息嗎？」

亞登搖搖頭。自從那一夜他承諾愛麗安娜如果再出現在他的面前的話會毀掉她之後，他就再也沒有見過她了。雖然亞登根本沒有興趣想要與她復合，但他還是問：「她怎麼了？」

「我不知道，」布蘭特聳聳肩。「我也很久沒有聽到她的消息了。我不久前聽說她已經搬到了法國，而且還嫁給了一個走秀的模特兒什麼的。」

「所幸連她也找到了另一半。」亞登說道。雖然他對愛麗安娜並沒有投注太多的情感，也覺得自己跟她分手是必然的事，但是自從認識了艾蒂亞之後，他對愛麗安娜同樣有著一絲的愧疚感。

「哈，只可惜你的婚姻不是建立在她的感情生活上，要不然你現在大概也已經結婚了。」布蘭特嘲笑道。「她在你跟她分手之後糟得不成人型，唯一想做的就是隨便找個人嫁了。她有點自暴自棄到眾所皆知，所以我還以為她會想盡辦法回來與你復合。」

「不可能，」亞登精簡地回答：「我很清楚地表示我不想再見到她。」

「我很確定你絕對沒有表明立場的問題。」布蘭特彎了嘴角，因為光是從亞登歷代的女友嘴裡就知道，亞登狠下心來根本是個沒心沒肝的人。「對了，」布蘭特轉向艾蒂亞微笑道：「恭喜妳的書銷售順利，它顯然很成功地成為所有娛樂界討論的焦點。」

「呃，」艾蒂亞覺得不該一人獨占功勞地感到有點難堪：「那得要感謝亞登的編寫。要不然，我不認為任何人會欣賞我國小程度的英文。」

「妳的英文絕對比國小生還要來得好，」布蘭特說道：「但是妳說得沒錯，沒有人可以比得上亞登的寫作能力。那是他的專業，所以他最好是很厲害。」

「就像你之前所說的，要找一個會寫英文的人很簡單，」亞登滿懷愛意地望向艾蒂亞，他握緊了一下她的手。「但要找到一個會說好個故事的人倒是不容易。」

「沒錯。」布蘭特同意道。但很快地又帶著一抹「我需要一個幫忙」的笑容轉向亞登。

「這也是為什麼我想……既然我們是這麼多年的好朋友，你不會想要讓別的製作公司來製作這套系列的故事，對不對？」

亞登回以一抹微笑。「我以為你說過我們應該要保持彼此的專業，公事公辦……」

「喔，忘了我說過的話，好嗎？」布蘭特咕噥道。「我的製作公司有興趣想要把艾蒂亞的故事編寫成電視劇。既然他們都知道我跟你是多年的好友，他們這陣子就一直催我來和你談談。」

「我很確定如果價錢合理的話，我會很願意跟你的製作公司談一談。」

「因為他們知道其它的製作公司也有興趣，所以我很確定他們會願意支付你開出來的價格。網路傳媒是現在的主流，所以各大製作公司都渴望得到一個好的故事。」

「那就請他們跟米芮安約個時間吧。」亞登建議道。「我會先看看他們提出來的條件，然後再跟你討論細節。」

「太棒了！」布蘭特在說話的當下就順手傳了封簡訊，顯然是向公司回報亞登剛剛同意的事。隨後他就放下手機繼續道。「不過說真的，這是身為一個朋友給妳的建議。」他轉向艾蒂亞建議道：「千萬要寫自己的劇本，這樣你才會擁有經銷權以及主導權。」

「但是……」把這套英文書寫出來就已經夠困難了，艾蒂亞只能想像寫劇本會是什麼樣子。她從來沒有寫過任何的劇本……「我的英文沒有好到可以寫劇本！」

「當然不是由妳來寫，」布蘭特笑道，但他的眼睛很快地又轉到亞登身上接口：「但是他可以。我向來不會對任何作者提出這樣的建議，因為製作公司會盡可能地想要自己賺每一分錢，所以他們大多會使用公司內部的編劇。但亞登是個很好的作家，而製作公司又很喜歡他的作品，所以我很確定要妳把劇本寫出來絕對不是問題的。亞登這個人通常是任何人千求萬求他也不肯動筆，但我相信妳可以運用妳的魔法讓他為妳做任何的事。」布蘭特顯然知道該如何得到他想要的，特別是知道亞登對艾蒂亞根本沒有任何的抵抗力。

這讓艾蒂亞張著一雙小狗般的大眼望向亞登，但也只得到亞登一抹淺笑：「那會是一個非常浩大的工作量，可能遠比編輯妳的書還要來得困難許多。」

「拜託，」艾蒂亞請求道，因為連她都很想要看到自己的作品出現在螢幕上……「你可以幫我嗎？」

亞登看著艾蒂亞，老早就已經知道自己的答案。雖然他知道自己根本沒有辦法拒絕她，但是他也不想要錯過這個大好的機會去得到他想要的。所以他握起她的手再次問道：「這表示妳現在願意嫁給我了？」

艾蒂亞睜大了眼，不敢相信他竟然又拿著同樣的句子來反問她。只不過一抹笑容很快地又浮上她的臉，雖是滿口的抗議，但她的心卻是染上了一抹甜蜜：「這是勒索吧？」

亞登回了一抹她最喜歡的性感笑容，語氣裡帶笑但卻不容置疑。因為他知道自己將永遠不會放開這隻手……「我會做任何事讓妳成為我的老婆。」

***　　***　　***

盧克索（原錫比斯），埃及

「這是我們最好的蜜月套房，你擁有整個城市最好的景觀……」

艾蒂亞站在陽臺上，盡情地享受著眼前的美景，而服務人員則在一旁熱心地向亞登介紹著套房裡的設備。她看得出來這裡為什麼是整個城市裡最美的景色，因為她的視野可以延伸至好遠，看著遙遠的地平線連結著一大片廣闊的天空。

艾蒂亞從來沒有想過自己這一輩子會來到埃及。如今回想起多年前這一切的開始，當她正在經歷那些埃及的影像與感官的時候，幾乎所有有關埃及的事物都會讓她感到恐懼。她不但害怕靠近，也不想要知道任何有關埃及的事。如今她走過了一切，真實地踏上了埃及反倒讓她覺得格外的不真實。當所有的人都著迷埃及的神祕文化，她卻對這個地方有著非常複雜的感覺。但即便如此，亞登還是決定選擇埃及做為他們的蜜月旅行之地，一種總結過去與輪迴的方式，因為這裡是所有一切的起源……艾蒂亞只希望自己的感官不會到時候又扯她的後腿，因為她從來不知道自己將會看到什麼，特別是那些夾帶著過去歷史的古蹟與古文物……

艾蒂亞聽到身後門關起來的聲音並知道亞登正走向她。他的手落在她的右肩上，隨後輕柔地滑向她的手臂。他將手停在她的手背上並順勢地環上她的腰，而後將她整個人拉進他的胸膛裡。這抹專屬於她的觸碰曾經是最令她恐懼的夢魘，如今卻成了她最愛的真實。

「這個景色妳還滿意嗎，偉恩夫人？」他落了一個吻在她的頸間，愛剎了她新冠的頭銜。他更愛她的手上套著他的戒指，證明她是完全屬於他的……

「我以為我這一輩子都不會來到埃及。」艾蒂亞微笑著將頭靠在他的胸口上，他的臂彎總是讓她有種安全與安詳的感覺。她還記得當自己的感官在第一個埃及影像出現的時候有多麼的混亂，幾度讓她以為自己再也不會踏進埃及一步。但是現在有亞登陪在她的身邊，竟讓她覺得自己有足夠的勇氣去面對更多的困難與挑戰……跟他在一起時好像所有的事情都變成可能似的，艾蒂亞暗想道，他似乎有種魔法可以讓所有的事情都變成可能。

亞登將她摟在臂彎裡，喜歡感受著艾蒂亞是如何全心地信任他的感覺。「我會守護著妳，」亞登輕笑道，並將她整個背緊緊地貼在自己的胸前。「不管妳感覺到什麼或是未來會感覺到什麼，我都願意替妳承擔。」

「你顯然別無選擇。」艾蒂亞微笑道。「因為不管我感受到什麼，你很可能也會有雙倍的感受。」

「我不能說我討厭那樣的感覺，」他語帶暗示地吻上她的耳際低語道：「因為到目前為止，我很享受它所帶給我的感受。」

艾蒂亞紅了臉。即便在跟他在一起這麼久以後，每每只要一想到他們親熱的時候，還是會讓她不自覺地感到全身燥熱還有臉紅心跳。生命中能夠有一個懂你的人真的是件很不可思議的事。亞登不只了解她，還可以感受到她。讓艾蒂亞不禁質疑自己究竟是何等幸運才值得擁有她現在的生活。她曾經以為沒有人會想要感受一個靈媒的體驗，但是亞登卻似乎從來沒有抱怨過。他總是如此心甘情願地，在她最需要的時候守在她的身旁……

亞登將她摟在懷裡，與她一起享受著眼前的美景。關於輪迴的概念已隨著書的暢銷開始引起了人們的高度興趣，他記起了米芮安在他們臨走之前說的話：「妳讓全世界猜想妳是不是那法媞媞的轉世……」

艾蒂亞擴大了臉上的微笑，因為那樣的聯想從她的書第一次出版時就從來沒有停止過，特別是在亞洲那種對輪迴有普遍觀念的國家。有些人說她是，有些說她不是，就像有些人宣稱自己才是那法媞媞，而有些人則自認自己才是阿卡那騰一樣。但是只有艾蒂亞清楚地知道她一點也不在乎自己的前世是誰，她只在乎自己這一輩子裡是誰，以及跟誰在一起。

有亞登在她的身旁與她一起共享人生，艾蒂亞唯一可以想到的是：「就讓他們繼續猜下去吧。」她早已經擁有這輩子她想要的一切。「我只是一個擁有超級豐富想像力的作家。只要能夠跟你在一起，我根本不在乎別人怎麼看待這套書，又或者有誰想要自願成為那法媞媞或是阿卡那騰的轉世。他們可以自由地選擇去成為任何他們想要成為的人。」而我只在乎我的阿卡那騰陪在我的身邊……

亞登揚了嘴角，似乎從來不曾厭倦與他所愛的人共頻。「而妳……」亞登將她轉過身，好讓他可以看見她的雙眼並展示他從未隱藏的愛。「……將永遠是我最愛的王后。」

這樣的話來自於一個曾經聲稱自己根本不相信輪迴轉世的人口中，艾蒂亞反倒覺得現在的他似乎比任何人都還要相信輪迴的存在。她將雙臂環在他的頸項並踮起腳尖吻他：「……就像你一樣，」她在無數的碎吻間低語：「……永遠是我最愛的王。」這是存在於他們兩人之間的祕密，而剩下的可以任由整個世界自行去猜想。「亞登，」她輕喚他的名字：「我到死都會永遠地愛你。」這個曾經屬於她體內女人的句子如今卻成了她真實的感受。

亞登因為她所做的承諾而滿意地揚起了笑容，隨後將她擁得更緊並讓她知道他也有相同的感受。「感謝上天妳終於是我的人。」

但事實是……「我一直都是你的人。」

「我很高興我終於找到妳。」

艾蒂亞揚著微笑：「我也是。」

他們再也不用替他們體內的人說話，而是真心地感受著彼此。他們不再抗拒內在的聲音，因為他們清楚地知道那同時也是屬於他們的一部分。亞登傾身給她一個熱情的吻，感受著體內的完全與完整。他將她整個人抱起來並轉身走向身後的床，清楚地知道自己對她的渴望。「讓這一刻，」他的笑容性感得讓她陶醉：「成為我們的永遠。」

看著他的眼睛，艾蒂亞知道：「這已經是我們的永遠。」

她是真心地感激自己找到了他，還有宇宙願意再給她一次愛與被愛的機會。在亞登的臂彎裡，她感覺到完全與完整，那是她從來不認為可能的事……

曾經有許多人來向艾蒂亞詢問自己會不會遇得到他們的命中註定。事實是，當兩個人註定遇到彼此的時候，沒有任何方法可以阻擋那樣的相遇。當人們持續地克服生命中的阻礙時，他們自然會在時機成熟的時候遇到那個人。

你唯一可以做的是持續不斷地朝著人生的方向前進，讓自己成為你一直想要成為的那個人，那麼有一天，你將會吸引那一個可以讓你感覺到對的人。

輪迴雖然存在，但前世應該永遠留在過去。即便沒有過去的身分，當兩個人在此生再度重逢時，你的心永遠會知道該怎麼做以及真正屬於自己的地方。

如果我能夠有這樣的特權與阿卡那騰一起創造出我想要的生活，艾蒂亞在亞登的懷裡暗想道，那麼願你們都能夠找到屬於你的阿卡那騰或那法媞媞，一個可以分擔你的痛苦以及加倍你的喜悅的人。而更重要的是，一個全心全意懂你以及愛你的人，讓你們可以一同創造出一個你一直想要的美好結局。

願那法媞媞與阿卡那騰那段被遺忘的埃及安詳地沉睡在過去，也希望你們從現在開始全都有能力可以去創造你們一直以來想要的生活……

——全書完（這次是真的）——

# 作者筆記

我本來是不準備寫第五集，但我想我討厭看到兩個如此相愛的人不能有個完美的結局。多年的諮詢下來，我常常有客戶來詢問有關靈魂伴侶以及它如何運作的問題。老實說，我真的不知道。但我知道的是：你的人生鋪陳裡總會為了幫助你成長而註定遇到一些人。無論靈魂伴侶與否，他們都會為你的靈魂帶來一點讓你進化的籌碼。所以不管我們的理智是不是這麼相信，每當你繼續朝著那樣的目標前進時，你遲早會遇到那個讓你覺得對的人（當你也是「對的人」的時候）。

當我們提到愛情，那是你單純無法抗拒的力量以及你不能控制的感覺。不管你的腦子如何告訴你要做什麼，你的心似乎永遠有不一樣的計劃要走。真的或假的，對的或錯的，我學會它們都帶給我某種讓我成長的課程。而當我再回首時，我是由衷地感謝每一件在我人生中發生的事，並了解它們全都是塑造今日的我的過程。所以我要說的是：帶著「未來一定會更好」的信念繼續往前住吧。每一個在你人生中出現的人永遠都會是在對的時間出現的對的人。而我真心地希望你們全都能找到你們一直想要的完美結局。

謝謝你們這麼多年來對《被遺忘的埃及》系列的支持。願過去可以安詳地留在過去。也願你們都可以成為某人生命中那個對的人……

# 關於作者

早期居住臺灣的時候曾經以「駱玟」與「黃若文」在幾大出版社出過言情小說，也從事餐飲業、零售業、貿易公司、影片製作、廣告公司、專案經理、經營管理人等多項行業。現居溫哥華，擔任家庭主婦、視覺設計師、地產投資、心靈諮詢師、激勵演說家與作家等多項行業。因為自身特殊的能力雖有興趣研究輪迴因果，但更著力於個人潛能的開發與靈魂的突破。這幾年的著作都以 Ruowen Huang 的名字發行。【被遺忘的埃及】系列是 Ruowen 第一部進攻外文小說市場的著作，中文版系列也是由她親手執筆翻譯。故事裡頭有許多的情節與對話都是值得讓人深思與體會的。作者希望能透過故事裡每一個角色的扮演與論釋來帶領人們探索生命的生離死別、愛恨情仇，更甚至是因果與輪迴等種種話題。

Connect with her online：
網站：http://www.ruowen.com
臉書：http://www.facebook.com/ruowenh
Youtube：http://www.youtube.com/ruowenhuang
Instagram：http://www.instagram.com/ruowenhuang

國家圖書館出版品預行編目資料

被遺忘的埃及V：重生／Ruowen Huang 著. 譯.
初版. --臺中市：白象文化事業有限公司，2021. 4
面； 公分
ISBN 978-986-5559-78-6（平裝）

863. 57 110000406

# 被遺忘的埃及V：重生

作　　者　Ruowen Huang
校　　對　Ruowen Huang、林金郎
發 行 人　張輝潭
出版發行　白象文化事業有限公司
412台中市大里區科技路1號8樓之2（台中軟體園區）
出版專線：（04）2496-5995　傳真：（04）2496-9901
401台中市東區和平街228巷44號（經銷部）
購書專線：（04）2220-8589　傳真：（04）2220-8505
專案主編　黃麗穎
出版編印　林榮威、陳逸儒、黃麗穎、水邊、陳媁婷、李婕
設計創意　張禮南、何佳諠
經紀企劃　張輝潭、徐錦淳、廖書湘
經銷推廣　李莉吟、莊博亞、劉育姍、林政泓
行銷宣傳　黃姿虹、沈若瑜
營運管理　林金郎、曾千熏
印　　刷　基盛印刷工場
初版一刷　2021 年 4 月
初版二刷　2022 年 9 月
定　　價　550 元